講談社文庫

孤道

内田康夫

講談社

目次

第一章　牛馬童子の首　7
第二章　八軒家殺人事件　47
第三章　鈴木屋敷　101
第四章　阿武山古墳　137

第五章　天智天皇の贈り物　178
第六章　神と魔と　231
第七章　考古学者の痛恨　285
ここまでお読みくださった方々へ　351
主要参考文献　358

孤道

『孤道』作品地図
京都大学
京都市
兵庫県
高槻市
阿武山古墳《あぶやま》
京都府
京都大学阿武山地震観測所
今城塚古墳《いましろづか》
八軒家《はちけんや》船着場の跡
大阪市
大阪湾
大阪府
奈良県
高野山
海南市
紀伊水道
藤白神社《ふじしろ》
熊野古道小辺路《こへち》
和歌山県
N
田辺市
熊野本宮大社《くまのほんぐうたいしゃ》
牛馬童子像《ぎゅうばどうじ》
熊野古道中辺路《なかへち》

第一章　牛馬童子の首

「牛馬童子《ぎゅうばどうじ》の首が斬られた」という一報が入ったのは午前八時過ぎ。鳥羽映佑《えいすけ》が目覚まし時計に叩き起こされた直後のことであった。一瞬、二日酔いの残る頭はスマートフォンのベルを目覚ましと勘違いした。

鳥羽は「うるせーな」と舌打ちとボヤキで八つ当たりしてから、スマホを取った。

「鳥羽さん、もう聞いたあ?」

挨拶《あいさつ》抜きに飛び出した甲高い声は、田辺市役所の広報課にいる鈴木真代《まよ》だ。

「何の話?」

「あ、ほな、まだ聞いてないんや、よかった。鳥羽さんのことやから、もうとっくに知ったあって、余計なことをせんとけって叱られると思ってんけど、もしかしたらと思て電話してみたんよ。けど、ちゃんと起きてるんやね。ゆうべ、浜屋で飲んでたいうから、二日酔いで寝てるかと思とった。感心、感心」

「浜屋」というのは紀伊田辺駅前の小料理屋である。もともとは地場産の魚介類が売り物で、観光客相手に始めた店だが、近頃はむしろ、近隣近在の常連客が多い。鳥羽のような単身赴任の独り者にとっては恰好の安息所になっている。それにしても、浜屋で飲み食いしているところを誰かに見られたのはいいとして、うるさ型の鈴木女史に知られているとは油断がならない。

「そやけどねえ、鳥羽さん、浜屋のカウンターで独り酒みたいなんは見た目があまりようないわ。新聞記者さんいうのは女性からすると憧れ的存在なんやから、いつも颯爽《さっそう》としてなあかんよ。そろそろ嫁さんをもろうたほうがええんとちがう？」

黙って聞いていると、いつまでもお節介焼きの弁がやみそうにない。

「鈴木さん、話って、何なのさ？」

鳥羽は焦《じ》れて催促した。

「ああ、そうやった、肝心なことを言うてなかった。大事件や大事件や。ほれ、このあいだ鳥羽さんと一緒に牛馬童子さんを見に行ったやろ。あの牛馬童子さんの首が切られてしまったんやとう」

「えっ、牛馬童子の首が斬られた？」

鳥羽は思わず上擦《うわず》った声で、鈴木の話を復唱した。鈴木は「切られた」と言ったつもりだろうけれど、鳥羽には「斬られた」というニュアンスで伝わった。

牛馬童子の首が斬られて、野ざらしになっている生々しい情景が脳裏に浮かんだ。

「どういうこと？　詳しく話して」

「ついさっき、お客さんと一緒に熊野古道を歩いとった、語り部の菅《すが》哲平さんから電話で、牛馬童子の首が無《の》うなってるいう連絡が入ったんよ」

語り部というのは和歌山県内各地域で、観光客への案内サービスを行うボランティア組織。菅哲平はそのメンバーの一人だ。

「首が無くなったっていうのは、地震で落ちたとかではないの？」

「そうやのうて、明らかに何者かが首を切って持ち去ったみたいやね」

「それにしても、首を斬ったとは穏やかじゃないね。ハンマーか何かで叩き落としたのなら分かるけど」

「いやわ。そっちのほうが残酷やない」

「そうかな。斬るっていうのは、いかにも痛そうじゃないですか」

「ははは、相手は石像やで」

鈴木は笑ったが、鳥羽としては斬られる瞬間の、刃が首に当たるヒヤリとした感覚は実感できる。そういうのは女性よりもむしろ男のほうが過敏で、臆病なのかもしれない。

「でも、首を切ったというのは事実みたいやし。菅さんがそう言うてたから」

鈴木は笑ったために話が軽くなったことへのフォローのように付け足した。

「菅さんが現場を調べて分かったのは、牛馬童子さんの首にノコギリで挽いたような傷がつけられていたから、いたずらや面白半分で、ついやってしもうたのとは違うみたい」

「なるほど、だとすると明らかに確信犯ですか。しかし、あんな物を盗んでどうするつもりなのかな？」

「あら鳥羽さん、あんな物なんて言うたらあかんやろ。牛馬童子さんは熊野古道の目玉スポットなんやから」

鈴木は本気で怒っているらしい。

「えっ、ああ、そうですね。失言は撤回します。そもそも盗み目的なのかどうかも分からないし」

「そうよ、とにかく現場へ行ってみたほうがええんとちがう？　まだ誰も知らんうちにと思て、鳥羽さんに電話したんやから」

「すみません、連絡、どーもでした」

鳥羽はスマホに向けて頭を下げた。

鈴木女史がムキになるのも当然で、牛馬童子像は熊野古道に数ある名所の中で、トップクラスの人気スポットだ。これを目当てに熊野古道を歩くという人も少なくない。とりわけ女性ファンが多いのは、何といっても牛馬童子像の「愛らしさ」にある。牛と馬の背に一体のように跨《また》がった、法衣姿の像は確かに可愛らしい。

そうはいっても、牛馬童子像は高さ六十センチ足らずの小さな石像で、造られたのは明治時代の中期。熊野古道千年の歴史に較べれば、ごく最近に生まれた新参者でしかない。考古学的にはもちろん、骨董《こっとう》的な見地からいっても、さほどの価値があるとは思えない。しかし、そのさり気ない「風貌」が、現代の穢《けが》れにまみれ、疲れた人々にとっては、かえって魅力に感じられる。森の中に置き忘れられたように佇《たたず》む野の仏のありがたさが、異彩を放って見えるのである。

出掛けに鳥羽は支局のデスク宛に、走り書きのファックスを流しておいた。「牛馬童子像の首が切られた」という内容だが、支局の連中が注目するかどうかは分からない。牛馬童子といっても知らない者が多いだろうし、事の重大さは伝わらない可能性もある。鳥羽自身、田辺通信部に着任するまで、牛馬童子どころか、熊野古道についての知識も浅薄なものでしかなかった。

大毎新聞東京本社で採用が決まり、天にも昇るほど喜んだのも束の間、見習い期間修了と同時に和歌山支局に配属された。その時は新天地への期待感でまだしもやる気まんまんだったが、その三年後に突然、田辺通信部勤務を告げられた時は、俊寛僧都《しゅんかんそうず》の島流しのようなショックを受けた。

田辺通信部には、一年前まで山本という定年間近のベテランが詰めていたが、体調を崩して急遽《きゆうきよ》補充が必要になった。そこで鳥羽に白羽の矢が立ったというわけだ。通信部員は地元に精通した者を充《あ》てるのがふつうだから、鳥羽は極力抵抗を試みたのだが、辞令は撤回されなかった。

支局長の島谷が鳥羽に引導を渡す場には、山本も同席して、「田辺はいいところや で。肴は旨《うま》いし、姐《ねえ》ちゃんはきれい……いや、人情がいい」と慰めを言った。その言葉と、とりあえず一年ばかり——という条件に乗せられて田辺通信部勤務を引き受けた。

ここに至って、一年間——という島谷支局長の約束は反故《ほご》になりそうな気配を感じている。しかし前任の山本が言った「肴は旨い」ことは確かだった。それと「姐ちゃん」はともかく、街の人々の人情がいいのも嘘ではない。完全な余所者《よそもの》で、東京弁しか話さない鳥羽を受け入れて、まるで十年来の知己であるかのように付き合ってくれる。

市役所の記者クラブのメンバーは、鳥羽を除けばいずれもロートルと言えるほどのベテラン揃いだが、山本からの引き継ぎの効果もあるのか、新顔の若造に親切だった。着任早々、歓迎会と称して「浜屋」に案内してくれたし、その際、田辺市を中心に南紀の歩き方や取材のコツについても伝授された。

そうはいっても、取材合戦までが和気あいあいというわけにはいかない。こんな小さな地域だから、世間の耳目を驚かすような事件はめったに起きないが、それでも地元固有の事情に基づくような出来事は、日々どこかで発生しているはずだ。そういうのは深く静かに進行していて、鳥羽のアンテナには触れてこないケースが多い。それを補ってくれるのは山本で、現場を離れたものの、不慣れな後任者が気になるのか、折にふれて記者クラブや、鳥羽の住居兼オフィスに顔を出しては情報を伝える。

鈴木女史を紹介したのも山本で、本人の目の前で「このおばはんと仲良くしていれば、田辺のことはだいたい分かる」と耳打ちしたとおり、田辺市内に限らず、南紀一円に関する諸事情に精通している。その一例として山本が話してくれたのは、かつて県下K町で起きた官官接待を巡る「裏金問題事件」。

K町というのは和歌山市の南に隣接する内陸部の小さな町だが、ここの元町長が在任中に、県の職員に対してゴルフ場割引券や歳暮・中元を贈ったというもの。この問題が県議会で追及され、二百人近い職員の関与が明るみに出た。

事件が発覚したのは内部告発があったからということになっているが、じつは火をつけたのは大毎新聞のスクープがきっかけで、そのニュースソースが鈴木女史だった。むろんそのことは伏せられたままだが、山本が鳥羽にだけ密《ひそ》かに明かした。田辺市から離れているK町にさえ、彼女のネットワークが機能しているのは事実らしい。

車を発進させてから、鳥羽はハンズフリーのスマホで菅に電話した。「牛馬童子の首が斬られたそうですね」と言うと、「そうなんや」と悲鳴のような声を出した。

「お客さんを案内して、早発《はやだ》ちして歩いとったら、お客さんが先に気づいてん。地元の人たちも集まって、捜し回っとるところや。いま、警察が来て現場検証を始めたんや」

「そんな大騒ぎになっているんですか」

「当たり前やろ。そんな呑気《のんき》なことを言うとらんで、鳥羽さんも取材に来んでええんかいな。もうテレビ屋さんは来とるで」

菅の言う「テレビ屋」とは地元のケーブルテレビ会社のことである。小規模ながら動きはなかなか活発で、小回りがきく分マスメディアとはひと味異なる人気に支えられている。現場にいの一番に到着したのも、彼らの機動力を物語る。「負けちゃいられない」と鳥羽は焦った。記者クラブの「出勤」は遅いから、鳥羽以外の他社の面々はまだ気づいていないのかもしれないが、早晩、駆けつけるのは目に見えている。

「いまからそっちへ向かうところです。菅さんはまだしばらくは現場にいますか？」

「ああ、首が見つかればええがなあ。たぶん日暮れるまでかかるんやないかなあ」

牛馬童子の像があるのは、紀伊半島の海岸沿いを走る主要国道42号から、上富田町《かみとんだちょう》で北へ分岐する国道311号、通称熊野古道の「中辺路《なかへち》」と呼ばれる山道の中間点辺り。田辺市の中心部から小一時間はかかる。菅の懸念が事実だとすると、日が暮れるまで付き合わされることになりかねない。鳥羽は車を走らせながら、竹内三千恵の顔を思い浮かべた。

三千恵というのは、鳥羽が田辺通信部に飛ばされて間もなく、例の「浜屋」で知り合った女性だ。アルバイトで「お運び」をしているのだが、記者クラブのおじさん連中に言わせると「掃き溜《だ》めに鶴」ということになっている。今年二十五歳と聞いた。やせ型で色白で面長。面食いを自任する鳥羽の目にも、確かに美人に見える。とはいえ、べつに積極的にアタックする気はなかったが、食事の合間の問わず語りに三千恵のほうから、自分が歴史好きであり、いちど熊野古道を歩きたいと言いだした。

「へえーっ、地元なのに熊野古道を歩いたことがないの？」

「だって、私は和歌山市の人間ですもの」

少し胸を張るような言い方をした。

同じ「紀州」であっても、和歌山市は紀伊半島の付け根というより、経済的にも文化的にも大阪圏といったほうが当たっている。住民には御三家の紀伊徳川家五十五万石のお膝元という矜持《きょうじ》がある。和歌山市に較べれば、田辺なんてはるかに田舎よ——という意識が働くにちがいない。その思いは、生まれも育ちも東京人である鳥羽には理解できる。人には言えないが、和歌山支局ならまだしも、流れ流れて、何だってこんな田辺くんだり——とつくづく思わないでもない。

そういうことならと、熊野古道を案内した先が牛馬童子像だった。もっとも、案内するといっても、当の鳥羽自身が熊野古道に精通しているわけではない。じつのところ、鳥羽が熊野古道を訪れたのは、最初に山本、二度目が菅、三度目に鈴木の案内でごく短い距離を歩いただけ。三度とも判でおしたように牛馬童子像が「メインイベント」だった。

とはいえ、三千惠を連れて行くと決まった時もとりあえずそこしか思いつかなかった。

「あら、かわいいーっ」と、ギャル風の感嘆詞を発して、しばらくのあいだ牛馬童子像の前に釘付《くぎづ》けになった。

牛馬童子像をひと目見た時の三千惠の反応は、鳥羽の期待以上だった。

牛馬童子像の「かわい」さは、像の姿かたちもさることながら、像の大きさ自体が、前もって思い描いていたのより、はるかに小さいことにも由来する。高さ五十五センチ、台座を含めても七十センチ程度の小さな石像である。牛と馬の背に跨がる法衣姿の像は花山《かざん》法皇を象《かたど》ったものと伝わる。

花山法皇というのは平安中期の法皇で、歌人としても知られ、『拾遺和歌集』の選者といわれる。冷泉《れいぜい》天皇の第一子として即位したのだが、寵愛していた女御に先立たれ、その悲しみに浸っているところを、藤原氏一族に付け込まれ、謀《たばか》られ、京都の花山寺に押し込まれるかたちで出家、皇位を失ってしまった。在位わずか二年であった。失意の中、熊野御幸に向かった花山法皇の旅姿を模したのが牛馬童子像だという。箸折峠《はしおりとうげ》近くの林の中にひっそりと佇んでいる姿はいかにももの淋しい。

和歌山県にある三つの神社、「熊野本宮大社」「熊野速玉《はやたま》大社」「熊野那智大社」を総称して「熊野三山」という。崇神《すじん》、景行、神武などいずれも記紀伝承上の天皇の時代に創建されたと伝わる。本来はそれぞれ別の由緒のある神社だったのが、仏教の伝来以降、神仏習合が進むとともに、熊野の神々を「権現」、全体をひとくくりにして「三山」と仏教的な呼び方をするように変わった。

じつは、田辺に来た当時、鳥羽は「神仏習合」や「権現」というのはどういう仕組みなのかさっぱり理解できなかった。こんなことでは地元に溶け込めないと思って、鈴木女史にレクチャーを受けた。それで初めて、「権現」とはつまり仏が神の姿を権《か》りて地上に降り立ったものであることを知った。

最初に仏教が入ってきた時代、日本にはすでに「神道」が定着していた。政治も祭祀《さいし》も神道のしきたりで動いていた。そこへ異文化である仏教が侵入してきたのだから、当然、大混乱が生じた。神道に拠《よ》っている物部氏のような守旧派は、蘇我氏のような仏教派と対立して、聖徳太子まで巻き込んだ大抗争のあげく、ついには物部氏の滅亡へと向かうのだが、その過程でひとつの落としどころとして「神仏習合」思想が生まれた。つまり、神は仏が地上に現れる仮の姿だ――というものである。

「へえーっ、ずいぶん都合のいい解釈だな。これが方便というやつか」と鳥羽は呆《あき》れ、鈴木も「ほんまやね」と笑った。

「けど、うまいこと考えたと思わん？　そういう融通のきくとこが、日本のいいとこかもしれへんわよ」

確かに異文化をいっさい認めようとしない国に較べ、日本のフレキシビリティは平和共存の視点から見れば、高度に成長し進歩した哲学のように思え、宗教音痴の鳥羽も「なるほどなあ……」と感心した。何はともあれ、神も仏もある聖地として、熊野三山は揺るぎない信仰の対象ということはよく分かった。

熊野三山への参詣道には大別して松阪、伊勢、尾鷲《おわせ》など紀伊半島東海岸沿いに行く「伊勢路」と、大阪、和歌山など紀伊半島西海岸沿いに行く「紀伊路」、高野山から真っ直《す》ぐ南へ千メートル級の山々を越えて行く「小辺路《こへち》」、そして吉野から熊野へ行く修験《しゅげん》者《じゃ》専用の「大峯奥駈道《おおみねおくがけみち》」がある。

このうち最もポピュラーなのは「紀伊路」で、平安時代から鎌倉時代にかけて、皇族・貴族は延べ百回以上も熊野詣でをしている。中には後白河法皇が三十四回、後鳥羽法皇が二十八回にわたって熊野詣でをしたという記録がある。江戸期になるとそれが武士や庶民のあいだにも流行して、最盛期には参詣者の列が絶えることがなかったことから「蟻《あり》の熊野詣で」とよばれた。

紀伊路は、京都から大坂まで船で淀川を下り、大坂からは陸路を行くのが一般的であった。淀川河口の上陸地点は渡辺津《わたなべのつ》といい、現在の大阪市中央区、京阪電鉄・市営地下鉄天満橋駅近く。この辺りは江戸期以前から埋め立てが始まり、掘割が四通八達《しつうはったつ》し、都市化が進むとともに港湾施設が整備され、回漕《かいそう》業者が軒を連ねるようになる。

今はビルが林立して、往時の面影を偲ぶよすがもないが、大川（旧淀川）を背にして、道路を一つ挟んだところにある老舗昆布店の前に「八軒家《はちけんや》船着場の跡」という石碑が立つ。平安・鎌倉期には上皇や法皇の雅《みや》びな一行がここで船を下り、紀伊路に旅立って行った。この近くには「窪津《くぼつ》王子」の跡がある。

王子とはもともと、熊野大社を勧請《かんじょう》した分社（摂社）のことだが、単なる神社というだけでなく、巡礼者を労《ねぎら》う施設でもあった。熊野古道には王子社が連なり「九十九《くじゅうく》王子」とよばれている。厳密に九十九の社があるわけではなく、能登の九十九《つくも》湾のように数多いことを意味するもので、「窪津王子」はその一番目にあたる。

熊野詣でが頻繁に行われるようになって、道中の安全や休息の役に供する意味から、各所に王子が設けられたと考えられる。とりわけ峻険《しゅんけん》な山道を行く中辺路には、規模の大きな王子があった。皇族や貴族の一行は、王子で一夜を明かし、精進潔斎をするほかに、優雅な歌会を催したりしたものである。

もちろん、王子でひと息つく場合でも、あくまでも修行の一環として精進潔斎は厳格に行われた。後鳥羽法皇の側近として御幸に従った歌人の藤原定家が書いた『後鳥羽院熊野御幸記』に、一行は王子に立ち寄るつど、川や海で水垢離《みずごり》を取り、身を清めたことが記されている。風邪気味なのに海に入らなければならなかった——と愚痴っているくらい過酷な修行だったらしい。

熊野巡拝の道程は、たとえ上皇、法皇といえども歩かなければ修行にならないとされ、一ヵ月がかりの道中だった。淀川べりの八軒家で船を下りてしばらくは平坦な道だが、和泉と紀伊の国境辺りには、行く手に海岸線まで延びる和泉山脈の尾根が横たわり、小さな峠越えが続く。日頃、運動不足ぎみで足腰の弱い雲上人《うんじようびと》たちにとっては、なかなかの難路だったにちがいない。

やがて有田川を渡り、日高川を渡り、難行苦行のあげく、ようやく田辺に着く。ここから参詣道は二手に分かれ、右へ海岸沿いに行くのが「大辺路《おおへち》」。左へ北側の紀伊山地を行くのが「中辺路」である。

大辺路は紀伊半島南岸を、熊野那智大社や熊野速玉大社を経由、十津川沿いに熊野本宮へ行くルート。道中には南紀白浜海岸や那智の大滝などの見どころも多く、陽光まばゆい開放的な景色を眺めながらの旅は快適そのものではなかったかと想像する。

それに較べると、山中を行く中辺路は悪路に次ぐ悪路。いくつもの峠や、左右から流れ落ちる沢を越え、鬱蒼《うつそう》と繁《しげ》る森の中を登る石畳の峠道ばかり。大辺路のように風景を楽しむようなビューポイントも限られる。物見遊山の旅には向かないが、逆にいえば、修行専一に辿るには相応《ふさわ》しいともいえる。皇族や貴族があえてこのルートを選んだ理由もそこにあったのだろう。

ガイドブックなどで熊野古道を紹介する写真のほとんどがそういう風景だから、素人の鳥羽ばかりでなく、一般の観光客の多くは、いわゆる熊野古道とは中辺路のことだと思い込んでいるにちがいない。もちろん大辺路にも「古道」と呼ばれる部分はあるのだが、その神髄に触れるには中辺路にかぎる。

国道311号を富田川沿いに行くと、谷が狭《せば》まり、左右から濃密な森に覆われた急《きゅう》峻《しゅん》な山ひだが迫る。空気の密度も変化したように、いよいよ「古道」の雰囲気が強まってきたところに、九十九王子の中でも特に格式が高いといわれた「滝尻《たきじり》王子」がある。ここから熊野の霊域に入り、本格的な熊野古道が始まるといっていい。車の走行が可能な国道や地方道を縫うようにして、ところどころ石畳を施した「熊野古道」と出会う。

牛馬童子像がある「箸折峠」は、まさにその「古道」の真っ只中《ただなか》である。

牛馬童子そのものが花山法皇を象ったものだが、「箸折」という地名もまた、花山法皇熊野古道御幸の故事に由来する。滝尻王子から数えて五番目の大坂本《おおさかもと》王子を過ぎ、さらに険しい坂を越える峠で、花山法皇一行は昼食休憩を取った。箸を作ろうと、法皇が傍らの葦《あし》を手折《たお》ったところ、茎から露がしたたり落ちた。長旅の疲れもあって気落ちしていたせいか、法皇は思わず「これは血か露か」と嘆いた。これが「箸折」の由来であり、以来、峠を越えた先の里の王子を「近露《ちかつゆ》王子」と称《よ》ぶようになったという。

問題の「牛馬童子像」は明治なかば、その花山法皇の故事にちなんで造られたもので、仏像のような宗教的な意図はまったくなかったと思われる。造られた当時は、作者自身も周辺の人々も、これほど話題になり注目されるとは思ってもいなかったにちがいない。

現に、まるっきり門外漢だった鳥羽は、牛馬童子像が人気の的になっている理由が、なかなか理解できなかった。竹内三千恵が「かわいい！」と奇声を上げるのを目のあたりにしなければ、いまでも半信半疑でいたかもしれない。まして支局のがさつな連中には分からないのではないか——と案じたとおり、鳥羽からの報告に対する反応は鈍かった。道の駅「熊野古道中辺路」の駐車場で車を降りたところにデスクの岩永から電話が入った。

「ファックスのメモを見たんだけど、牛馬童子の首がどうかしたって？」

のっけから機嫌が悪そうだ。岩永は栃木県の出身で地元訛《なま》りのせいか、いつも不満を抱えているような口調に聞こえる。鳥羽はとりあえずこれまでに得た情報を伝えた。

「なんだなんだ、石の地蔵さんみたいのが壊されたっていうのかい。どうせたちの悪い観光客のいたずらか何かだろう。もう少し気のきいた話はないのかよ」

頭ごなしにけなされて、鳥羽もさすがに反発する気になった。

「いや、牛馬童子はただの地蔵さんじゃないっすよ。熊野古道きっての人気スポットで、これが盗まれたりしたら、間違いなく大騒ぎになります。とにかくこれから現場に向かって、あとで続報を送りますから待っていてください」

返事を待たずに電話を切ると、鳥羽はけもの道のような坂を登って行った。

深い森の中で二十人ほどの人数が右往左往している。牛馬童子像を囲んで、立木から立木へと黄色い規制線のテープが張られていた。活動服を着た警察官が長い棒の先で藪《やぶ》の中をつついている。語り部の菅が言っていたとおり、報道関係者は地元ケーブルテレビがカメラを回している以外、まだ到着していない様子だ。

牛馬童子像の傍らに菅の姿があった。近づくと、菅も鳥羽に気づいて振り返った。

「どうですか、見つかりそうですか」

「いや、あかんな。この辺り一帯捜し回ったんやが、見つからん。やっぱし持って行ってしもうたんやな」

「というと、盗み目的ですか。単なるいたずらではないってこと」

「そうやな、そこに石の粉が落ちてるやろ。ノコギリで首に傷をつけてから、コンと叩いたんやな。素人のやる手口とは違う」

菅が指さした像の台座に、ノコギリで挽いた、おが屑《くず》状の白い粉が散っている。石工《いしく》が石材を切り出す時、石に浅く傷をつけ、ハンマーで軽く叩いて切り落とす。その要領で首を落としたということか。確かに素人が思いつきでやった「犯行」ではなさそうだ。少なくともノコギリを用意して来たというだけでも、計画性が感じ取れる。

牛と馬に跨がった姿のまま、首だけが消えた牛馬童子は、見るからに痛ましく、それ以上に犯人の病んだ心理が不気味だ。鳥羽はデジタルカメラで何回もシャッターを切り、「とりあえず」と注釈を添えて画像だけを支局に送っておいた。

「盗んでどうするつもりですかね」

菅に訊くと「さあなあ」と嘆かわしそうに首を振った。

「売り飛ばすつもりか、それとも自宅に飾るつもりか。そっちのほうは警察で調べてもらうしかしようがないやろな」

顎《あご》をしゃくった先に制服の警察官に交じって、夜勤明けの早朝だからか、一人だけ私服の馬島《まじま》がいた。鳥羽が田辺通信部に赴任したのと、相前後して異動でやって来た部長刑事だ。四十代なかばと聞いているが、猫背のせいかそれよりかなり老けて見える。いつも眠そうな顔をしているが、頼りない外見に反して、なかなかのキレ者なのだそうだ。しかし、とっつきが悪く、記者クラブ内ではあまり評判がよくない。

「馬島さん、おはようございます」

鳥羽は敬意を払って挨拶した。

「ああ、あんたか、早いな。まだナベテレしか来とらんで」

馬島は珍しく気さくに反応した。「ナベテレ」の正式名称は「田辺テレビサービス」。

ちっぽけな会社だが、その分小回りが利く。そのナベテレでさえ、社長の江口が一人でカメラを回しているところを見ると、スタッフを動員する間もなかったようだ。

江口は早くも取材を終えたのか、斜面を下ってきた。鳥羽に「おはようっす」と声をかけ、馬島に「お疲れさんです」と挨拶して、忙しそうに走り去った。社に戻って編集にかかるのだろう。地元のケーブルネットに流して、その後、どこかのキー局に売り込むつもりかもしれない。それとは対照的にデスクの岩永は冷淡だったが、現場の右往左往を見ると、「牛馬童子像損壊」の話題は、それなりにニュースバリューはありそうだ。

まだ競合他社は来ていないし、夕刊の締め切りまで余裕はあるが、江口の動きを見て、鳥羽もうかうかしていられない気分になってきた。

馬島に慌ただしく「捜索」の状況を訊いた。現時点で分かっているのは、昨日の夕刻までは像に異常がなかったということぐらいらしい。語り部の菅が最後に観光客のグループを伴って箸折峠を通過した時には牛馬童子が鎮座しているのを確認しているそうだ。時刻は午後四時半頃。つまり、犯行はそれ以降ということになる。

「夕刻から今朝までのあいだということだと、夜中の可能性もありますか」

鳥羽は訊いた。

「どうやろ、夜中はここらは真っ暗や。わざわざ首を切りに来るかな。まあ常識的にいうて、日が暮れた直後か、今朝、明るうなってからとちがうんか」

馬島は眠そうな口調で言った。像の首が盗まれたといっても、人的被害があったわけではないので、警察としてはあまり積極的なモチベーションは抱けないのだろう。

「しかし、そうまでして盗むくらいだから、あの像によほどの価値があるか、そうでなければ、犯人には牛馬童子に対して強い思い入れがあるのかもしれませんよ」

とたんに馬島はギロリと振り向いた。

「強い思い入れって、何《なん》なよ？」

「たとえば愛着とか、それとも怨恨《えんこん》とか」

「怨恨？　あはは、あほなことを」

馬島は鼻の頭に皺《しわ》を寄せて笑った。

「相手は石の像やで。ちょっと可愛らしいみたいやから、女性が愛着を抱くのは分かるとしても、怨恨はないやろ」

「怨恨とまではいかなくても、やっかみはあるんじゃないですかね」

「やっかみ？　牛馬童子にかよ」

「ええ、同じ熊野古道の名所でも、牛馬童子ばかりに人気が集中して、閑古鳥が鳴いているようなところがありますからね、やっぱり面白くないでしょう」

「なるほど、そういう意味か。つまりどこかの土産物の店とか、飲食店とかを言うとるわけやね」

「だめですかね」

「だめかどうかはともかく、あんたも妙なことを考えるもんやねえ。けど鳥羽さんよ、そんな憶測は大きな声では言わんほうがええ。差し障りが大きすぎるで」

馬島は周囲をはばかるように声をひそめた。確かにこれは問題発言にちがいない。相手が馬島だからいいが、ほかの地域の人間が聞いたら吊《つ》るし上げに遭いそうだ。

「あ、そうですね。すみません」

鳥羽は軽率を詫《わ》びた。しかし、ほんの思いつきで口を滑らせたのだが、まったくあり得ないことではないような気もしていた。牛馬童子を「亡き者」にすれば――という短絡的な動機が生じたとしても不思議はない。

馬島は何も聞かなかったような顔をあらぬ方角へ向け、黙って何度か頷いた。強面《こわもて》の馬島のことだから、下手すると怒鳴られるかな――と思っただけに、これは意外だ。口には出さなかったが、鳥羽の着想に無視できないものを感じたのかもしれない。

「まあ、警察としても、当面は首の発見に努め、周辺の聞き込みを行うが、本来は役所の仕事やね。市役所のほうで捜索の人数を増やすことになるんとちがうかな」

馬島は「そしたら」と手を振って、仲間たちのいる方向へ去って行った。そろそろ引き揚げにかかるらしい。馬島が言ったとおり、今後は役所か観光協会が主体になって取り組むことになりそうだ。

取材を切り上げて帰路につこうと車に戻ったとたん、岩永デスクから電話が入った。あの冷淡な口ぶりから、どうせろくなことを言われないだろうと覚悟したが、案に相違して「お疲れさん」と、気味が悪いほどの猫なで声が飛び出した。

「いま、現場の取材を終えました。ついさっき、とりあえずの一報を送りましたが、見てもらえましたか？」

鳥羽はこわごわ、お伺いをたてた。

「ああ、見た見た。この先どういう展開になるのか、期待してるぞ」

「あんなんで、いけますかね？」

「いけるいける、面白そうじゃないか。ボスも久しぶりの全国通しネタだって、大いに張り切ってるよ」

「えっ？　ほんとですか？」

鳥羽は驚いた。ボスとは和歌山支局長の島谷のことである。本社の学芸部上がりで、社会部一筋できた岩永とは肌合いが違う。

「ほんとだよ。おれは知らなかったが、ボスの話だと、牛馬童子っていうのは熊野古道の中でもとびっきりの観光スポットだそうじゃないか。そいつの首が切られて消えちまったっていうんだから、こいつは面白い」

「そいつ」だとか「面白い」だとか、岩永の言うことはどうも品がない。

「夕刊早版で、社面の二番手にするってことは決まった」

社会面で二番目の重要記事——という意味である。支局長が言ったという「全国通し」ともなれば、各本社版を通じて、文句なしに社会面を飾ることになる。

「えっ、もう編成会議にかけたんですか」

「そんなもん、かけるまでもないと、ボスがえらい入れ込みだ。トップは向日市《むこう》の『連続毒殺疑惑』で、こいつは動かしようもないが、二番手はこれで決まりと決定した。ボスからの報告を聞いた本社の学芸部長は、二番手どころかトップに出してもいいくらいなもんだと言うほどの勢いだそうだ。えらいことになったな。とにかく頑張ってくれよ」

岩永はいまだかつて聞いたこともない興奮ぎみの上擦った口調で喋《しゃべ》っていた。

鳥羽は半信半疑だったが、岩永に煽《あお》られるまま、通信部に帰投すると、ただちにパソコンにしがみつき、熊野古道や牛馬童子に係わる関連資料の精査にかかった。

十一時を回ると間もなく、支局からパソコンに紙面のゲラが送られてきた。岩永の言ったとおり、整理部の反応もいいらしい。データはほとんど鳥羽が送ったままの内容で、嬉しいことに、文末に「鳥羽映佑」の署名まで付け足してある。

〔熊野古道で石像壊される／器物損壊容疑　頭部見つからず〕

世界遺産・熊野古道の箸折峠（和歌山県田辺市中辺路町）にある石像「牛馬童子」（市指定文化財）の頭部が壊され、なくなっているのを、19日早朝、現場を通りかかった観光客グループが発見し、観光ボランティアの「語り部」を通じて警察に届け出た。調べたところ、隣の役行者《えんのぎょうじゃ》像の頭部にも、たたかれたような跡があった。牛馬童子は熊野古道のシンボル的な観光スポットの一つ。頭部は見つかっておらず、通報を受け、和歌山県警田辺署は器物損壊の疑いで捜査を始めた。

田辺市文化振興課によると、牛馬童子は熊野古道のメーンルートの一つ「中辺路」のシンボルとして知られ、牛と馬にまたがった僧服姿が親しまれている。〔鳥羽映佑〕

改めて写真を見ると、牛馬童子像の隣には「役行者」像が寄り添うように立っている。歴史もこっちのほうが古く、宗教的な意味も大きいのだから、多少の説明を加えるべきだったかもしれない。牛馬童子の人気とは較べようもないので、つい割愛してしまった。その点についてはデスクも気づかなかったのか、何のクレームもつけてこなかった。

じつは後になって分かったことなのだが、驚いたことに、この日、夕刊で「牛馬童子像損壊事件」を報じたのは、大毎新聞一紙のみであった。

何気なく立ち寄った田辺市役所の記者クラブが、ひっそり静まり返っていることで、他社の担当たちがまだ「牛馬童子」の一件に気づいていないらしいことが分かった。まさかとは思うがあり得ないことでもない。

鳥羽は鈴木女史からの速報を受けてすぐに対応したけれど、他社の担当にその情報が伝わっていない可能性はある。彼らが岩永ほど無知だとは思えないのだが、地元馴《な》れしていて、最初からニュースバリューに乏しいと、捨ててしまったのかもしれない。

そういう他社の「無関心状態」がいつまでも続くとは思えないが、何はともあれ、大毎新聞にとっても鳥羽にとっても、奇跡的といえる幸運ではあった。鳥羽は浮き立つ思いを抑え、足音を忍ばせるようにして記者クラブを脱出した。

支局から届いた紙面のデータを、「恩人」である鈴木女史に転送した。折り返し鈴木から電話が入った。

「鳥羽さん、やったやないの。これ、記事になるんやね。よかったわぁ」

まだ執務時間内だから、周囲には同僚も上司もいるはずだ。鈴木は声を押し殺して喋るのだが、その気配から、わがことのように喜んでくれている様子が伝わってくる。

「皆に記事を見せびらかしてもええやろ」

「それは構いませんが、新聞の紙面は、明日の朝刊にならないと見られませんよ」

和歌山県南部の田辺地域は夕刊の配達区域外である。

「ああ、そやったね。けど何でもええわ。とにかくお祝いお祝い。何よりまず三千惠ちやんに教えたらんとな。そしたら、鳥羽さんの仕事に一区切りつく頃を見計らって、先に浜屋へ行って待っとるわね」

もちろん鳥羽も、鈴木に誘われる前からそのつもりでいる。署名入り記事を誰よりも先に三千恵に見せたい。うだつの上がらない通信部暮らし——のイメージを脱却して、これでもジャーナリストの端くれであることを彼女にアピールするチャンスには違いない。

田辺署にその後の捜査状況を確かめ、市の教育委員会、観光協会関係者などを追加取材して、最後に田辺市長の談話まで入手し、朝刊用の記事の体裁を整えてから「浜屋」へ駆けつけた。

店はかなり混んでいたが、いつものカウンター席ではなく、奥の小上がりにテーブルをキープしてある。ここなら周囲のお客を気にしないで話ができる。襖《ふすま》を開けて顔を見せると、鈴木は「鳥羽さん、遅い遅い」と不満げにクレームをつけた。腰を落ちつけてから間を置かずに、三千恵がつきだしとビールを運んで来た。

「鈴木さんから聞きました。おめでとうございます」といつになく行儀よい仕種《しぐさ》で、客の二人にビールを注《つ》ぎ、頭を下げた。鳥羽は新鮮な魅力を彼女に感じた。

「あはは、そんなにお祝いされるほどの仕事じゃないよ。もとを正せばすべて鈴木さんのおかげだしさ」

一応、謙遜すると、鈴木は「そんなことないわ」と、真顔で手を横に振った。

「私が応援したくなったのも、鳥羽さんの日頃の行いのよさがあればこそやないですか。熊野古道に案内した時に、あ、この人は仕事熱心でええ人やなって確信したもの」

鈴木に強調されて、鳥羽は大いに照れた。

「なあ三千恵ちゃん、あんたかてそう思うやろ？」

「ええ、もちろんです」

笑いながら相槌《あいづち》を打ち、グラスの底のビールを啜《すす》り終え、「御馳走《ごちそう》さま」と三千恵が席を下がった後、鈴木は鳥羽に顔を寄せて囁《ささや》くように言った。

「あんまりアルコールが入らんうちに、この際やから言っとくけど、鳥羽さん、三千恵ちゃんのこと好きなんとちがう？」

「えーっ！……」

いきなりだったから、鳥羽はビールを噴き出してのけ反った。

「そんなに驚かんでもええやろ。私はずうっと前からそやないかなって気づいとったんやから」

「ほんとですか？」

「ほんまやほんまや、真面目な話ですよ」

鈴木は言葉どおり、真面目そのものの顔を作って見せた。

「もし鳥羽さんにその気があるんやったら、この際、はっきり宣言しとったほうがええ。そのことを勧めよう思て、あんたをここに呼んだんよ」

「それはありがたいけど、そんなことを言って、僕のほうはともかく、彼女が聞いたら笑うんじゃないですかね」

「笑うかどうかは聞いてみな分からんでしょう。それより何より、とにかく意思表示だけでもしとかんと、取り返しのつかんことになるわよ」

「あはは、そんなオーバーな……」

「あほ、笑っとる場合と違うわ」

鈴木はいよいよ真顔になって叱った。どうやら本気らしい。

「あんたは知らんやろうけど、あの子はいつまでもこんな店でお運びみたいなことをしとる人と違うのよ」

「はあ、それはそうでしょうが。というと彼女、この店を辞めるんですか？」

「そう、辞めるわね」

あっさり結論を言われて、鳥羽は度肝を抜かれる気分だった。

「そうなんですか……どこか別の店にスカウトされたとか？」

「そやないけど、遠くへ行ってしまうことになるかもしれん」

「遠くというと、東京とか？」

「あんたも単純やねえ。遠いいうても距離の問題ばかりやのうて、環境とか、そういうこともあるでしょう」

「じゃあ、結婚?……」

「ははは、やっぱし単純やねえ。そうなったら手遅れやないの。まだそこまではいってへんから、それは安心」

「ありがとう」

鳥羽はまた単純にも頭を下げた。それがまたおかしいと鈴木は笑い、「じつはね……」と言いかけて、「いや、後で本人の口から確かめたほうがええわ」と口を閉ざした。

鳥羽は大いに気になったが、言われるまま待って、三千恵が何度目かの料理を持って来るまでの間にビールを三杯、空にした。

「ねえ三千恵ちゃん、お店辞めるって聞いたけど、ほんとなの?」

ビールを注がれながら、相手の目を見ないようにして訊いた。

「ええ、ほんまです」

「えっ、ほんとなのか。で、この先、どうするの?　どこかへ行ってしまうの?」

「海南市に行きます」

「あ、そうなの……」

海南市は和歌山市の南隣、田辺市から車で一時間余りのところだ。鈴木が言ったほどの「遠い」ところではない。鳥羽は思わず拍子抜けがした。

「海南市かあ……そこって、三千恵ちゃんの実家だっけ？」

「いえ、私の家は和歌山市内です。そうやなくて、新しい職場が海南市」

「ふーん、勤め先はふつうの会社？」

「ふつう、ではないですけど」

含みのある言い方だ。表情も困ったような笑みを浮かべている。いよいよ興味を惹かれる鳥羽に、その笑顔のまま「カミサマに誘われました」と言った。

「カミサマ？」

鳥羽は意表をつかれて反芻した。

「神様って、あの神様？」

柏手《かしわで》を打つ真似をした。

「そうです、あの神様です」

三千恵は真面目くさった顔で頷いている。鳥羽は当惑して、(どういう意味？——)と救いを求める視線を鈴木に向けた。その疑問に答えて、「そうやなあ」と鈴木は言った。

「三千恵ちゃんは海南市の神社に勤めるんやて」

海南市ならそう遠くない。鳥羽はひとまずの安堵《あんど》と、新たな疑念を込めて訊いた。

「神社ですか……」

「ええ、海南市の藤白《ふじしろ》神社です」

「藤白神社いうても、鳥羽さんは知らんのと違う？」

鈴木が言った。

「ええ、もちろん知りません」

「有間皇子《ありまのみこ》さんゆかりの神社なんや」

鈴木は解説を加えたが、そう言われても鳥羽には有間皇子自体に知識がない。

「あれ、鳥羽さん、有間皇子さんのことを知らんの？『家にあれば笥《け》に盛る飯《いひ》を』いう歌で有名やないの」

無知を指摘されて、鳥羽は頭を掻《か》いた。

「残念ながら……大津皇子《おおつの》のことならある程度知ってますが」

「その大津皇子と同じ頃の人や。悲劇的な最期を遂げた点も、大津皇子とそっくり。ちょっと待っといて。ウィキペディアで検索してみるわ」

鈴木は言って、バッグの底からタブレットを引っ張りだした。

有間皇子は六四〇年に孝徳天皇の皇子として誕生。当然、将来は天皇になるべき人物だったが、孝徳天皇と中大兄皇子（後の天智天皇）との確執のとばっちりを受け、不運な生涯を送ることになる。

大化元（645）年、孝徳天皇は都を倭京《やまとのみやこ》から難波宮に移したのだが、中大兄皇子はその意向を拒否、反旗を翻して皇族や群臣のほとんどはもとより、孝徳天皇の皇后である間人皇女《はしひとのひめみこ》までを引き連れて、倭京に都を戻してしまった。その頃の中大兄は中臣鎌足（後の藤原鎌足）とともに蘇我氏を討ち、大化改新をなし遂げるなど、天皇を凌駕《りようが》するほどの威勢を誇っていた。

中大兄らのクーデターの最中、孝徳天皇は崩御する。もはや中大兄の勢いを止めるすべはない。政権にとって唯一の懸念要因である有間皇子は、政争に巻き込まれるのを避けるため、心の病を装い、療養と称して紀伊の「牟婁《むろ》の湯（白浜温泉）」に赴いた。

その時点では有間皇子には中大兄らの権勢に逆らう意思など毛頭なく、和歌に親しみ、ひたすら恭順を貫く姿勢であった。しかし、ほとぼりが冷めて都に戻ると、蘇我赤兄《あかえ》が接近してきて甘言を用い、有間皇子を籠絡《ろうらく》、謀叛《むほん》を唆《そそのか》した。

この謀略に乗せられた形で、有間皇子は反逆者として追われ、逃避行の果て、藤白坂で絞首刑に処せられた。享年十九。鈴木が紹介した前述の歌は、皇子が流浪の途次に詠んだものと伝わっている。

「家にあれば笥に盛る飯を草枕旅にしあれば椎《しひ》の葉に盛る」

物知らずの鳥羽も、有間皇子の事跡はともかくとして、この歌はどこかで聞いた記憶がある。その有間皇子が殺された藤白坂のほとりにあるのが「藤白神社」で、坂の登り口には「有間皇子の墓」がひっそりと建つ。

『ウィキペディア』には、〔藤白神社は九十九王子のなかでも別格とされた五体王子のひとつ藤代王子の旧址《きゅうし》〕とも紹介されている。中世熊野御幸の最盛期には、とりわけ格式の高い王子として崇敬をあつめたという。本格的な熊野古道はここからスタートするといってもいいのだそうだ。

藤白神社はそれほど知られていないらしいが、写真を見ると、長い石段の上に立つ社殿は、なかなか由緒ありげだ。

「そうなんですか、この神社に勤めるんですか。別世界の人になっちゃうんだ」

鈴木の手の中にある、タブレットの小さな画面に見入りながら、鳥羽は無意識に嘆息を洩《も》らした。三千恵がこの画像の奥の、手の届かない遠いところへ行ってしまいそうな気がしてきた。

「いややわあ、別世界やなんて、この世の者ではないみたいな言い方せんといて。単に社務所に勤める巫女《みこ》さんでしかないですよ」

三千恵は指先で軽く鳥羽の肩をつついて笑った。その仕種に、いままで見たことのない艶《なまめ》かしさを感じて、鳥羽は照れた。

「巫女さん」という言葉から、白衣《びゃくえ》に緋の袴《はかま》を着けた、神前に額《ぬか》ずく巫女の、清楚《せいそ》でありながら、どこかそそられる感のある姿を連想したせいかもしれない。

「しかし、巫女さんといえば、神様に仕える神聖な仕事でしょう」

鳥羽は自分の怪《け》しからぬ妄想を打ち消すように言った。

「たしか國學院大學とか伊勢の皇學館大学とかで学び、神社で修行をして、神職の資格を取得するんでしたね」

鳥羽が生半可な知識をひけらかすと、三千恵は「まさか……」と笑った。

「神職になるためには本来はそうですけど、私はそんな立派なもんと違います。単に、中学から高校までずっとミッションの学校にいたっていうこと」

「あ、そうだったんですか。それにしても、神社に勤めるなんて、珍しい。どういうきっかけですか？」

「鈴木さんに紹介してもろたんです」

三千恵は「ね」と鈴木に頭を下げた。

「そうやな。前々から藤白神社の宮司さんに頼まれとって、三千恵ちゃんを紹介したら、えろう喜んでもろた」

「ミッションスクールでも、日本の神様には抵抗がないのかな」

鳥羽はあらためて三千恵を眺めて言った。

「ぜーんぜんありませんよ。キリスト教や仏教と違《ちご》て、日本の神様たちはおおらかで、どことなく人間味があって、身近に感じるやないですか。それに、私は歴史が大好きやし、有間皇子さんゆかりの神社やいうだけで大満足」

「ふーん、そんなもんですかねえ」

「そうですよ。大津皇子さんももちろんやけど、有間皇子さんかてかっこええでしょう。悲劇の皇子という点でも大津皇子さんとそっくり。これまでは大化改新のヒーローとして中大兄皇子も好きなイメージやったけど、中臣鎌足と一緒に有間皇子さんを殺すなんて、イケズやわあと思ったら、いっぺんに嫌いになってしもて、いまはもう有間皇子さんに乗り換えました」

「イケズ」と片づけられては、中大兄も鎌足も立つ瀬がないだろうけれど、そう言いたい三千惠の判官贔屓《ほうがんびいき》も分からないではない。

それにしても、千何百年もの時を超えてなお、後世の人々にロマンを伝えている往時のヒーローやヒロインたちの存在には、歴史音痴の鳥羽も心惹かれるものがあった。

「僕もいちど、藤白神社にお参りしてもいいですか」

「もちろん大歓迎です、ぜひ来てください。そや、鈴木さんがご実家に帰られる時、案内してもろたらええんと違いますか」

「帰るって、鈴木さんの実家はそっちのほうにあるんですか？」

「そうなんよ。藤白神社の隣が夫の実家です」

「へえーっ、そうなのかあ」

鳥羽はまたまた驚かされた。何だか話ができすぎていて、仕組まれたような気分だ。

「藤白神社の隣、いうか、同じ敷地内に鈴木屋敷というのがあって、神社はもともと鈴木屋敷の一部だったんやそうです。鈴木家は海南市で一、二を争う名家なんですよ」

三千惠が言うのを打ち消すように、鈴木は「あはは、やめといて」と笑った。

「大昔は大きな家やったそうやけど、いまは名家どころか、零落しきった庄屋さんの成れの果てみたいなもんやわ」

鈴木が謙遜すると、三千惠は残念そうに首を横に振った。

「それでも、日本の鈴木さんいう家は、すべてそこから発祥しているんですよ」

「ふーん、それはすごいことじゃないですか。鈴木姓は日本で一番か二番か、とにかく圧倒的に多い名前でしょう。その大本が鈴木さんのお宅なんですか」

「それは事実みたい。年に一度か何年に一度かは忘れてしもたけど、全国の鈴木さんが集まってお祭りみたいなことをするんやと。自動車のスズキの会長さんも参加したことがあるいうのを聞いたことがあるよ」

鈴木が少し自慢げに言った。

「そういえば」と鳥羽は思い出した。

「大学時代の先輩から聞いた話によると、熊本県菊池市にある菊池神社には、『菊池の会』なるものがあるそうです。何でも平安時代からえんえんと続く名門『菊池一族』の末裔《まつえい》たちが、いまでも旧交を温め、結束を固めているというんですが、そういう人たちは家門に対する誇りがあるし、名誉を重んじ名を惜しむ精神が息づいているんじゃありませんか」

「そんなふうに言われると何やらくすぐったいわ。うちらはそんなに立派な誇りも持っとらんし、どっちかいうと、鈴木なんてあり触れた名前が恥ずかしいくらいや。それよか三千恵ちゃんの竹内のほうが断然立派とちがう？」

確かに、大和には武内宿禰《たけのうちのすくね》がいたし、難波と結ぶ古道「竹内街道《たけのうち》」がある。三千恵の「竹内」姓は、武内宿禰とは違う流れかもしれないが、竹内街道とは関係がありそうだ。その付近が竹内姓発祥の地であって、三千恵の歴史好きはそういうところから発生している可能性もある。

「それじゃ、今度、藤白神社にお参りして、熊野古道の入口を歩いてみようかな。三千恵ちゃんに影響されたお陰で、すっかり忘れていた大和の歴史を、改めて勉強したくなってきた」

「ほんまに？　嬉しいわあ。そしたら、熊野古道の源流を遡《さかのぼ》る道を辿ってみませんか」

「熊野古道の源流というと、淀川？　というか、京都じゃないの」

花山法皇の熊野御幸がスタートした京都界隈の風景が浮かぶのと同時に、鳥羽はほろ酔い気分でほとんど忘れかけていた牛馬童子の一件を、改めて想起した。

一夜明けて、翌日の朝刊は各紙いっせいに「牛馬童子像損壊事件」を報じた。基本的には似たりよったりの内容だが、鈴木女史にたたき起こされたお陰で、鳥羽の行動開始が一歩先んじていた分だけ、大毎の記事のほうに余裕がある。鈴木には「遅参」をなじられたけれど、浜屋に出掛ける前、田辺市長をはじめ各方面に追加取材したのも無駄ではなかった。鳥羽の原稿に加筆して、状況をふくらませているのはたぶん岩永の演出なのだろう。「せっかく楽しみにして来たのに……」という、観光客の述懐をサブキャッチにあしらって〔思わぬ姿に絶句／牛馬童子石像切断田辺市長『世界遺産に重大な影響』〕とニュースのスケールを広げ、〔「せっかく楽しみにして来たのに、残念です」――。19日、田辺市中辺路町近露の熊野古道を訪れた男性は、牛馬童子像（市指定文化財）の思わぬ姿に言葉を失った。古道巡りの大勢の人に「熊野」を強く印象づけてきた石像の頭部が壊され、地元や関係者は深い悲しみに覆われた。〕と、庶民感覚に訴える面を強調している。

和歌山支局の追加取材を加えた記事は鳥羽が発した第一報よりもさらに具体的に「被害」の内容を報じ、過去のこの種の「事件」例を列挙している。それを読むと、こういう文化財が無法行為に対してあまりにも無防備であり、脆弱《ぜいじゃく》であることを痛感させられる。

考えてみると、文明が発祥してからというもの、人類はかぎりない創造と破壊を繰り返してきたのだ。宗教的、あるいは政治的な意図をもって破壊したケースもあるし、それと気づかず、重要な文化を喪失させてしまったこともある。日本の場合など、まだしも古代の文化遺産を守ろうとする姿勢が、一般市民の中に広く浸透しているといえるのだが、それでもこんな風に、無意味な暴力的行為に晒《さら》される危険性を常に孕《はら》んでいる。

記事は和歌山県の「地域づくり課」の弁として、「影響の大きさは計り知れない。世界遺産を後世に守り伝える啓発をより盛んにしなければならない」と結んでいる。県知事にいたっては「怒りで逆上している」と不快感を露《あら》わにしていた。

「牛馬童子像損壊事件」の余波はこれ以降も続き、熊野古道を中心に、和歌山県観光のさまざまなところに、有形無形の傷痕を残すことになった。たとえば、頭部を破壊された牛馬童子像に、劣化防止のためにシートが被せられ、そうせざるを得なかった経緯や文化財保護を訴える内容の看板を設置した。観光の本筋からいえばかなり見苦しいものだが、こうまでしなければならないところに追い込んだという点は、犯人側にも意図した以上の罪悪感を抱かせたにちがいない。

しかし、いくら後悔しようと、罪の意識に怯《おび》えようと、犯してしまった事実を覆《くつがえ》すことはできない。たとえ相手は「石像」にすぎないとはいえ、これは殺人と同様、取り返しのつかない犯罪なのだ。

第二章　八軒家殺人事件

浅見光彦が熊野古道の「牛馬童子像損壊事件」のことを知ったのは、事件から十数日を経た七月最初の日曜日のことである。朝食のテーブルに珍しく兄陽一郎がいて、弟の顔を見るなり、「光彦は聞いているのだろうな」と言った。

警察庁刑事局長の要職にいる兄と、こんなふうに二人きりで顔を合わせること自体、珍しいが、唐突に意味不明の質問を投げかけられると、また何か失態を演じてしまったかとドキリとする。

「は？　何のことでしょう？」

「これだよ、これ」

陽一郎はテーブルの上に広げた新聞を取り上げ、記事の一部を指し示した。

〔熊野古道「牛馬童子」損壊事件／文化財保護法違反で告訴／田辺市長「厳しい姿勢で対処」〕

記事の見出しの様子から見て、昨日や今日、発生したのではなく、どうやらすでに報じられていたのを、改めて整理した上での続報を伝えるもののようだ。

「いえ、知りませんでしたが」

浅見は首を横に振った。

「ふーん、それは意外だな。光彦のことだから、とっくに知っていて、そろそろ出掛ける準備に取りかかろうとしているのではないかと思った」

「出掛けるって、この事件の取材にですか？　まさか、こんな記事があること自体、ぜんぜん気づいてもいませんでしたよ」

「ほんとかね？」と陽一郎は疑わしそうな目を、弟に向けた。おまえさんにはいつも裏切られている——という表情だ。

記事が「事件」を報じているからには、弟の「出掛ける」目的が事件と無縁であるはずはない。またぞろ余計なところに顔を出して、警察の領域を侵害し、兄の威信にかかわる軽はずみな行動に走るのではないか——と恐れているに違いない。

「きみは以前、熊野古道の殺人事件を取材していたじゃないか。その流れからいっても、まんざら無縁とは思えないからね」

「ああ、あれはずいぶん前でしょう」

浅見にしてみれば、古傷に触れられるような出来事だ。

「とっくに忘れてしまった話です」

確かに何年か前、そういうこともあった。「面白いイベントがあるよ」と、軽井沢に住む作家の煽《おだ》てに乗せられ、ノコノコ南紀に出向いたのはいいが、事件を取材する過程で、いのちの次に大切にしていたソアラが大破するという、アクシデントに見舞われた。

事件そのものは補陀落《ふだらく》渡海を体験するという設定のイベントの最中、大学の助手が一人、荒海に出て殺されてしまった。それはそれで、取材的には興味を惹かれるものだったが、生身の人間を荒海に送り出す現場に立ち会ったのだから、不気味以上に犯罪に加担したような後味の悪さが残った。

そのことがあって以来、熊野だとか補陀落だとか、どうもあの辺りに潜む怪しい気配は敬遠したい。

「そうか、それならそれで結構だ。とにかく君子危うきに近寄らずでいてもらいたい」

陽一郎は機嫌よさそうに笑顔を見せて、書斎に引き揚げて行った。たまの休日に、余計な時間を費やすところだった――という安堵の思いがあるに違いない。

しかし、この件についてでは、それでことが片づいたわけではなかった。直後、陽一郎に入れ代わってリビングルームに現れた雪江が、新聞をつきつけて、「光彦、この記事を見ましたか?」と言った。浅見はトーストにかぶりつきながら、兄に答えたのと同様、「いえ」と首を振った。

「そうなの、知らないのね。光彦にしては珍しいこと」

兄とそっくりな口調で首を傾《かし》げた。次男坊がよほど事件に飢えているとでも思っているらしい。

「知りません。いましがた兄さんからも同じことを訊かれましたが、しかしどうしたんですか、兄さんばかりかお母さんまでが、この記事のことを気にしているのは?」

「だって光彦、牛馬童子がご難に遭ったたっていうんだもの、放っておくわけにはいかないでしょう」

「はあ、そうなんですか。そう言われても僕にはぜんぜんぴんときませんが」

「おや光彦、あなた牛馬童子のことを知らないって言うんじゃないでしょうね」

「知らないのが悪であるような口ぶりだ。

「いや、知りません。お母さんが『ご難』と言うくらいだから、かなり尊ぶべき存在なのでしょうね」

「そうですよ……あら、まあ呆れた。あなた本当に牛馬童子を知らないの?　あんなに熊野古道を取材したくせに。第一『旅と歴史』に物を書いているのに、牛馬童子を知らないだなんて、それでは通りませんよ」

「しかし、知らないのは事実です」

「そんなことでは読者に申し訳が立たないでしょう。知ったかぶりで生意気な文章を書いて、法外な原稿料を頂戴して、それでは詐欺同然じゃありませんか。すぐに編集長に辞表を出して、下ろさせていただきなさい」

辞表はともかくとして、法外な原稿料など貰《もら》った例《ため》しがないから、笑ってしまう。

「ははは、まさかそんな、そういうわけにはいきません」

「笑い事ではないの。そんなことでは、あなたの拙いエッセイや『旅と歴史』を信じていらっしゃる読者に対して失礼だわ」

言いだしたら後に引かない母親の、馬鹿げた言い分だが、どうやら本気らしい。

「驚きましたねえ。兄さんといいお母さんといい、そこまで牛馬童子なるものに入れ込んでいるとは……いったい、牛馬童子とは何者なんですか？」

「わたくしに訊く前に、光彦、あなた自分で調べなさい。かりにも『旅と歴史』の執筆者の一人として、そんなことも知らないのでは恥ですよ」

きつい視線の一瞥《いちべつ》を残して、雪江は自室に引っ込んだが、それでことは済まなかった。

あらためて、新聞記事を見ると、牛馬童子なるものはどうやら「熊野古道」の名所的存在であるらしい。それも、損壊した犯人について、文化財保護法違反でどうのこうのと書いてあるくらいだから、高価な、あるいは歴史的価値の高いものと考えられる。

何はともあれ、ネットのデータを調べることにした。「ウィキペディア」には牛馬童子の解説どころか、事件ニュースが報じられていた。**〔6月19日午前、牛馬童子像の頭部が何者かによって叩かれて壊され、無くなっているのが発見された。和歌山県警田辺署は、器物損壊の疑いで調べている。事件発覚後、市職員や地元住民ら延べ約330人が捜索を続けている。〕**というものだ。

あらためてそこから逆引きの要領で「牛馬童子」に関する周辺の知識を確かめた。その結果、分かったことは、母親の言うとおり、牛馬童子とはまさに熊野古道の目玉的存在なのであって、花山法皇の故事など、いやしくも「旅と歴史」なる雑誌にかかわっている「物書き」の一員として、そんなことも知らないの――と軽蔑されても仕方がない事実と知って愕然《がくぜん》とした。

そのショックに追い打ちをかけるように、ものの十分も経《た》たないうちに携帯電話が鳴って、内田という軽井沢在住の作家の名前が表示された。さっき、思い出したくもないと考えたばかりの相手だ。

「浅見ちゃん、いる?」と、内田は挨拶抜きで、いつもどおりの軽い口調で言った。現に電話に出ている相手に向かって「いる？」と訊くのはいかがなものか。以前はよく、お手伝いの須美子に頼んで居留守を使ったりもしたのだが、携帯電話は不便なものである。

「はあ、残念ながらいるみたいですが」

浅見は仕方なく正直に答えた。

「あ、そう、よかったよかった」

内田は分かりきったことに単純に喜んでいる。そういうところは憎めない男だ。

「何かありましたか？」

「じつは、浅見ちゃんに頼みたいことがあってね。きわめて簡単な内容なので、必ずしもきみでなくてもいいのだが」

「あ、それだったら他の人に頼んでくれませんか」

「まあまあ、そうつれないことを言わないでさ、話を聞くだけでも聞いてみてくれ」

「聞くだけでよければお聞きしますよ」

「じつはね、このところ体調を崩してさ」

「えっ、病気ですか。珍しいですね、鬼のなんとかっていうやつですか」

「そう、僕にしてはじつに珍しい事態だ。それもかなりの重症らしい。医者は十日間の入院加療を要すると宣言した。ヤブの言うことだからアテにはならないがね」

明らかに内田は強がりを言っている。自分の父親が医者だったせいか、医者と聞けばすべてヤブだと決めつけたがる。しかし口とは裏腹に、内田がカラ元気であることは、じきに分かった。

「それで、僕に頼みたいというのは、何なんですか？」

浅見は十分に身構えて訊いた。

「先生のことだから、病院食が不味いので、弁当の差し入れが欲しいとか、そういうことですか。だったら何でも言ってください。なだ万の弁当でも、宮川の鰻重《うなじゅう》でも何でもお持ちしますよ」

「ありがとう。それはそれでぜひ頼みたいのだが、本日の頼みは違う。王子神社に代参してもらいたいということだ」

「王子神社？　代参、ですか？」

代参などは、森の石松の金比羅代参以来、死語になっていると思っていた。それがあの不信心を絵に描いたような内田の口から出たとは、およそ信じられない。

「王子神社とは、あの王子神社ですか？　つまり『王子の狐』の？」

東京都北区――つまり浅見と、それに内田が生まれ育った、東京23区の北のはずれ近くに「王子神社」というのがあることは、地元愛の乏しい浅見も知っている。創建年代は不明だが、一三二二年に当地の領主である豊島氏が社殿を再興した――という記録が残っているから、かなり古いことは確かだ。

「浅見ちゃん、それは違うよ」

内田はクレームをつけた。

「浅見ちゃんが言ってるのは、王子稲荷神社のことだろ。そうじゃなくて、僕が言うのは王子神社。ごっちゃにしないでよ」

「あ、そうでした。すみません」

落語の古典に『王子の狐』というのがある。王子神社のかたわらに棲《す》む狐が、よく人を騙《だま》すという話を聞いた江戸っ子が、面白いから騙されてみようと出掛けて、案の定、母親狐に騙される話だ。ところが騙したはずの母親狐が、じつは逆に人間に騙されていて、ひどい目に遭う。話のオチは、母狐が子狐に、「くれぐれも人間には騙されないように」と教訓を垂れる――というものである。

確かに王子には王子神社と王子稲荷神社が隣接していて、地元の人間でさえしばしば混同する。浅見は子供の頃から、桜で有名な飛鳥山や王子神社に遊びに行ったものだが、おとなになってからはついぞ訪れていない。王子神社と王子稲荷神社の区別がつかなかったのは、その信心のなさから来ている。

「あの王子神社に、しかも代参とは、聞いたことがありませんね」

浅見は眉に唾をつけて訊いた。

「今回の病気は、下半身が不自由で、足腰が萎《な》えたような感覚なんだよ。どうもよく分からない。僕が分からないだけでなく、医者にも原因が掴めないらしい。思うに、これは子供の頃に王子神社の鳥居に小便をかけたことへの神罰ではないかな。そこでだ、浅見ちゃんにぜひご足労願って、王子神社への参詣に出向いていただきたい」

ばかばかしい——と笑い捨てる前に、内田は先を越したように、「真面目な話だから、真剣になって聞いてもらいたい」と言った。心なしか声音に力感がない。よほど骨身にこたえているにちがいない。

「分かりました。そういうことなら、いつでもお参りに行ってきますよ」

「そうか、お願いできますか。忙しいのに悪いね」

「何の、お安い御用です。うちから歩いてでも行けるところですからね」

「えっ？　歩いて？　ははは……まさか、歩いては行けないだろう」

真剣にと言った当人が笑いだした。

「いや、行けますよ。飛鳥山の坂を下って、音無橋を渡ればすぐです」

「それはあれだろ、王子神社のほうだろう。そうじゃなくてさ、僕が言っているのは王子権現の王子神社だ」

内田はまた訳の分からないことを口走っている。ついに足腰の萎えが頭にまで達したかと心配になる。王子神社は空襲で罹災《りさい》する前まで、「王子権現」と呼ばれていたことは浅見も知っている。和歌山県の熊野三山の権現を勧請したのが始まりとされる。

そのことを連想して、浅見は愕然と気づいた。内田が言っているのは、もしかすると
その本家本元の熊野の「権現神社」のことかもしれない。

そもそも「王子」一帯は、かつて「岸村」と呼ばれていたのだが、紀州熊野の「若一《にゃくいち》王子」が勧請されたことから「王子村」になったといわれる。つまり北区の王子神社とは、熊野十二所権現の一つである「若一王子社」の分社でしかないのだ。どうやら内田はその本家本元である紀州の王子権現に参ってくれと言っているらしい。

「まさか、先生が言うのは紀州の熊野権現のことではないでしょうね」

「いや、そのまさかだよ。さすが浅見ちゃんは勘がいいね。王子神社から熊野に飛躍できるのは、よほどの博識に違いない」

褒められても嬉しくない。

「しかし、熊野は遠すぎますよ。いくら閑人《ひまじん》の僕でもこの際は遠慮します」

「そんな遠慮は、僕と浅見ちゃんのあいだでは無用なんだけどなあ」

そっちには無用でも、こっちにとっては大いに有用だ。とはいえ、内田の執拗《しつよう》さはこの程度で収まるとは思えなかった。いったん言いだしたら後に引かない、不退転の覚悟があるに違いない。そう思ったとおり、「じつはね、浅見ちゃん」と二の矢が飛び出した。

「熊野ではいま、面白いことが起こっているらしいよ」

こういうのが大いに警戒を要する。そう思いつつ「何です？　面白いって？」と、見え透いた罠《わな》に嵌《は》まる自分が腹立たしい。

「浅見ちゃんは牛馬童子っていうの、知っているだろ？」

(やっぱり来たか)と思った。

「牛馬童子って、熊野古道のですか？」

「そう、さすがだねえ。打てば響くっていうのは浅見ちゃんみたいな存在だろうね。熊野古道は知っていても、牛馬童子と結び付けることができるやつは、東京では二人といないに違いない」

煽てられると、いまいましいと知りつつつい乗ってしまう。

「牛馬童子が盗まれたっていう話ですか」

「そのとおり！　驚いたなあ。何でも分かっているんだねえ。感激でもはや言う言葉も見当たらない。持つべきものはよい友と美人のカミさんだな。しかし、それにしてもどうして知っているんだい？」

「いや、それは蛇《じゃ》の道はヘビですよ。そんなことより、熊野の王子神社の話はどうなんですか？　マジで行けと命令するんですか？」

「命令なんて、そんな恐れ多いことはできっこないさ。もし可能ならば、僕の代わりに熊野権現の護符を戴いて来てもらえないかと、願望を述べるにすぎない。とにかくいまの僕には神仏に頼る以外、望みはないのだ」

どこを押せばそんな弱気が出るのか、疑わしいのだが、これでいつも騙される。内田からは「病気」と宣言されたものの、浅見は疑惑を否定できない。これまでの長い付き合いの中で繰り返された内田の言動を顧みると、仮病の可能性は十分にあり得る。

とはいえ、いつになく神妙な口ぶりであることも事実だ。もしかすると、今度ばかりは本物の病気なのであって、本人が「原因不明」と言っているくらいの難病で、最悪、不治の病なのかもしれない。だとすれば、長年の厚誼《こうぎ》に応えるために、ジェスチャーとしても一応の友情を示しておいたほうがいい。

（熊野権現か——）

浅見は疑心暗鬼と戦いながら、条件反射のように、いつの間にかドライブマップを広げていた。それで改めて実感したが、さすがに熊野は遠い。紀伊半島そのものが、かつては岩手県の三陸海岸と共に「陸の孤島」と呼ばれたくらい、交通の便が悪いのである。

第一、その交通費がばかにならない。現地での足の便を考慮して、車で行くことになるのだが、単純に高速料金やガソリン代を計算しても、浅見の月収の何割かが吹っ飛びそうだ。浅見は最後の期待を込めて、内田に旅費を要求してみることにした。

「ああ、もちろんお支払いはするよ」

予想外の快諾であった。

「ついさっき、カミさんが銀行に行って、浅見ちゃんの口座に振り込んだはずだ」

内田本人の言うことはともかく、夫人のほうはまだしも信頼できる。金額までは確かめなかったが、後で通帳を調べてみると、信じられない数字が並んでいた。少なくとも「旅と歴史」の原稿料とは比較にならない。

（まさか、遺産のつもりでは？——）と疑うほどだ。いずれにしても、これで旅費はもちろん、多少の遊興費に散財しても後顧の憂いはなさそうだ。

浅見はいよいよその気になって、もう一度新聞記事を確かめた。浅見家は父親の代から変わらず「大毎新聞」の愛読者である。他紙と比較したわけではないが、どこよりも報道の姿勢が信用できると思っている。

政治的意図を持った、あざとい記事を展開することは稀《まれ》だが、地域密着型で丹念に事件を伝える。牛馬童子像損壊事件についての記事はかなり熱心だから、どちらかというと関西圏に強いのかもしれない。

いまのところ「事件」の詳報を知るには新聞記事に頼るほかはないので、隅から隅まで情報をしっかり読み込むことにした。その結果、これまで気づかなかった新しい発見があった。大毎新聞の記事はほとんどどれもが、執筆者名を添えて、いわゆる署名入りで掲載しているのである。どの新聞もそうなのかと思ったのだが、必ずしもそうではないらしい。

　浅見がそのことを知ったのは、牛馬童子像損壊事件を報じる第一報の記事の署名を見た時である。記事の最後に〔鳥羽映佑〕の名を発見して、ちょっとしたショックを受けた。

　鳥羽映佑は浅見の大学時代の後輩だ。学年でいうとかなりの開きがあるから、在学中の接点はまったくないのだが、鳥羽が就職活動を始めた頃、マスコミ志望と聞いて、柄にもなくコネをきかせ、先輩風を吹かせる羽目になった。結果的には鳥羽は希望どおり大毎新聞に入社したのだが、当の浅見は三流業界紙に二年ほど勤めただけで転職した。かつては余裕で先輩面をしていたのが、先を越されたという経緯があるだけに、懐かしい反面、いまいましく羨む気持ちもある。その鳥羽がこともあろうに大毎新聞の和歌山支局で、しかも牛馬童子像損壊事件に関わっているとは偶然にしても間が悪い。

　とはいえ、鳥羽がそういうセクションにいることは、門外漢の浅見にとっては幸運と捉《とら》えられなくもない。何にしても、浅見は翌々日の朝、和歌山へ向けて出発した。途中、京都に一泊した。夏の日暮れは遅く、東山の峰々にはまだ日差しが残っていた。ホテルに入ってから、浅見は鳥羽の番号を捜し当てて、とりあえずの一報を入れた。鳥羽は浅見が名乗り、いま京都にいると告げた瞬間「えっ、もう京都ですか？」と驚いた。

「ずいぶん早いですね。ついさっき電話したばかりなのに。さすがは浅見先輩です」

「ん？　電話って何のことだい？」

「あれ？　じゃあ、まだ聞いてなかったんですか？」

「ああ、聞いてないよ。ずっと車を運転していて、たったいまホテルに入ったところだ」

「そうなんですか。じつはお宅のほうに五回ばかり電話してました」

「そうか、きみはまだ知らなかったのか。最近になって、おれも携帯を持ったのだ」

「なーんだ、だったら教えてくれてもよさそうなものなのに。先輩のとこのお手伝いさんは、相変わらず意地悪ですねえ」

「ははは、悪く思うな。彼女には知らない電話には用心しろと教えてある。とくにタチの悪い男には気をつけろとね。ところで、電話の用件とは何だい？」

「それより、浅見先輩が僕のような者に電話してくれたという、そっちのほうが聞きたいです。いくら何でも、まさか事件がらみというわけはありませんよね」

「ほうっ、驚いたなあ。きみの推理もまんざらではなさそうだ。まさにきみの言うとおり、事件の話を聞きたいと思って、東京くんだりからやってきた」

「えーっ、じゃあほんとにほんとに事件がらみですか。それにしても早すぎますよ。テレビでも、まだ夕方のニュース番組で報じたばかりのはずです」

「夕方の?……そんなものは見ていないけどね。第一、事件が発生したのは半月ばかり前のことじゃないのか。鳥羽が記事を書いたのも、その頃だったはずだ」

「僕の記事ですか? それって、いつの話ですか?」

「だから、半月ばかり前の、確か六月半ば過ぎじゃなかったかな。おれが読んだのはそれより少し後のことだがね」

「ははは、冗談言わないでくださいよ。事件は今朝早くに発生したばかりです。その直後に先輩に相談しようと思い立って、急いで電話したんですから」

「えっ、おれに相談……て、何の話をしているんだ?」

ここに至って、浅見は話のちぐはぐさに気がついた。鳥羽もようやく「すみませんが、先輩は何か勘違いしているんじゃないですか?」と言っている。

「おれは勘違いなんかしていないさ。鳥羽が絡んだ事件といえば、牛馬童子の損壊事件以外にないだろう」

「ああ、その件ですか」

鳥羽は大きな声で言って、「ははは」と笑いだした。「あれはもうとっくに片づいたような話です。えっ? というと、先輩は牛馬童子の事件のことを言ってるんですか」

後輩に笑われて、浅見は大いに不愉快であった。

「何だ、ということは、牛馬童子の首はすでに見つかったのか？」

「いえ、見つかったわけじゃないですが、それどころではなくなったんです」

「ふーん、どういうことだ？　あれほど大騒ぎしていたというのに、あっさり諦めちまったのか」

「諦めてはいませんが、いま言ったとおり、新たにそれどころではない事態が発生したのです」

「というと、今度は人間が殺されたか」

「すばらしい！……」

鳥羽の大声が耳朶《じだ》を打った。

「さすが浅見先輩ですね。どうすればそんなふうに先回りして思いつくのか、不思議としか思えません」

「ばかばかしい。牛馬童子の首一つで、鬼の首を取ったように喜び勇んで記事を書いたきみが、それ以上に色めき立ちたくなる事件といえば、もはや殺ししかないだろう。それも単なる殺人事件というのではなく、自分に関わりのある事件だな。ひょっとしたら犯人はきみなのか？」

「やめてくださいよ、縁起でもない。しかし先輩の言うことはまんざら当たっていないこともないです。殺された被害者が何と、僕の知人だったのです」

「ほらみろ、少なくともきみの周辺で殺人事件が起きたことに変わりはない。つまり容疑者の中には当然、きみも含まれる」

「だからぁ、そんなことは冗談でも言わないでくださいって言ってるんです」

「そうは言っても、その危惧はあるのだろう？　でなければ、いの一番に僕のところに連絡をくれるはずがない」

「おっしゃるとおりです」

電話の向こうで、鳥羽が深々と頭をさげている様子が目に見えるようだ。

「まさに先輩のお察しどおり、いまの僕は事件関係者の一人として、捜査線上にあることは確かなのです。いかにも警察の考えそうなことです。メディアに身を置いている人間として、そういう事情はよく分かる。しかし先輩、あくまでも僕は事件とはまったく関係ありませんよ。そのことだけは予《あらかじ》め信じてください。お願いしますよ」

鳥羽は声涙《せいるい》ともに下るような悲痛な叫びを上げている。

「分かった。まあいいだろう。とにかくそっちへ向かうよ。もともと鳥羽に会う目的でやって来たんだ。どういう事情なのか、情況がさっぱり摑めていないが、おまえが犯人でないことぐらいは誰だって分かる。ところで、事件はどこで起きて、被害者の氏名、年齢、職業が何なのかぐらいは教えてくれるんだろうな。それと、鳥羽とはどういう関係なのかも聞いておきたい。後であらためて電話するから、それまでに精査してメモでもしておいてくれ」

それからジャスト三十分後に、浅見は鳥羽に電話した。鳥羽は浅見の言ったとおり、几帳面《きちようめん》にメモを作ってあったらしい。浅見の質問に澱《よど》みなく答えた。

「明日の朝刊には『八軒家殺人事件』という見だしで載るはずです。八軒家というのは、大阪の天満橋駅近くにある地名でして、かつてはここが熊野古道の出発点。つまり京都から熊野へ向かう殿上人《てんじようびと》が淀川を下り、ここで船を下りて陸路紀伊への旅を始めたところでした。八軒家の名は昔、廻船《かいせん》問屋が八軒、連なっていたことにちなんでいるようです。当時の淀川、現在は大川と名前が変わりましたが、そこの船着場の石段の外れに死体が浮かんでいるのを、ジョギング中のサラリーマンが発見したものです。死因は頭部に打撲痕があり、さらに頸部《けいぶ》にロープ状の痕跡があることから、これが致命傷になったと考えられます。但《ただ》し、司法解剖の結果によっては毒物等が発見される可能性があり、結論が変わるかもしれません。被害者の氏名は鈴木義弘四十八歳。住所は和歌山県海南市藤白。職業は不動産業。僕とは直接の関係はありませんが、被害者の妻が知人で、親しくしてもらっています。以上ですが、先輩が見える頃には、さらに詳しい情況が判明していると思います」

鳥羽は先の期待を持たせるように、もったいぶって話を終えた。「八軒家」とか「天満橋」とか、いかにも大阪らしい雰囲気に、浅見は旅情をそそられた。そもそも牛馬童子のこともあるし、どこもかしこも熊野古道に縁のある土地柄のようだから、事件に関係なく「旅と歴史」の編集方針に則《のっと》った話題が発掘できるかもしれない。鳥羽の依頼はそっちのけで、浅見はゾクゾクするようなルポライター魂が蘇《よみがえ》った。思えば京都は、好奇心を刺激する千年の妄執が漂う古都なのである。

翌朝、鳥羽とは事件現場に近い天満橋駅で落ち合った。天満橋駅は京阪電鉄と、大阪市営地下鉄が連絡している駅だ。大阪の地理にあまり通じていない浅見だが、この辺りが大阪市の中心部であることぐらいは分かる。東に大阪城、南に大阪府庁、西に行くと東京の兜町に当たる大阪の証券街である北浜、大阪市役所のある中之島も近い。

駅ビルを出ると、すぐ目の前が大川で、鳥羽の説明どおり、十段ばかりの石段の下が船着場になっている。東京の隅田川よりは少し川幅が狭いけれど、「水の都」と呼ばれるだけあって、穏やかな水面の広がりは美しい。

「ここがかつては、熊野古道へ向かう道筋のスタート地点だったのかね」

風景を見渡して、浅見はいくぶん物足りない気持ちで言った。歴史を物語るような風景が残っていてもらいたかった。

「そうです」

「しかし、いまはその面影はまったくないね。どこもかしこもコンクリートとアスファルトで固めた都会じゃないか」

「それはそうですが、熊野古道の起点であることは間違いないですよ」

鳥羽は川とは逆側の、街並を振り返った。

「あの建物の向こうに老舗の昆布店がありまして、その店の前に『八軒家船着場の跡』の石碑が立っています。何なら見に行きますか」

「いや、それには及ばないけどさ。それにしても、ここから熊野古道が始まっていたっていうのは、にわかに信じがたい」

「でも、本当らしいですよ。と言っても、僕は詳しいことは知りませんが、解説によると、京都の伏見から三十石船が淀川を行き来していたそうですから、当然、熊野詣での人たちも利用していたんじゃないですか」

「だけど、ここから熊野まで歩いて行ったとなると、相当な距離だよな」

「まあ、いまでは考えられませんがね。しかし目的は物見遊山ではなく、信仰と修行のためなんですから、しようがないでしょう」

鳥羽は口を尖《とが》らせた。すでに地元意識が備わっているのか、浅見の不満には納得しがたいものを感じるようだ。

「そんなことより先輩、肝心の事件のほうの話を聞いてくれませんか」

「ああ、そうだったな。早速だが、死体発見現場というのはこの船着場なのか？」

「ええ、まさに先輩の足の下辺りです」

鳥羽は目の前の石段の下を指さした。大川はほとんど流れのない川だが、寄せる波がチャプンチャプンと、足元近くの岸辺を濡らしている。漂流してきた死体が流れ寄るには最適の場所だが、浅見はその様子を想像して、慌てて一歩退いた。

これまで、いろいろな事件現場に関与している割に、浅見は高所恐怖症と同様、死体はもちろん、血なまぐさい話にはいつまで経っても慣れることができない臆病だ。浅見の怯えた恰好を見て、鳥羽は優越感を抱いたのか、がぜん「解説」に弾みがついた。

「第一発見者はこの近くの会社員で、早朝のジョギングをしている最中に、水に浮かぶ死体に気づいたそうです」

通報があったのは昨日の午前七時過ぎだった。所轄の天満橋警察署から捜査員が出て、遺体を収容し捜査を開始した。当初は死因等は不明だった。

鳥羽の話が佳境に入るかと思った時、浅見は「ちょっと待った」と手を挙げた。

「おまえさん、昨日、朝っぱらからおれん家《ち》に何度も電話したって言ってたな」

「ええ、五回か六回はしました」

「しかし、警察に通報があったのは午前七時過ぎなんだろ？　ということは、ずいぶん早くに事件の情報をキャッチしたってことか。新聞社にしてもすこし早すぎはしないか」

「あ、さすが先輩、よく分かりましたね。そうなんです、僕が事件を知ったのは会社から連絡が入る一時間以上も前でした」

「ほうっ……ということは、警察から直接のリークでもあったのか？」

「そんなものあるわけないですよ。そうじゃなくて、言ったでしょう、被害者は僕の知り合いだって」

「なるほど、そういうことか。つまり、被害者の奥さんとかいう女性からの知らせか」

「ええ、そうなんです。びっくりしました。いきなりご亭主が亡くなったっていうんですから。しかも警察は殺人事件の可能性があるって言っているというのだから」

「それで、被害者と鳥羽はどういう知り合いなんだい？」

「知り合いっていっても、奥さんとは親しくしてますが、ご亭主のほうには直接、会ったこともないんですがね」

「それじゃ、夫人とはどういう関係だい？」

「僕が住んでる田辺市の市役所の職員で、取材とか地域の情報を教えてもらったりとか、いろいろお世話になってます」

話の成り行きで、そのあと浅見は、鳥羽が大毎新聞田辺通信部詰めになって以降のそもそもの出来事をすべて聞かされる羽目になった。その中には当然、鳥羽が署名記事を書いた「牛馬童子像損壊事件」がらみの話も含まれる。「牛馬童子事件」のちょっとしたスクープが、じつは彼女から仕込んだものであることも知った。

鳥羽が鈴木真代からの電話を受けたのは、その日の早朝だった。携帯を耳に当てたとたん、「えらいことが起きたん」と震え声で言うのを聞いて、またぞろ牛馬童子の首の話かと思ったのだが、そうではなかった。

「えらいこととは、何があったんです？」

「夫が、死んだんや」

「えっ？……」

寝起きの頭には刺激が強すぎる。何かの聞き間違えか——と、思わず問い返した。

「誰かが亡くなったって言いました？」

「そう、夫が、死んでしもたん」

冗談とは思えない、緊迫した口調だ。

「まさか……」と言いかけて、言葉にならなかった。辛うじて「どうしたんです、急病ですか？」と確かめるのが精一杯。

「違うんよ、殺されたみたい」

「殺された……」

またも絶句した。これはただごとではない——という気持ちで、こっちまでも声が上擦った。

「鈴木さん、しっかりしてください」

「大丈夫、私は大丈夫やから」

逆に励ますように言われて、鳥羽はようやくわれに返り、自分もマスコミの端くれであることを思い出し、事態の筋道を確認する気になった。

「いったい何があったのか、最初から話してくれませんか。いま、どこです？」

「自宅やけど、これから大阪へ行くところ。天満橋警察署から、すぐに来て欲しいって」

「天満橋署？……」

警察の名を聞いたとたん、冷水を浴びたような現実感が迫ってきた。

「そう、身元を確認してもらいたい、言うとった」

「ということは、ご主人の名前は分かっているんですか？」

「そうみたいや。名刺とか免許証とか見たんと違うかな」

「なるほど……それで、ご主人であることは間違いなさそうなんですか？」

「たぶん……行ってみらな、わからんけど、服装とか聞いた感じからいうて、主人のことやと思う。それに、昨日から連絡もつかんし」

「携帯も繋がらないのですか？」

「うん、繋がらへんね」

真代の振り絞るような声を聞いて、鳥羽は思わず「鈴木さん、待っていてください。僕も一緒に行きます」と叫んでいた。

鳥羽が浅見の留守宅に再三電話したのは、鈴木真代を乗せて大阪へ向かう道すがらだった。日頃はおよそ物に動じることのなさそうな真代も、さすがに意気消沈して、道中、ひと言も口を利くことがないまま、天満橋署に着いた。

遺体はすでに大阪市立大学医学部附属病院に移送されているとのことで、刑事に連れられてそちらへ向かい、霊安室に入った。

遺体を覆っている白布が捲《まく》られ、真代はもちろん、ひと目見て亭主の顔を確認した。見たところ外傷はなさそうだが、川に浸かっていたせいか皮膚の色が異様なほど白く儚《はかな》い。真代は涙をポロポロと床に落とした。

それからふたたび天満橋署に戻り、事情聴取に応じた。担当の刑事は松永という四十代後半かと思えるベテランで、事情聴取の口調は穏やかで感じがいい。

松永は真代に対し、時系列を追い、順序立てて質問をしたから、結果的に鳥羽も警察と同じ内容の知識を得ることになった。

亡くなった鈴木義弘は、二日前の夜を最後に真代と連絡が取れなくなっていた。

鳥羽も知らなかったのだが、鈴木夫妻は別居状態だったそうだ。別居といっても不仲というわけではない。

鈴木夫婦は八年前まで二人とも田辺市役所に勤務していた。その後、義弘の父親が急逝したために、彼だけが急遽、海南市の実家に戻り、家業である不動産業を継ぐことになったものである。

真代の話によると、鈴木家はかつては、海南市や和歌山市付近ばかりでなく、大阪の市街地にもかなりの土地を持っていたらしい。その後、何代かにわたって規模が縮小し、真代が嫁いだ頃には、郊外の山林や農地以外はほとんどを整理してしまっていたという。

現在も不動産業を続けているといっても、デベロッパーといった大規模なものではなく、いくつか保有しているマンションや、一戸建ての家作の運営が主たる業務のようだ。それでも父親の遺産を受け継ぐことになって、義弘は財産の整理やこれからの経営について、かなり忙しい日々だったに違いない。いままでどおり田辺市役所で、ある意味のんびりした給与生活者でいるわけにはいかなくなった。とりあえず義弘だけが実家に帰り、真代が一人残って市役所勤務を続けている。

田辺と海南はそれほど遠くない。東京辺りの感覚から言えば、通勤も可能な距離だ。真代は田辺市役所勤務を続けながら、週に何日かは海南の鈴木家に帰っていた。逆に義弘のほうが田辺の家に泊まりに来たり、時には旅行に出ることも多かった。夫婦には子供がなく、それがまた安穏な暮らしを続けていられる理由でもあったのだ。

しかし、真代にとって、義弘の突然の死はまったく予期せぬ出来事だった。ほんの二日前まで、その予兆は何もなかったという。義弘は一人っ子で、生来穏やかな性格で、人と争うことが皆無といってよかった。役所でも家庭でも、声高な物言いをするのを聞いたことがないと真代は断言した。

むしろ妻の真代のほうが、何かにつけてはっきりした言動であることは、鳥羽も浜屋での付き合いなどで慣れている。要するに、人の恨みを買うような人物ではないということだ。問題は不動産業を営むようになってからの、仕事関係の付き合いで、何かトラブルがなかったのかということだが、それに関しては真代はまったく関知していない。警察での事情聴取に対しても、真代は「何も聞いていない」と答えるしかなかったようだ。

松永部長刑事の真代に対する事情聴取は午後四時近くまで費やした。相手が被害者の遺族であることもあって、終始丁重な話しぶりだったが、それでも事件の核心に触れる部分ともなれば、厳しい姿勢を見せた。

警察は事件発覚後、かなり早い段階で「殺人事件」と断定して、周辺での聞き込みと目撃者探しを始めている。死亡推定時刻は遺体発見の前夜、午後十一時から二時間前後のあいだと見られる。後頭部に打撲痕、頸部にロープ状の痕跡があるところから、犯人は被害者を殴打した後、絞殺し川に遺棄したものと推定された。

現時点では、生前の被害者を最後に目撃したのは妻である鈴木真代ということになる。真代が義弘と最後に会ったのは事件発覚の前々日、七月五日の夜、海南市の駅近くにあるレストランで、夕食を共にした時である。それが結局、夫婦の「最後の晩餐《ばんさん》」になったのだが、その時点でも義弘の様子に特段の変わった気配は見えなかった。

「何か一つくらい、気になるようなことは言うてなかったのですか？」

松永は執拗に問い詰めた。何の収穫もないままで事情聴取を終えるわけにはいかないに違いない。真代にとっても、そういう刑事の気持ちに応えなければという重圧があるのだろう。さんざん悩んだ挙げ句「そういうたら……」と、絞り出すように言った。

「……食事の終わり頃に、主人の口から熊野古道の話が出たくらいでしたかなあ」

「熊野古道？……」

松永はビクッとしたように背筋を伸ばし、聞き耳を立てた。

「熊野古道の何を話したんです？」

「はっきりしたことは覚えてないんやけど、『今頃になっておかしなことを……』とか言うてました」

「それはどういう意味です？」

松永は気負い込んで訊いたが、真代は「さあ……」と首を傾げて頼り無い。

「夫が会《お》うた相手の人から、そういう話を言われたみたいです」

「その相手の人というのは、ご主人の仕事関係の人ですか？」

「ええ、たぶんそうやないかと思います」

「その人と、何かトラブルがあったとか？」

「いえ、そんなんとは違うみたいやけど」

「しかし熊野古道の話をしてはったのは間違いないんですね？」

「はい、それは間違いないです」

「熊野古道の何を話したんやろ？」

松永はじれったそうに頭をひねった。

「それはもしかして、牛馬童子のことじゃなかったんですか？」

鳥羽が思いついて言ったが、真代はやはり「さあ？……」と首を振るばかりだ。

「牛馬童子いうと、熊野古道で盗まれたとかいう、あの像のことでっか？　そういえば、あれはその後、どうなったんですかね？」

松永に訊かれたが、鳥羽も分からない。

「いや、さっぱり進展していないんじゃないですかねえ。新しい情報は入ってません。田辺署のほうに問い合わせてもらったら、何か分かると思いますが」

「それはそうや」

松永はそう言ったが、表情から察すると、実際に問い合わせる気はなさそうだった。

いまさら牛馬童子像の事件を確かめたところで、殺人事件の捜査には何の参考にもならないと考えたにちがいない。

鳥羽の「解説」はそこまで。「それで」と浅見は話の続きを促した。

「その先はどうなったんだい？」

「その先って言いますと？」

「だから、いまの熊野古道の話さ」

「いや、べつに何もありませんよ」

「しかし、田辺署に問い合わせることになったんじゃないのか？　刑事はそう言ってたんだろ？」

「言いましたが、問い合わせはしなかったんじゃないですかね」

「どうしてさ？」

「どうしてって……たぶん意味がないと思ったんでしょう。牛馬童子像の事件がどうなっていようと、こっちには関係がなさそうですから」

「関係がないなんて、なぜ分かる？」

「だって先輩、牛馬童子の首が盗まれたのは田辺ですよ。大阪で起きた殺しに結びつくとは考えられません」

「関係ないかどうかはともかく、被害者の奥さんの話によると、ご亭主の最後に残した言葉が『熊野古道』だったんだろう？　いうなればダイイングメッセージじゃないか」

「ダイイングメッセージ……ははは、そんなオーバーな……」

鳥羽は道行く若い女性が振り返るほどの大声で笑った。

「ばかやろ、でかい声を出すな」

慌てて鳥羽の腕を摑み、近くの喫茶店を目指して歩いた。ホテルで不味いコーヒーを飲んで以来、飲まず食わずでここまで来た。すぐにコーヒーを頼んで、話の続きを促した。

「ともかく、被害者の奥さん——名前は何て言ったかな」

「鈴木さんですよ。鈴木真代さん」

「そうか、その真代さんが聞いた被害者の最後の言葉が『熊野古道』だったことは間違いのない事実だよな。逆に言えば、いまのところそれしか手掛かりになるようなものはないというわけだ」

「それはそうですが。しかし、いくら何でもそれだけで何かの手掛かりになるもんですかねえ？」

「なるかならないか、そんなことは分かりっこないさ。問題は被害者がそういう会話を交わした相手が何者なのかだが、それについてもはっきりしないんだろうな」

「そうなんですよ。相手が誰なのか、そこがまだ分かっていないんですね。鈴木さんの奥さんの話によると、まあ仕事上の付き合いではないかというんですが、会話の内容について覚えていることは、ご亭主が『今頃になっておかしなことを……』というようなことを言ったとか、その程度です。それも、食事の合間に、ちょっとした沈黙があった時の独り言のようだったそうです」

「ふーん、そう言ったのか。『今頃になっておかしなことを……』とね。仕事上の会話だとすると、何かクレームをつけられていたような印象を受けるな。不動産関係の仕事をしていれば、そういったトラブルはつきものかもしれない」

「そうですね。警察もそんなふうに考えているみたいです」

「それじゃ、その方向で捜査を進めているんだろうな。何か手応えはあったのかな」

「どうですかねえ、まだ何も聞いていませんが、もしあれば真代さんのところに確認とか問い合わせの連絡がありそうなもんです。もっとも、昨日の今日ですからね。まだしばらくは何も浮かんでこないと思いますよ」

「とりあえず、いちど鈴木夫人に会ってみよう。ダイイングメッセージの話も、夫人の口から直接聞いてみたいし」

浅見は伝票を摑んで立ち上がった。

途中、早めの昼食休憩を挟み、海南市まで鳥羽の先導で走った。和歌山県は浅見にとって比較的に馴染みのある地域だが、海南市は初めて訪れる。東京からだとずいぶん遠く感じるけれど、阪和自動車道を使えば大阪からほんの二時間あまり。和歌山市のすぐ南隣だった。

海南ICを出たところがいきなり市街地の真ん中で、そこから一、二分走ると木々の生い茂る丘陵の中腹にある神社に着いた。鳥居を見かけたから神社であることを知ったのだが、むろん浅見は神社の名前も知らない。

立派な楠《くすのき》の神木が、天空に大きく枝葉を広げている。境内の駐車場に車を置くと鳥羽が走って来た。浅見が車を出る前に、窓から首を突っ込むようにして「ここは藤白神社といって、有間皇子の故事で有名なんですが、知ってますか？」と言った。

「ああ、有間皇子ぐらいは知ってるが、確か殺されたんじゃなかったかな」

「へえーっ、さすがですねえ。僕はぜんぜん知りませんでした。何とか言う、和歌でも知られているんだそうですね」

「うん、『家にあれば笥に盛る飯を草枕旅にしあれば椎の葉に盛る』という歌だろう。心ならずも漂泊の旅に出て、やがては処刑される運命にある有間皇子の、悲しい行く末が偲《しの》ばれるね」

「そうですそうです、驚きましたねえ。その有間皇子が殺されたのがここの藤白坂っていうところなんです。神社の境内を抜けて行くと、そこから熊野古道が続いていて、藤白坂の登りにかかります。しかし先輩は何でもよく知ってますねえ。尊敬しちゃいます」

「そんなことはどうでもいいが、それより鈴木さんのところに案内しろよ」

「あ、それならもう案内しました。ここが鈴木家みたいなものです」

「ん？　どういう意味だい？」

「つまり、鈴木家はこの神社の隣にあるんです。この辺り一帯が藤白神社にゆかりのある家々といってもいいんです」

「ふーん、そうなのか……」

あらためて見回すと、濃密な木々に囲まれた広い駐車場である。

木々のあいだを透かすと、背後の丘陵に続く坂道がある。それが「藤白坂」らしい。緑一色の中に黄色みを帯びた果実が見える。この辺りは蜜柑《みかん》の産地であることを思い出した。駐車場の周辺はのどかな雰囲気の住宅地。ほとんどの家が素朴な造りの木造家屋で、どちらかと言えばつましい佇まいだ。

浅見が車を出るのを待って、鳥羽は足早に歩いて行く。駐車場の生け垣を回ったところに古い二階家があり、気配を感じたのか、しおり戸の外に女性が出迎えて、眩《まぶ》しげな眼差《まなざ》しでこちらの様子を窺《うかが》っている。

むろん浅見は初対面だが、鳥羽が頭を下げたのを見ると、彼女が鈴木真代らしい。鳥羽が「遅くなりました」と挨拶し、「こちら、浅見さんです」と紹介した。

「初めまして、鈴木真代です」

丁寧に会釈して、腰をかがめながら「どうぞ」としおり戸の中に先導した。鳥羽から仕入れてある先入観によると、かなり気の強そうな印象を抱くのだが、そんなことはない。関西弁のイントネーションがむしろやわらかく上品に聞こえる。

「浅見さんは有名な探偵さんやそうですね。お忙しいのに、こんな遠くまで来ていただいて、ほんまに申し訳ありません」

「あ、ちょっと訂正させてください」

浅見は急いで手を挙げた。

「鳥羽が何を言ったのか知りませんが、探偵だなどというのは間違いでして、本当は売れない雑誌に旅のエッセイを書いている、ただのしがないルポライターなんです」

「待ってくれませんか先輩」

鳥羽が抵抗した。

「それは困りますよ。僕が嘘をついたことになるじゃないですか。鈴木さん、探偵というのは本当のことですよ。有名なっていうのも本当です。それは社のほうに確かめてもらってもいいです」

むきになって言うのを、真代は「分かってます」と品よく笑って受け流した。

「浅見さんのことは雑誌を読ませてもうてますから、よお知ってます」

「えっ、それじゃ、『旅と歴史』をお読みになってるんですか?」

浅見は驚いた。

「はい主人も、それに亡くなりました義父も長いこと愛読してました」

浅見が寄稿している「旅と歴史」はそれほど売れている雑誌ではない。こんな辺鄙《へんぴ》な――というと叱られそうだが、思いがけないところで読者と出会うと、嬉しくなる。

玄関先には打ち水がしてあった。「どうぞお上がりください」と招じ入れられるまま、座敷に通った。東京では見かけることも少なくなった純和風の建物で、中庭に面して広縁がある。開け放った障子の向こうから緑色の風が柔らかく流れ込んできて、打ち水の匂いに京都の商家を連想した。

夫人のほかには誰も住んでいないのか、広い家に人の気配は感じられない。訃報を聞いて弔問の客が訪れそうなものだが、浅見たちが来てからはいまのところ客が現れる気配もない。ことがことだけに、弔問客も遠慮がちなのかもしれない。

殺された鈴木義弘の遺体は、まだ警察から戻って来ていなかった。司法解剖等の手続きを終えるには、二、三日を要するらしい。

案内された部屋は、おそらく還ってきた遺体が安置されることになるのだろう。二間続きの座敷は、すでにそのための用意が整いつつあるのか、調度品類などは片づけられ、閑散としている。周りの木立から降り注ぐ蟬《せみ》しぐれが、沈みがちな気分をむしろ賑やかに慰めてくれる。

前もって鳥羽から仕入れた情報によると、鈴木家は本来は神職の家系で、葬儀は神葬祭で執り行われるそうだ。浅見はそれほど詳しいわけではないが、基本的には仏教の場合とそれほど変わらない。仏壇の代わりに「御霊舎《みたまや》」とよばれる神棚を祀ることとか、拝礼の方式が「二礼二拍手一礼」の神式だったりする。それ以外、通夜などは同じだと思っていい。

夫人は部屋の真ん中にポツリと残された小さなテーブルの上に、茶菓子を運んできた。「こんな田舎なんで、つまらんもんですけど」と笑って見せた。夫を亡くした直後だけに、さすがに寂しげな笑顔だが、悲劇にもめげない、彼女の逞《たくま》しさを感じさせる。

茶菓を供したあと、真代は座卓に向かい合って客の「事情聴取」を待つ姿勢だ。

「浅見先輩は鈴木さんに会って、ぜひいろいろ訊きたいのだそうです。すでに警察で訊かれたことも含めて、話してください。そういうことでいいですね？」

鳥羽が真代と浅見を交互に見て、プレイボールを宣告するように言った。

「分かりました。そやけど、何からお話ししたらええんやろ？　あまり参考になるようなことはお話しできんかもしれません」

鈴木真代は束の間、天井に視点をあずけてから、ポツリポツリと記憶を辿るように話を始めた。事件の発生からこれまでのことは、概《おおむ》ね鳥羽から聞いたのとダブっているが、浅見はとりわけ、真代と亭主の「最後の晩餐」での会話に出ていた「相手」について、しつこいほど質問を重ねた。

鈴木義弘がその「相手」と会ったのは、最後の食事をした前々日だと思うとのことだ。

「前々日ということは、七月三日、金曜日でしょうか？」

浅見は念を押した。

「はい、そうです」

「ご主人はふだん、お仕事は会社でなさっているのでしょうか？」

「はい、会社いうても、小さなオフィスで、主人のほかには従業員さんが一人おるだけです。その日はどこかへ出掛けて、お客さんと会うたのかもしれません」

「外でのお仕事もあるのですね」

「ええ、めったにありませんけど、お客さんに呼ばれれば出向くこともありました」

「その日のお客さんがどこの誰だったのかはお分かりになっていないのですね」

「はい、刑事さんにも訊かれましたが、主人は何も言うてませんでした。もとから、無口な人やったし、仕事のことでゴチャゴチャ言われるのが好きやなかったこともありますけど、それに……」

そこで少し言いよどんだのは、何か理由があるのだろう。浅見は辛抱強く待った。

「あまり気乗りのせん仕事やったのかもしれません」

「気乗りがしないとは、相手のお客さんがですか、それとも仕事の内容そのものが意に染まなかったのでしょうか？」

「それはたぶん、両方やなかったかと思います。そうやなかったら、仕事のことはともかく、お客さんが誰なのかくらいは言うたんやないでしょうか。それを言わんかったんは、よっぽど気の進まん相手やないかと、後になってからそう思いました」

「なるほど、なるほど……」

浅見はテーブルの下で両手を揉《も》みながら、嬉しそうに言った。事件捜査に何かヒントが摑めそうな時に出る、この男の癖のようなものである。

「そうしてご主人は、独り言のように、『今頃になっておかしなことを……』とおっしゃったのですね？」

「はい、そうでした」

「それなんですが、その『おかしなことを』の後に続く言葉は何だったのでしょう？」

「さあ……」

「たとえば、『おかしなことを持ち出して』とか、『迷惑なこと』だとかいろいろ付け加えられそうな感じがしますが」

真代はやはり「さあ……」と首を捻《ひね》った。その後も何度も首を傾げた結果、申し訳なさそうに「何も言わんかったと思います」と結論づけた。

浅見は落胆はしたものの、鈴木義弘が何も付け足さなかったことが、むしろ有力な手掛かりになりうると思った。相手は『今頃になって……』何を言おうとしていたのかはもちろんだが、義弘がその内容についてあえて言わなかったというのも、これはこれで興味深いことではある。

「失礼なことをお訊きしますが、奥さんとご主人のあいだに、何か隠し事といいますか、秘密にしておかなければならないような事情はおありだったのでしょうか？」

浅見は訊いた。

「いいえ、そんなんはまったくありませんでしたけど」

真代はいくぶん不快感を見せた。

「その日、ご主人が会った人物は、明らかに仕事関係の人だと思われますが、仕事上のことでも結構ですが、奥さんには隠しておきたいとか、言いにくいことがあったとは考えられませんか？」

「さあ……何もないと思いますよ。かりに何かあったとしても、仕事のことは私にはさっぱり分かりませんけど」

「なるほど……では、何かがあった可能性はあるのですね」

「ええ、まあ、そう言うたらそうですけど。でも、隠さなあかんようなことはないと思います」

「とはいえ、ご主人はその日にどこの誰に会ったのか、何もおっしゃらなかったのは事実でしょう。一般的に言えば、ご夫妻のあいだでよほどの事情がないかぎり、外出先やその目的ぐらいは話しそうなものに思えますが」

「よほどの事情いうんは、主人がよそに女性がおったとか、そういうことをおっしゃってるんですか？　そんなんは主人に限って、絶対にありませんよ」

女の沽券《こけん》に関わる——と言いたげだ。

「いいえ、そんなことは考えていません」

浅見は思わず苦笑した。

「奥さんがおっしゃるとおり、仕事関係でのお出かけに限定して考えて、それでもどういうお仕事で、どういう人に会ったのかぐらいは話しているのが普通ではないかと思うのです。それに関することは、何もおっしゃらなかったのですね」

「ええ、ほんまに何も言うてません」

「手紙や、メモや、携帯電話だとかに、それらしい人物のことはありませんか」

「それも警察で訊かれましたけど、何もないんです。手紙はありませんでしたし、携帯電話は主人の上着のポケットから見つかったそうやけど、水に浸《つ》かっとって使い物にならんみたいです」

「ケータイは防水機能がついていれば、復活する可能性がありますよ」

鳥羽が脇から智恵《ちえ》を出した。ケータイ初心者の浅見にはその辺りの知識はない。

「ふーん、ひと晩水に浸かっていても大丈夫なものかね？」

「あ、そうですね。ひと晩ですか……さあ、そんなに長いとどうなのか、自信はありませんが、着信や発信履歴なんかは通信会社のほうにデータが残っているかもしれません。警察もいずれ確認するでしょう」

「なるほど」と頷いて、浅見は言った。

「それよりも奥さん。ご主人は上着を着てお出掛けだったんですね。その日はかなり暑かったと思いますが、いつもそうだったのでしょうか？」

「いえ、主人はひと一倍暑がりでしたから、ふだんはワイシャツか、時にはTシャツ姿でした。上着を着とったのは、よっぽど大事なお客さんに会うたのかもしれません」

「たとえば大きな取引があるとか、そういうことですか」

「そうかもしれません」

「お出掛けは車ですか？」

「いえ、主人は車は持ってないです。運転免許証は持ってますけど、車はずいぶん前に手放しました。私にもあんな危ないものはやめとけ言うてたくらいです」

「では、お出掛けはいつもタクシーですか。それとも電車ですか？」

「大抵はタクシーで、それより遠いところなら電車を利用してました。田辺に来る時も電車でした」

「不動産関係の人はみんな車を持っていると思ってましたが、珍しいですね」

「確かにそうですね。以前、事故か何かあったんと違うんかな」

「事故、ですか。どういった？……」

「いえ、それは分かりません。事故言うたのは私の想像です」

「あらためて一つだけはっきりさせておきたいのですが、鳥羽の話によると、ご主人は最後に食事をした時に、奥さんに熊野古道のことをおっしゃっていたそうですね。仕事で会った相手の人がそう言ったとか。ご主人は、何で今頃になって——と疑問に思っている気配だったとか」

「ええ、そんなことを言うてました。でも私に話しかけたいうんではなく、何となく独り言みたいな口ぶりでしたけど」

「それなんですが、いったい熊野古道の何を言ったのか、推測できませんか」

「さあ……それは分かりません。鳥羽さんは熊野古道の話題やったら、牛馬童子さんが盗まれた事件の関係やないか言うてますけど、それは違うような気がします」

「ほうっ、どうしてですか？」

「どうしてって……警察でもそんなんは関係ないやろうて、言うとったんでしょう」

鳥羽に訊くと、鳥羽も「まあ、確かにそう言ってましたね」と頷いた。

「しかし、何の理由もなく、いきなり『熊野古道』を持ち出すとは思えません」

浅見はどうしてもそこにこだわった。

「ご主人も、『今頃になっておかしなことを……』とおっしゃったのだから、意外な感じを受けたことは間違いなさそうです。ということは、つい最近に起きたばかりの牛馬童子像損壊事件のことではなく、もっと以前、あるいはもっと昔の出来事に関連するような話題だったのではないかと思うのですが」

「はあ……そう、でしょうか」

真代は当惑げに救いを求める視線を鳥羽に向けた。

「もっと昔というと、それって、どういう出来事ですかね？」

鳥羽は真代よりもさらに困惑ぎみに、質問を発した。

「そんなこと僕が知るはずがないだろう。牛馬童子像の事件だって、つい最近になって知ったばかりなんだから」

「ですよね……」

「いずれにしても、相手のお客からその話を持ち出された時、ご主人は『今頃になって』という違和感を抱いたことは確かですね。しかももう一つ気になるのは、その話の内容について、なぜかご主人は、奥さんにあえて話そうとしなかったという点です」

「そうそう、何か隠していたんですかね？」

鳥羽は真代に確かめている。真代は黙って首を振った。よく分からない——というよりも、そんなことは信じたくもないという気分なのだろう。沈黙とともに、何となく、白けた雰囲気が漂った。

その時、玄関で「ごめんください」と人の声がした。真代がすぐに反応して迎えに出て行く。ひとしきり挨拶が交わされて、男性が一人、案内されて来た。見るからに人のよさそうな五十前後の男である。座敷に入る手前の廊下で膝を折り、二人の客に向かって丁寧に挨拶している。

「こちらは福岡書店さんていう、海南市随一の本屋さんのご主人の門脇さんです」

真代が紹介した。

「主人とは小学校の時から仲良うしてもらってました。浅見さんの『旅と歴史』を、義父が元気な頃から届けてくれてます」

そう言ってから、あらためて浅見の名を伝えると、門脇は「そうやそうなんや、びっくりしました」と大げさに驚いている。

「名探偵の浅見さんとお会いできるとは、ほんまに光栄です」

浅見は（また名探偵か——）と苦笑したが、あえて否定することはしなかった。

「いえ、愛読者を増やしていただいて、こちらこそ光栄です。帰ったらさっそく、編集長にも申し伝えます」

「それで、今回はやはり鈴木さんの事件のことで来られたんですか？」

門脇は急《せ》き込むように言った。

「ええ、そのとおりですが、まだ詳しいこともお聞きしていないので、お役に立てるかどうかは自信がありません」

「なんのなんの。浅見名探偵さんなら、解決してくれるに決まってます。それで、手掛かりはもう見つかったのでしょうか？」

「まさか……それどころか、事件前後の鈴木さんの行動すら、皆目見当がついていないのです」

「そうでしたか。いや、まだ始まったばかりやからなあ。むしろ警察が何をしてるのかじれったいかぎりです。この辺り一帯で聞き込みをしてるみたいやけど、聞き込む相手や方角が違うんちゃうんかと思うてます」

「ほう、方角が違いますか」

「事件現場の天満橋辺りか、その先のほうなら分かりますが、こんな南のほうに来て、なんぼ探したかて見つからんでしょう」

「天満橋より北ですか」

「まあ、常識的に考えても、事件現場の八軒家よりは北の方角、つまり淀川上流ということになるんと違いますか？」

「淀川上流ですか……つまり京都方面ということになりますね。だとすると一応、熊野古道のスタート地点ではありますが」

「えっ、熊野古道？……」

門脇はなぜ熊野古道なのか分からず、怪訝《けげん》そうな顔になった。

「亡くなる二日前に、主人がそう言うてたんですよ」

真代がもう一度、鈴木義弘の「ダイイングメッセージ」について説明を加えた。しかし門脇にはあまりよく伝わらない様子で、しきりに首を捻っている。

「それは確かに、熊野詣では京都から出発してたかしらんけど、そやからいうて、京都を熊野古道に結び付けるのは、かなり難しいんと違いますかなあ」

「難しくても何でも、とにかく熊野古道の一部ではあることは事実です」

いささか強引すぎるとは思いながら、浅見はそう主張した。鈴木義弘が夫人との「最後の晩餐」の席で、「熊野古道」を口にしたのには、何らかの事情があったはずだ。しかも「今頃になっておかしなことを……」という謎めいた言葉も付随している。つまり鈴木義弘が会ったその人物から、不快感を伴う何かを突きつけられた可能性がある。

いったい「熊野古道」にはどのような意味が付帯していたのだろう？　「今頃になって……」という「今頃」とは、どれくらいの時間を遡るのだろう？

「ところで」と浅見は思いついて訊いた。

「鈴木さんのお父さん、つまり奥さんにとっては義理のお父さんに当たる方は、何年前においくつで亡くなったのでしょうか？」

「義父ですか？　義父は鈴木清吉と言いますが、ちょうど八年前、六十三歳で亡くなりました」

「六十三ですか……ずいぶんお若かったのですねえ」

「そうなんです。鈴木の家系は割と長生きの者が多くて、義父の父は九十二歳まで生きてましたし、義父の母はさらにそれより三歳長く生きてました」

「その頃からすでに不動産関係の会社を創っておられたのですか？」

「不動産会社っていうか、いまからおよそ百年前のその頃は、あっちこっちにぎょうさん、土地やら山林やらを持ってて、終戦後の制度改革以前はこの辺りでは有名な大地主やったそうです。門脇さんなら、その頃のことはよう知っておられるんと違いますか？」

「そうやなあ」

福岡書店のオーナーは大きく頷いた。

「私らは祖父《じい》さんから聞いた程度のことしか知らんけど、鈴木さんのお宅は室町時代から藤白神社ゆかりの名家で、地元ばかりでなく、大阪府の北のほうにかけて、大きな土地を持ってたみたいやなあ。このすぐ下には『鈴木屋敷』いう文化財が残ってます。浅見さんは歴史に興味があるんやったら、ぜひ一度見せてもろたらええわ。昔の大地主いうのがどれほどのもんか、分かります」

「大阪の北のほうというと、天満橋の辺りも含まれるのでしょうか？」

「あの辺りは市街地やからどうやろか。もっと京都に近いほうやと思います」

「淀川を京都の近くまで遡るとなると、ますます熊野古道の出発点を連想させますね」

浅見は鈴木義弘の話に関連づけて、推理のきっかけを摑んだ気分になった。

「はあ、熊野古道かえ」

門脇は（またか――）という顔で、鳥羽に視線を送った。（あんたが焚きつけたんでないのか――）と言いたいらしい。

「鳥羽さん、鈴木屋敷を見るんやったら、三千恵ちゃんに案内してもうたらええわ」

真代が言った。とたんに鳥羽は元気づいたように「それはいいですね」と応じて、浅見に解説を加えた。

「三千恵ちゃんというのは、藤白神社で巫女さんをしている女性です」

「そうか、彼女が鳥羽の恋人か」

浅見がズバリと言うと、鳥羽は慌てふためいて「そういうわけじゃ……」と手を大きく横に振っている。

「ええんやないの、三千恵ちゃんのことはほんま、好きなんやろ」

真代が遠慮なく追い討ちをかけた。「参ったなあ」と、今度は鳥羽は否定せずに、赤い顔をして席を立った。

門脇も一緒について来て、藤白神社に向かった。鈴木家の門を出て五十メートルほど行くと、参道脇からすぐに境内に入れる。門脇が言ったとおり、鈴木家そのものが境内の中にあると言ってもよさそうだ。あるいは逆に鈴木家の敷地内に神社を建立したと言ってもいいのかもしれない。確かに、かつては広大な神域だった森に、寄り添うようにゆかりの家々が立っていた様子を想像させる。

それほど広壮な社殿ではないが、鬱蒼と繁る大樹の下に、埋もれるように建つ古色蒼《そう》然《ぜん》とした佇まいは歴史を感じさせる。「鈴木屋敷」同様、海南市か和歌山県指定の文化財なのかもしれない。

社務所の御神籤《おみくじ》売り場に若い巫女がいて、鳥羽が手を挙げると急いで戸口から現れた。白衣に緋の袴という巫女さんの典型的なコスチュームで、あまり化粧気のない清々《すがすが》しい美人である。「社長さん、こんにちは」と門脇に愛想よく挨拶をしている。隣の浅見には曖昧《あいまい》な笑みを浮かべて、どう応対すべきか、少し首を傾げてみせた。

「こちら、大学の先輩の浅見さん」

鳥羽が紹介するのに、門脇が補足した。

「三千恵ちゃんも知ってるやろ。雑誌の『旅と歴史』に執筆してる浅見さんや」

「えーっ『旅と歴史』の浅見さんいうたら、『箸墓《はしはか》の謎』を書いた、あの浅見光彦先生ですか？」

『箸墓の謎』は少し前に「旅と歴史」に掲載した、大和の箸墓遺跡の疑問に迫る、浅見としては意欲的な自信作である。読者からの反応も評判もよく、その後の原稿料の値上げに寄与するところ大だったのだが、初対面の美女に面と向かっていきなり先生と言われると大いにうろたえる。

しかし、まだしも「名探偵」と烙印《らくいん》をおされるよりは救いがある。とにかく「探偵」は浅見家ではタブーなのである。

「ほうっ、僕の駄文を読んでくれてるんですか。それは光栄です」

思わず手を差し伸べて握手を求めた。

「愛読者です。竹内三千恵です。よろしくお願いします」

三千恵も気取りなく握手を返した。白い手が驚くほど冷たい。白衣の袖口からこぼれ出るような香りが風に舞って、浅見の鼻腔《びこう》をくすぐった。

ちらっと傍らの鳥羽を見ると、微妙な表情をしている。恋する男の顔だ。

「今日は宮司さんはお留守やろか？」

門脇が訊いた。

「ええ、京都まで出掛けてます」

「そうか、そしたら真代さんの言うとおり、三千恵ちゃんに案内していただこかな。浅見さんが鈴木屋敷を見学したいんやて。いま、忙しいことはないやろか？」

「はい、大丈夫です。そんならちょっと待っとってください」

社務所のドアをロックして、小走りに戻って来た。白衣の袖と袴の裾が乱れて、一瞬、この世の者とは思えない気配が漂った。

第三章　鈴木屋敷

参道を抜けて、鈴木家の前を通過して小さな坂を下る。台地の際《きわ》近くの平坦な敷地に池を中心にした屋敷が立っている。ちょっとした書院造りを思わせる佇まいだが、いかにも古く、無闇に触れようものなら、崩壊しかねない危うさを感じる。周囲には生け垣も無く土塀の痕跡がわずかに残るだけで、長い時代に風化されてしまったような、遠い時間が流れたことを推測させた。

「この鈴木屋敷というのは、どういういわれがあるのですか？」

浅見は三千惠に尋ねたが、三千惠は当惑しきった顔で「すみません、あまり詳しいことは知らんのです」と頭を下げた。

「そうやね、鈴木屋敷のことは、三千惠ちゃんはまだよう知らんやろな」

門脇が引き取って、「それは鈴木家のそもそもから説明せなあかんのです」と唇を湿らせて言った。

「鈴木家いうのは、いまから百二十二代前に始祖がこの地に住んだんやそうです。この辺りは藤白浦いう海岸だった関係で、分かりやすくいうと『藤白鈴木家』やね。鈴木さんといえば、『鈴木、佐藤何とやら』いうくらい全国至る所にある名前ですやろ。その数およそ二百万やそうです」

門脇はボランティアの「語り部」かと思わせるほどよく喋り、自分のことのように自慢げに胸を張った。

「その中でここの鈴木さんこそが、いわば全国の鈴木氏の総本家みたいな人ですな。伝えられるところによると、平安末期に熊野の新宮からこの地に移り住み、このお屋敷を建てたんやて。以来、上皇さんや法皇さんたちが熊野古道に参られる時に、ここを御宿泊所とされた。源義経も牛若丸の頃にここを訪れ、鈴木家の子供さんらと遊び回ったそうで、今でも『義経弓掛の松』いうのが残ってます。もっとも、枯れては植え替えしてるんで、何十代目かの松やけど」

「詳しいですねえ」

浅見は感嘆の声を洩らした。

「そうしますと、現在の鈴木さんのお宅はその当時、始祖と言われた鈴木さんの直系に当たるわけですか？」

「いや、それは必ずしもそうではないみたいですなあ」

門脇は残念そうに首を振った。

「さっきも言うたとおり、鈴木さんいうお宅は全国に存在してて、たとえば秋田県羽後町には『羽後鈴木家』、三河には『三河鈴木家』といった具合です。それらの始まりはいずれも始祖の藤白鈴木氏であることは間違いないのやが、直系かどうかは分かりません。お顔立ちは殿様みたいやけどねえ」

「顔立ち、ですか……」

「ははは、これはごく個人的な感想やから、あてにはならんですがね。義弘さんもそうやが、先代さんも先々代さんも、お公家さんみたいな優雅なお顔でしたよ。私は写真でしか見たことがないのですが、先々代のご当主さんは鈴木義麿《よしまろ》さんいうて、明治天皇さんみたいな髭《ひげ》を生やしておられた。その方が生まれた当時の鈴木家は、和歌山県ばかりでなく、大阪府の北から京都府南部、兵庫県東部に跨がる農地や山林を保有する大地主さんやったらしい。義麿さんは子供の頃は若様と呼ばれとったと聞いてます。京都帝国大学を卒業して、いずれは大学教授か県知事さんにでもなるに違いないと言われたが、戦争やら何やらでうまいこといかんかったようです」

「その方が九十二歳で亡くなったという、義弘さんの祖父の方ですか？」

浅見は訊いた。

「そうそう、おっしゃるとおり。祖父さんの話をするたびに、義弘さんがえらい自慢しとったもんです」

「不動産会社を創設したのも、そのお祖父さんだったのでしょうか」

「いや、それはさらに先代の時分やなかったかね。というても、その頃は会社組織みたいなもんでなく、先祖代々受け継いだ土地やら家作やらを経営してただけやと思いますけどな。それもほとんどは、戦時中の軍による接収やら、戦災やら、戦後の農地改革制度の際に取られてしもうたんと違いますか」

「それでも残った不動産は、かなりのものがあったのではありませんか」

「そうや思います。詳しいことは知らんが、農地改革制度に抵触せんかった辺りの山林なんかは取られんで済んだみたいですな。その後の不動産ブームに便乗すれば、それだけでも莫大《ばくだい》な資産になったんと違うやろか。まして大阪万博の少し前ぐらいから、枚方の住宅団地やとか千里ニュータウンやとか、北大阪方面の丘陵地帯はえらい勢いで開発が進みましたからな。しかし、そうなってからでも鈴木さんのところはじっと動かんで、時流に逆らう主義やったと聞いてます。そうでなければ、この鈴木屋敷かてとっくに売られておったかもしれん」

「えっ、鈴木屋敷が人手に渡る可能性があったのですか？」

浅見は驚いた。

「そうですがな。いや、いまでもその可能性がまったくないわけではないですが、とくにその時代には改革の嵐が吹き荒れとったもんやから、何が起こるか分からんかったんと違いますか。古い文化財を守り通すいうのは、なかなか難しいもんですよって」

門脇の解説に、巫女姿の三千惠までが心配そうに聞き入っている。

「その頃はちょっとでも値打ちがありそうな物件があればすぐに目をつけ、開発話を持ち込んだそうです。大阪と較べれば和歌山県内はまだしも静かなもんやったが、だんだん波が押し寄せてきた。海南市は『紀州漆器』いう日本三大漆器の一つをはじめ、水回り品など家庭日用品雑貨の産地として知られとりますが、観光資源もなかなかのものがあります。とくにこの辺りは南向きのええ土地ですやろ。住宅でも別荘にしても、開発すれば儲《もう》かると考えたんと違いますかなあ」

「しかし結局、売らなかったのですね」

「おっしゃるとおり。というより、売ったり買ったりはでけんかったのです。鈴木屋敷は昭和二十年頃になってから藤白神社はんの名義に移っとった。しかも辺りが文化財の扱いを受けたこともあって、みだりな開発も許されんのです。老朽化が進んで改修もせなあかんのやが、それすらもなかなか手をつけるのが難しいそうですな。そういうシバリでもないと、業者は貪欲やから、強引に開発を進めてしまう。鈴木屋敷がだめなら鈴木さん宅のほうに手を出そうとする」

「ほうっ、鈴木さんのお宅まで狙われているのですか」

「そんな話もあるみたいやね。さっきも言うたけど、ここの南斜面は気候は温暖やし、魅力的な土地やから、目をつけられるんでしょう。熊野が世界遺産に指定されたこともあって、和歌山県全体が注目されとるのです。そういう中にあって、ここには由緒正しい藤白神社さんもあるし、そもそも熊野古道の紀伊路の入口になっとるので、開発する気になったら、なんぼでもアイデアがあるみたいですな。その連中にかかったら、自然景観も文化史跡も何もあったもんやない」

「確かにおっしゃるとおりですね。そういう意味では、鈴木家歴代のご当主や社長さんたちが頑として突っぱねてこられたのは、やはり先見の明があったのでしょうね」

「そういうことやねえ……」

門脇は大きく頷いたが、「ただ……」と心配そうに表情を曇らせた。

「先々代の社長さんが引退して義弘さんの親父《おやじ》さんが社長になってからも、その保守的というのか、経営哲学は守られとったんやが、義弘さんの代になって少し柔らかくなったという噂は聞きますけどな」

「ほうっ、柔らかくなったというと、経営方針が変わったのでしょうか？」

「そないに聞いとります。具体的に売るか売らんかいうところまでは分かりませんが、とりあえず、大阪の業者が入り込んで、熱心に義弘さんを口説いとったみたいやね。前の社長さんやったら、けんもほろろに追い返すところやが、義弘さんは優しいさかい、地上げ屋に抵抗しきれるかどうか、ちょっと心配でしたな」

門脇が言った「地上げ屋」という名称には何となく犯罪の臭《にお》いがする。かつて東京辺りを中心とする再開発ブームの際には、古い住宅地に目をつけた不動産業者が、居住者に執拗に立ち退きを勧めたり、ひどいケースでは暴力的な脅しをかけたりしたことがある。それと鈴木義弘殺害事件とに共通性があるのかどうかは分からないが、犯行の動機としては十分、考えられそうだ。

「どうなんでしょう。そんなことは警察もとっくに承知して、捜査の対象にしていると思うのですが」

浅見が言うと、門脇は「さあ、どんなもんやろ」と首を傾げた。

「昨日も刑事が聞き込みに回っとったが、そんなことは言うてなかったな。警察はまだ、土地がらみの話があったかどうかまでは、気づいてへんのと違いますかなあ。うちらに聞き込みに来た刑事も、義弘さんが殺されたのは、強盗目的の犯行やないかとか、喧嘩《けんか》や行きずりのトラブルやないかとか、そんなことばかり言うてて、何も分かってないみたいや」

「だとしたら、警察に教えてやるべきではありませんか。おい、鳥羽も鈴木さんとの付き合いがあるんだし、事件と無関係のような顔をしているわけにはいかないだろう。第

一、ジャーナリストの端くれとして、真相究明に乗り出す気にはならないのかね」
嘆かわしそうに言った。

浅見の指先をまともに向けられて、鳥羽は迷惑そうに顔をしかめ、肩を竦《すく》めた。

「えっ、僕がですか？　それはまあ事件の真相には関心もありますが。ただし、今回に限ってはなるべくなら関わり合いたくないですねえ。そもそも事件が起きた直後、鈴木さんと知り合いというだけの理由で、重要参考人扱いされそうになったんですよ。あまり深入りすると、またぞろあらぬ疑いを向けられかねませんからね。本当のところ、何があったのかすら、さっぱり分かっていない状態なんだし、当分のあいだ、僕は何も知らなかったことにしておきたいのです」

「それはまずいだろう。現にたった今、土地取引がらみのトラブルがあった可能性について話し合った事実があるじゃないか。それを知りながら隠していたとなると、証拠隠滅に引っ掛かるぞ」

「そんな……脅かさないでくださいよ」

鳥羽はいよいよ腰が引けた恰好だ。

「教えてやったらええんと違いますか」

三千恵がけしかけるように言った。

「何やったら、私から刑事さんに電話してあげましょうか？」

「えっ？　刑事って、三千恵ちゃん、刑事のことを知ってるの？」

「知ってますよ、天満橋署の松永さんいう部長刑事さん。昨日、訪ねて来て、いろいろ訊かれました」

「そうか、あの松永か。彼ですよ、僕のことを重要参考人扱いしたのは。それで、いろいろって、何を訊かれたの？」

「そう、どんなことを訊かれましたか」

浅見もそれには関心がある。

「鈴木さんのご主人のことをいろいろ。いちばん最後に鈴木さんを見たのはいつかとか、何か様子がおかしいようなことは感じなかったかとか、最近、鈴木さんのお宅を誰か怪しい人が訪ねて来てへんかったかとか、そんなことかなあ。そんなん訊かれても、覚えてへんし。結局、大した参考にはならんかったんと違うかなあ」

「要するに、何も思い当たるようなことはなかったのですね」

「はい、何も……そうかて、鈴木さんのお宅にどんな人が見えたかなんて、絶えず気にしてるわけないでしょう」

三千恵は申し訳なさそうに首を振った。

「そうですよねえ、それはたぶん刑事の質問が間違っていると思います」

浅見は大きく頷いた。

それに気をよくしたのか、三千恵も笑顔を見せ、「そしたら、戻りましょうか」と踵《きびす》を返しかけて、「そや」と思い出した。

「そういえば、ここを見に来てたお客さんが、鈴木さんのことを訊いてたわ」

「ほうっ」

浅見は足を止めた。

「それはいつのことですか？」

「一週間くらい前です」

「鈴木屋敷を見物に来たお客さんですか」

「ええ、そうやと思います。ここの持ち主が誰かとか訊かれました。それで、私が知っている範囲で、全国の鈴木さんの大本がここやという話とかをしました」

「それからどんなことを話しましたか？」

「それから、鈴木屋敷には人は住んでへんのかって尋ねられて、ここにはどなたもいてへんけど、すぐ近くにも鈴木さんのお宅があるいう話もしました」

「では、そこの鈴木義弘さんのお宅のことを教えたんですね？」

「教えたっていうか、すぐ目の前が鈴木さんのお宅やから、そこがそうやって、指差しただけですけど……それって、あかんかったんですか？」

言いながら、三千恵は漠然と不安を感じたのか、語尾が消えそうに弱まった。

「いや、べつに悪いことはないですよ。そのお客さんを鈴木さんのお宅まで案内したわけではないのでしょう？」

浅見に励ますように言われ、三千恵は「ええ」と大きく頷いた。

「その男性は一人だったんですか？」

「ええ、たぶん一人やったとおもうけど……はっきりしたことは分かりません」

三千恵は自信なさそうに答えた。

「入れ替わり立ち替わりやって来るお客を、いちいち記憶してるのは難しいよねぇ」

鳥羽が救いの手を伸べた。「それはそうだね」と言いながら、浅見は彼女のおぼろげな記憶にこだわった。

「それは正確にいうといつのことですか？」

「えーと……」と、三千恵は視線を宙に這《は》わせて記憶の断片を捜し求めている。

三千恵がその男を見たのは一週間前の七月一日だったと思われる。

彼女の話によると、鈴木屋敷を見学に来る客はそれほど多くはないそうだ。藤白神社や有間皇子の墓に参ったり、熊野古道を散策する途中に、たまたま看板を見かけて立ち寄るケースがほとんどで、最終目的地がここだというのは珍しいらしい。

「あの日も、ほかに女性グループのお客さんが三人いてたけど、私の説明を聞いてもあまり関心はなかったです。その男の人は一人だけ最後まで残ってて、まだ何か訊かれそうな感じでした」

「ほうっ、そんな素振りがあったのですか」

「ええ、何となくややこしいことを訊かれるんやないかって気がしたんです。そうならんうちにと思って、逃げ出しました」

「ははは、ややこしいことですか。どんなことかなあ……もしかして、竹内さんと別れた後、その人物はひょっとして、鈴木さんのお宅に行った可能性はありませんか？」

浅見が訊くと、三千恵はまた不安そうに首をすくめた。

「行かんかったと思いますよ。神社へ戻る途中も、ぜんぜん見んかったし。それから後も、近くでそれらしい人は見かけませんでした。真代さんが見てるかもしれんけど」

「奥さんに訊いてみたらええんと違う？」

門脇の勧めで、とにかく鈴木夫人に確かめようということになった。門脇とは、そこで別れた。門脇は仕事の途中だとかで、忙《せわ》しげにバイクに跨がって帰って行った。

鈴木夫人は玄関先に客たちの足音を聞いたのか、「どうでした？」と出迎えた。

「えらい古屋敷やったでしょう」

「いや、なかなか立派なものでした。鈴木家がこの地方での有力な豪族だったことを偲ばせる象徴といえますね」

「それはそうやろうけど、私らみたいな値打ちの分からん者にとっては、宝の持ち腐れにしか見えんわねえ。建て替えして料理屋にするとかして活用せんと、修繕費ばかしかかって、神社さんかて持て余してるんと違うかしら。主人の話やと、あの地所を欲しい言う人もおったみたいやし、そうやったら口利いてあげたらよかったのにって、いまになってから思います」

「ほうっ、そういう話もあったのですか」

浅見は三千恵を振り返って「さっき、門脇さんもそう言ってましたね」と言った。

「何のことです？」

真代は怪訝そうに訊いた。

浅見は三千恵が言っていた男の話をした。

「それらしい人物が訪ねて来たか、この辺りで見かけることはありませんでしたか」

「いいえ、そんな男の人は来てないですよ。第一、あんなボロ屋敷を欲しい言うて来る人が、ほんまにおるやろか」

「しかし、ご主人はそういう希望者がいたとおっしゃったのではありませんか？」

「ええ、そう言うてましたけど、どうやろか。ほんまに本当の話かどうかあてにならんような気がしてました。主人が言うとったのは、あの屋敷だけでなく、どこかの土地を買うのと抱き合わせで、譲ってもらうことはでけんかいう話やったみたいです」

「えっ、そういう条件だったんですか」

浅見は緊張した。真代の話はがぜん具体性を帯びてきた。

「そこまで条件を提示しても欲しいというのは、かなり本気だったと思っていいのではないでしょうか」

「そうかもしれんわねえ。でも、主人は難色を示しとりました」

「それはどうしてですか？　鈴木屋敷の名義が神社にあるからということだったのでしょうか？」

「もちろんそれもありますけど、その人が言うてた、もう片方の土地を譲って欲しいいうのがいやや言うてました」

「なるほど、そういうことですか。それで、抱き合わせと言ったのは、どこの土地を対象にしていたのでしょうか？」

「さあ、どこやったんか、覚えてないわねえ。この近辺でなかったことは確かやと思いますけど。だいたい、うちの近くには、売れるような土地はないんです」

「ほんまに？」と三千恵が信じられない——という顔で言った。

「鈴木さんのお宅は、藤白神社の周りにぎょうさんの土地を持ってるいう話を聞いてましたけど」

「ははは、それはずうっと昔の、戦争に負ける前までの話やろ」

真代は笑って手を横に振った。

「確かにその頃は神社の特権みたいのにあやかって、政治的にいろいろ優遇もされとったいう話は聞いたことがあるけど、主人のお父さんの代になった頃はみんな取り上げられてしまったそうや。その当時のことは、宮司さんが知ってると思うけど」

宮司と言われてふと気がついたのか、三千惠は「あ、こんな時間や」と時計を見た。

「そしたら、私はこれで失礼します」

三千惠が慌ただしく玄関を出て行くのを見て、浅見は「おい、送って行かないのか」と鳥羽を促した。鳥羽は「いいんですか」と、喜色満面で彼女の後について行った。

「いまのことですが、その人物が提示した抱き合わせの物件というのは、この近くでないとすると、ご主人はどの辺りの土地のことをおっしゃっていたのでしょうか？」

三千惠と鳥羽を見送ってから、浅見はあらためて質問を続けた。

「門脇さんにお聞きした話ですと、鈴木さんのお宅では戦後の農地改革の後でも、確か北大阪のほうの山林などに、かなりの土地が残っていたということでしたが」

「ああ、そういう話は私も聞いたことがあります。いまでは想像できんような膨大な不動産があったんやそうです。ただ、事実かどうかは分かりませんよ。私はまだ生まれてもない時代やし、直接そういう話を聞いたこともないんですから」

「それは事実あったことだと思います。かつて、山形県の酒田や島根県の津和野などを取材した時に、当時の大地主が農地改革で広大な土地を失ったという話をいくつも聞きました。何しろ、隣の県に行くまで自分の土地が続いていたのだそうだから、ものすごい規模だったのですね。そういう時代だったし、やむを得ないことでしょうが、当事者にとってはさぞかし悔しかったに違いない」

「そうみたいやね。私は役所に勤めてるから、昔の特権階級の制度みたいなもんは無くなってよかったと思ってますけど、本人たちから言うと、先祖代々自分の家の土地やと思とったのが、取り上げられては面白くなかったいう気持ちも分かるような気がします。先々代の社長——つまり夫の祖父やその親たちなんかは、国のやり方をひどく恨んどって、金輪際、国の言うことには従わん言うとったみたいです」

「それはきわめて率直な気持ちでしょうね。ご主人が先祖伝来の土地を譲りたくないとおっしゃっていたのも、同じ思いからかもしれません」

「そうやろかなあ。私はずっと、ただの頑固か、目端《めはし》が利かんせいやないかと思てました。主人に商才がないことは分かってましたけど、主人の父親も、祖父に言われたとおり、とにかく土地を売るのには絶対に反対する主義やったしなあ」

「というと、先々代の社長さんから、そういう経営理念だったのですね」

「ははは、経営理念いうほど立派なものかどうかは分からんけどな」

真代は男っぽく笑った。

「主人は先祖代々、昔気質を受け継いだ人間やったから、とにかく人に土地を譲るのが大嫌いやいう単純な理由やなかったかと思いますよ。主人の父親も祖父も、戦後の混乱期がとっくに過ぎて、大阪万博があったり、枚方やら千里やらのニュータウン計画いうのがあったりしても、ぜんぜん動こうとはせんかったみたいです」

「ああ、そういえば大阪では万博があったのでしたね。そういう時代ですか」

つい懐かしそうな口ぶりになった。大阪万博は一九七〇年。浅見が生まれるより前の出来事だ。

「ええ、主人が社長を引き継いだ後、都市開発のブームが起きた時にも、やはり父親が言うてたとおりの考えが受け継がれとって、何があろうと、古い土地は残しておくようにしとるんやいう話を主人から聞いたことがあります。それはやっぱり、祖父やそれ以前からの、言うたら先祖代々の呪縛みたいなもんがあったんと違いますか」

真代は話しているうちに、先祖代々の呪縛——を実感するのか、首をすくめた。

「呪縛とは穏やかではありませんね。そこまでご先祖が遺《のこ》した土地にこだわるのは、単にかつての土地制度改革で、苦い経験を味わった凝《しこ》りのせいなのでしょうか？」

浅見は訊いた。

「そうやねえ、呪縛というのはちょっとオーバーかもしれんけど、でもそういう不条理なこだわりは実際、あったと思いますよ。そういえば、主人の父親は一度、『祟《たた》り』いうことを言うてましたしねえ」

「祟り、ですか……」と浅見は背筋がゾクッとした。祟りのほうが呪縛よりもむしろ切迫感がある。

「祟りというのは、あの鈴木屋敷を売ったりする、冒瀆《ぼうとく》的な行為に対する祟りという意味なのでしょうか？」

確かに、鈴木屋敷の古色蒼然《そうぜん》とした雰囲気には、祟りのような超常現象がついていても不思議はなさそうだ。

「まさか……」

真代は呆れたようにのけぞった。

「あの屋敷は確かに、幽霊が出てもおかしくないみたいやけど、祟りがあるいう話は聞いたことがありません。そんなん言うたら、縁起が悪いと宮司さんに叱られますよ」

真顔で心配している。

「第一、この辺りは文化史跡の指定もされとるし、実際、観光のお客さんの中には、鈴木屋敷を目当てに見える方がいてるし、いまも言うたように、宮司さんや、それに氏子さんたちの意向も確かめなあかんですし」

「しかし、そういう制約を承知した上で、鈴木屋敷を買おうというのは、何か利用価値があるのを見越しているのかもしれませんね。さっき奥さんもおっしゃったように、料理屋さんのように、新しい観光名所を作るとか、です。とにかく買いたい側によほどの熱意があることを感じさせます」

「熱意はあったかしれんけど、それはあのボロ家やなく、むしろ、主人が嫌がってた、もう一つのほうの土地が欲しかったんと違いますか」

「なるほど……だとすると、ますますそっちのほうの土地がどこなのか、興味をそそれます。それがどこの土地なのかが分かれば、相手が執着する理由にも納得できるかもしれません。どうでしょう、何か手掛かりになるようなことはありませんか？」

「そうやねえ……そしたら一度、会社の松江さんにでも訊いてみましょうか。松江さんいうのは、義父の頃からもう二十年近く働いてくれてる、うちの唯一の社員さんです」

真代はひとまず浅見を客間に通して、電話で会社に連絡してくれた。

「最近、主人がそれらしいお客さんと電話で長々と喋っとるのは聞いたことがあるそうです。けど、どんな話やったのか詳しくは思い出せないみたいやね。ただ、私が主人からあの晩聞いた話は、この時の電話での会話だったのかもしれへん思えてきました」

真代は電話を切ってからそう言った。

「松江さんは、せめてそのお客さんの名前だけでも覚えていないのでしょうか？」

「それがぜんぜん覚えてないみたい。主人には何も聞いてないのやね。社員に相談すればええのに、そんなふうに自分だけで片づけてしまう悪い癖が主人にはあったんですよ」

「とはいえ、電話で話しているのを脇で聞いていたのですから、何かヒントになりそうな会話もあったはずです」

「そうやろかなあ、聞いた記憶はない言うてるんやけど……そしたら浅見さん、直接、松江さんに訊いてみてくれますか？」

面倒くさい訊問《じんもん》は自分の手に負えない——と言わんばかりに、真代は電話を浅見に押しつけて、先方の番号だけはプッシュしてくれた。

松江が出ると浅見は名乗って、状況を説明した。松江は商売人らしい丁重な口調なのだが、ほぼ完璧な大阪弁を丸出しで喋る。その電話は鈴木社長が遺体で発見される四日前のことで、相手と交わしていた会話は、詳しい内容こそ覚えていないが、断片的な言葉の端々は耳にしていた。何やら土地の譲渡に関係しそうな話で、必ずしも友好的な雰囲気ではなかったらしい。

「奥さんにも訊かれましたけど、相手さんのお名前はさっぱり思い出せまへんなあ。もしかすると『島本』いう名前を聞いたような気がしますのやけど、私の知るかぎり、取引先に島本という人はいてません」

浅見は送話口を押さえながら真代を振り返って、「島本さんという名前に心当たりはありませんか？」と訊いてみた。真代は黙って首を横に振った。

そのことを告げると、松江は「やっぱりそうでっか」と安心したように言い、念のために会社の住所録を調べて、何か見つかったら連絡すると言って電話を切った。

島本という名前はごくふつうにありそうだが、浅見自身、あらためて知人の名前を思い返しても、すぐには浮かんでこない。

「その島本いう人が、主人の事件に関係してるんでしょうか？」

真代は不安そうに眉を顰《ひそ》めた。

「それは分かりませんが、一応、アドレスを確認してみたほうがいいかもしれません」

「そうやねえ、後で住所録と電話番号帳を調べてみます」

ちょうどタイミングよく、鳥羽が戻って来た。浅見はひとまず鈴木家を辞去して、もう一度、藤白神社に向かった。初めて見た時の印象どおり、規模としてはこぢんまりとした社殿だが、正面から改めて石段に向かうと、境内に登り詰めたところにそそり立つ、瓦屋根を乗せた大鳥居がいかめしい。

「ここにはちょっと面白いエピソードがあるんですよ」

鳥羽が言いだした。

「戦後、何十年ぶりかで、ルバング島から生還した小野田さんて知ってるでしょう」

「ああ、もちろん知ってるよ。終戦を信じずに一人生き残り戦い続けたっていう、いわば最後の英雄みたいな人物だ」

「その小野田さんが、じつはここ海南市の出身なんです。帰国して間もなく、お礼の報告に参拝した時、石段を上がらず脇を通って社殿に詣でたそうです。ご本人としては、敗者として、遠慮が働いたのではないかと聞いてます」

桜の葉の緑が優しい雰囲気を醸し出す境内に上がると、正面の拝殿の右手に三体の仏像が安置された建物があった。

「神社に仏像っていうのは、珍しいんじゃないかな？」

浅見が疑問を呈すると、鳥羽は「そこが熊野の熊野らしいところです」と、知識をひけらかすように応じた。

「藤白神社周辺を、地元では『ゴンゲ様』って言うんだそうです。正確に言うと『藤白王子権現』の略だと聞いてます」

「えっ、王子権現？……」

浅見はギョッとした。

「おい、それは本当か？」

無意識に、噛《か》みつきそうな大声を出した。耳元で怒鳴られて、鳥羽は驚いてのけ反り、参道の敷石を踏み外した。

「びっくりさせないでくださいよ。どうしちゃったんですか？」

「いま、王子権現と言っただろう」

「ええ、言いましたけど、それが何か？」

「王子権現は東京のおれの家に近い、北区王子にある神社だ」

「えっ？　そうなんですか、それは知りませんでしたが……しかし、ここが藤白王子権現だっていうのは、間違いないですよ」

鳥羽はこれまで浅見に見せたこともない、歯を剝《む》きだした反抗的な顔で言った。

「ものの本によるとですね、そもそも、この神社は熊野詣でが盛んだった時代には、熊野一の鳥居、つまり聖域である熊野の入口として『五躰《ごたい》王子』の一つとよばれ、熊野三山の神様とその子の神様である若《にゃく》王子を祀っていたんです。昔は神仏混交でしたから、その当時は仏様だった——要するに権現だったというわけですね」

本人が「ものの本」と言うように、どうせ何かの資料かガイドブックの受け売りに決まっている。付け焼き刃の知識がどこまで正しいのかはともかくとして、丸暗記にしてはなかなか説得力がある。

「それが明治初期の神仏分離令により、神社の指定を受け、藤白神社と呼ばれるようになった。すんでのこと廃仏毀釈《きしやく》の嵐が吹き荒れかねないところだったのです。しかし、地元の人びとの信仰心と努力によって、廃仏毀釈の危機を奇跡的に逃れ、仏像はすべて観音堂のほうに秘仏として安置されました。現在でも阿弥陀如来のほか、薬師如来、千手観音など、立派な仏像が収納されていて、それはそれで観光名所になっていてですね……」

「分かった、分かった」

浅見は手を挙げて、鳥羽の饒舌《じょうぜつ》をストップさせた。

「早い話が、ここはかつては神社と寺が一体化していて、『権現』と言われていたってことだな。つまりは熊野権現のうちの一つと考えてもいいわけか」

「そうですよ。だから、北区の王子に権現と名のつくものがあったとしても、ここの権現さんの亜流みたいなものでしょう」

「亜流かどうかは知らないが、ともあれ北区に王子という名前のついた権現があることは間違いない。となると、おれの役目はここで終了ということになる」

「えーっ？　何を言い出すんですか、冗談じゃないですよ。ここで放り出されては困っちゃうなあ。役目が終わったどころか、鈴木さんの事件に、ようやく端緒が摑めそうになったばかりじゃないですか」

「あはは、終了と言ったのはそっちの話じゃないんだ。じつはな、おれには代参の依頼があって……」

浅見は軽井沢の作家に頼まれた、権現代参の話を説明した。

「そういうわけだから、そっちのほうのくだらない役目はひとまず片づいたことになる。これから先は後顧の憂いなく事件一筋にのめり込むぞ」

「ほんとですか、ありがとうございます」

「いやいやそんな風に感謝されると困ってしまうが。ともあれ、藤白神社と仏さんたちにご挨拶申し上げるとするか」

日頃はまったく信仰心の乏しい浅見が、思いがけない出会いで、目指す権現様と遭遇できた幸運を感謝する気になっている。何だかこの先にも神仏の加護と霊験があることを信じてもいい気分だ。

三千惠巫女さんが見守る前を、最前とは別の鹿爪《しかつめ》らしい顔で通過して、拝殿に額ずき型通りに参拝した。それから社務所に立ち寄り、お守り札と一緒に買った神社の由緒書を読むと、鳥羽が言ったとおり「藤白神社は熊野権現の御子神を祀る分社」であると書いてある。これなら堂々と「代参」の務めを果たしたと胸を張って凱旋《がいせん》してもいいだろう。

鳥羽はしばらく社務所前を離れたくない様子だったが、邪険に腕を引っ張って石段を下りた。これから本格的に事件に向き合うとなると、しなければならない作業は山積している。まず手始めに鈴木の会社の松江に会うことにした。

鈴木の会社は「八紘《はっこう》昭建」といい、海南市役所に近い五階建てのビルの三階にあった。小さなオフィスで、社長室のほかにもう一つの小部屋があるのだが、現在は松江孝《たか》雄《お》という、経理担当の社員が一人いるだけだそうだ。電話で話した時の印象のままの、典型的な関西人であった。丸顔で腰が低く、いくぶんトーンの高い柔らかな大阪弁で喋る。初対面の浅見と鳥羽にも、まったく警戒する気配はなかった。

浅見は早速、事件の四日前に鈴木義弘がお客と思われる男と電話をしていた、その時の様子を訊いた。松江は鈴木社長が電話で応対しているのを隣の部屋で聞いていたという。

「ドアから漏れてくる声やから、完全に聞き取れたわけやないんですが、いまでも耳に残ってます。考えてみると、あれが社長の言葉を聞いた最後になったわけなんやなあ」

感慨深げに肩を落として、いまにも泣きだしそうな表情を見せた。

「話の様子ですと、社長さんは電話の相手の人物と、あまり良好な関係ではなさそうだったようですね」

「確かに言いはるとおり、まあ気が進まん話やったことは間違いありません。先方からいろいろ条件を提示されてたみたいやけど、商談は結局まとまらんかったようです。そういえば、社長は電話を切ってから『しつこいやっちゃなあ』言うてぼやいてはりましたよ」

「そのお客の名前ですが、島本という以外、どこの島本かは覚えていませんか?」

「そうですねん、覚えてへんというより、電話に聞き耳を立ててただけやし、はっきりせえへんかったんです。社長に確かめてメモっておけばよかったんやけどねえ」

松江は残念そうに首を振った。

「八紘昭建」という社名について、松江にネーミングの由来を訊くと、「さあ？」と首を捻った。驚いたことに二十年近く勤務していながら社名の由来も知らないのだ。

「八紘というと、戦前戦中の『八紘一宇』からきている印象を受けますね」

浅見がそうヒントを与えたが、その言葉の意味すらも知らないというのだから話にならない。むしろ若い鳥羽のほうが、さすがにジャーナリストらしく知識があって、「それはですね」としゃしゃりでた。

「広辞苑によりますと、『八紘一宇』とは昭和十五年以降、太平洋戦争中に日本の海外進出を正当化するために用いた標語と解説されています。『宇』は屋根のことで、世界を一つにまとめて家となすという意味です」

それだけで止《や》まずに「もともとは日本書紀の中に出てくる、神武天皇の詔勅『六合《くにのうち》を兼ねてもつて都を開き、八紘《あめのした》を掩《おほ》ひて宇《いへ》にせむ』を根拠に、田中智学という人が、世界統一の原理だと解釈したところから取っているのだそうです」と講釈を披瀝《ひれき》する。

さすがに浅見もそこまでは知らなかった。単純に戦時中のプロパガンダの一つ——程度の知識があるにすぎない。松江は「なるほどなあ。つまり、この社名をつけた当時のわが社には、世界を一つにまとめるくらいの気概があったっていうことですか」といったんは感心したが、すぐに「それはおかしいんと違いますか」と首を捻った。

「うちの会社は大正時代まではきちんとした会社登記はしてへんかったので、そんな標語みたいなもんを使っていてへんはずですが」

「だとすると、途中で社名を変更したのでしょう。確かめてみませんか」

浅見に言われて松江が調べてみると、確かに「八紘昭建」の社名は昭和十七年に、株式会社になった際に変わっていた。

「やはりそうですか。そういう新しい国是を社名に取り入れたのは、新思想に共鳴しがちな若者——ひょっとすると義麿さんだったんじゃないですかね」

「なるほど、おっしゃるとおりや思います。昭和十七年いうと、義麿さんは入社早々でやる気まんまんやった頃や。子供の時から神童と言われとったさかい、『八紘』みたいな名前を思いついても不思議はないですな」

「神童、ですか……よほど頭のいい方だったのでしょうね」

浅見はがぜん興味を惹かれた。

「はい、そう言われてはったと前の社長から聞いたことがあります。それがあるので、いつまで経っても親父には頭が上がらんのや言うて、よう嘆いてはりました。何しろ、京都大学の教授先生に見込まれ、じきじきに誘われて一年早く中学を卒業して、三高から京大に入りはったんやそうで」

「ほうっ……」

そんなことがあるとは——学生時代からずうっと落ちこぼれ人生を歩いている浅見にとっては、信じられないような羨ましい話だ。

「教授に見込まれたというと、義磨さんは京大で何を専攻しておられたのですか？」

「地震学やったと聞いてます」

「地震学……はあ、意外ですねえ。さっきの八紘一宇の話などから、文系かと思いましたが、建築でも土木でもなく、いきなり地震学ですか」

「そうやなあ、建築も土木も飛び越えて、いきなり地震学いうのはありなんかどうかは知りませんが、義磨さん自身からそないに聞いてます。たぶん関東大震災があったりした影響やないかと思います。それと、誘ってくれはった教授先生が、日本を代表する地震学の権威やったっていうのが、決定的な理由やと言うてはりました」

「なるほど……しかし、地震学だからと言っても、基礎的な知識には建築も土木も必須だったのではないでしょうか。つまり、それが不動産会社を経営するきっかけになっているわけですよね」

「それが違いますねん」

松江は大げさに首を横に振り、両手を左右に振った。

「義磨さんは京大に入学する時には確かに地震学専攻やったんやけど、卒業した時は考古学に変わってたんやそうです」

「ほうっ、地震学から考古学ですか……それはまた、どういう理由ですか？」

「さあ、分かりません。何でですか言うてお訊きしたんですが、『それは秘密や。誰にも言うわけにいかんよ』言うて、笑って答えてくれはらへんかったんです」

「秘密とおっしゃったんですか」

好奇の虫がモゾモゾと動きだした。

京大の教授先生に請われて、せっかく入った地震学専攻をやめてまで、考古学に転向した理由とは何なのか。まして、それを秘密にしなければならない事情とは何なのか――浅見には気になって仕方がない。

しかしそういう好奇心に、鳥羽はまったく理解がない。そもそも即物的に判断を求めたがる性格なのだ。

「先輩、そんな古いことはともかくとして、事件のほうの関係に問題を絞りませんか？」

「ん？　ああ、それはもちろん分かってはいるが、義麿さんのいまの話だって、事件に関係しているかもしれないじゃないか」

「そうですかねえ」

珍しく浅見に逆らう姿勢を見せた。

「だって、それって義麿氏の少年時代みたいな話でしょう。いくら何でも今度の事件に関わってくるとは考えられません。それより、義弘社長にしつこく迫ったという、島本とかいう人物の洗い出しに専念したほうが手っとり早いと思いますが。どうなんですか松江さん、島本氏はどこの会社の人なのかとか、何か見当がつきませんか」

「はあ、そう言われても、さっぱり思い出せへんのですよ。社長が言ったことで覚えとるのは『島本』いう名前だけやし」

「社長さんは『島本』と呼びすてで言ったのですか？」

浅見はふと疑問に思って訊いた。

「島本さんとか、島本部長とか、敬称では呼ばなかったのでしょうか？」

「そうやねえ、そう言われてみると、確かに呼び捨てで呼んではりましたなあ」

「それだと、まるで目下の人を相手に話しているように思えますが」

「いや、そんなことはありません。喋ってる細かい内容までは分からへんかったんですけど、ちゃんと敬語を使《つこ》うてはりました」

「つまり、ふつうにお客さん相手に話すような口調だったのですね？」

「まあそういうことやねえ。そういうても結局、商談はうまいこといかへんで、後日、どこかで会うみたいな、いうたら物別れみたいな終わり方をしてましたが」

「なるほど……再会の約束を取り交わしたということですか」

「せやね、そんな感じでしたね」

松江は何とももどかしく歯切れが悪いが、ともあれ、鈴木社長が「島本」と後日会う約束を交わしていた——というのは、事件捜査上きわめて重要な事実だ。その「再会」の日が、つまり事件発生の当日に重なっていた可能性はあり得る。

（島本か——）

その名前だけで、正体の見えていない人物を、松江の記憶にある断片的な会話を通じて思い浮かべるのは、かなり難しい。

「せめてどこの島本なのか、会社や住所だけでも分かるといいんですがねえ」

浅見の愚痴に、松江も「そうやねえ」と申し訳なさそうに頭を下げた。

「そうそう、一つだけ、確か熊野古道がらみではないかという推測がありましたね」

浅見は思い出して言った。鈴木義弘と妻の真代との「最後の晩餐」の時、「熊野古道」という言葉が出たというのだ。

「鳥羽も聞いていただろう。確か、今頃になって、何で熊野古道なのか？　というような口ぶりだったと、奥さんが言ってたね」

「ああ、そういえばそんな話をしてましたっけね」

鳥羽も同調した。

「それと、熊野古道を遡ると京都に達するとか、そんな話も出てました。あれは先輩が言ったんじゃなかったですかね」

「それは事件現場の淀川の上流——という連想から、何となくそう言っただけだよ」

「えっ、そんな話があったんですか？」

松江がふいに頭をもたげた。

「それやったら、もしかすると島本町のことかもしれへんな」

「は？　どういうことですか？」

「いや、さっき言うてた、社長の電話の相手が島本いう人やないかということやけど、もしかすると人の名やなく、島本町のことを言うてたんやないかと思ったんです」

「島本町？　そんな地名があるのですか」

「はい、大阪府の北のほう、淀川のどんづまりで、桂川と宇治川が合流する辺りが三島郡島本町いうんですわ。それやったら、人の名でないのやから、呼びすてにしたって、いっこうに構わへんわな」

松江はデスクの抽《ひ》き出しから地図を出して広げた。

大阪府全図の十二万分の一の縮尺だ。東京の人間である浅見は、こんなふうに眺めることは珍しいが、大阪府は南北に長いことを改めて認識する。和歌山市域で紀ノ川を越えるとすぐ大阪府に入る。西の大阪湾沿いに阪南市を皮切りに泉南、泉佐野、貝塚、岸和田、泉大津、高石、堺などの沿岸都市が続き、やがて淀川河口に達する。

淀川はここから北東へ向け、大阪市域を貫流、摂津市、寝屋川市を左右に見ながら一路京都方面へ遡る。そうして京都府と接するまさにどんづまりに島本町があった。

「ここですか」

浅見は大発見をしたように、思わず嘆息を洩らした。「島本」が人名ではなく地名だとすると、この島本町である可能性はある。事件が発覚した「八軒家」からは、まぎれもなく上流であることは確かだ。

「鈴木社長が会っていたのは、島本氏ではなく、島本町にゆかりのある人物だったとすると、社長は島本へ行ったと考えることもできそうですね」

「はあ、そう、かもしれへんなあ」

「電話の会話の中に、『島本』が何度も出ていたことから言って、ここが商談の対象であったとも考えられませんか」

「そうやろかあ……」

松江は首を捻った。

「この辺り、島本付近には御社、あるいは鈴木家が所有する不動産はありますか」

「さあ、どうやったかな……いや、島本町には何もなかったと思いますよ」

「しかし確か、大阪府の北部方面には、鈴木家の古くからの土地があると伺いましたが？」

松江の態度のもどかしさに、浅見はいささか焦れて、難詰《なんきつ》するような口調になった。

「ああ、それはありますが、島本町や無《の》うて高槻市のほうです」

松江は地図を指している指を左——西の方向へ少しずらして高槻市域を示した。高槻市は淀川の西岸に広がる、面積が島本町の約六倍ほどもある大きな行政区だ。

「高槻って、ずいぶん広いんですねえ」

「それはあなた島本町とは比較になれへんわ。面積もでっかいけど、人口も三十五、六万の大都市です」

誇らしげに胸を張った。

「それで、鈴木さんの土地があるのは、どの辺りなんですか？」

「そうやねえ、私も詳しいことはよう知らんのやけど、北から西の方向やと思います。ほとんどが山林やったところです。名神高速の近辺はすでに開発が進んどって、そこから置き忘れられたような土地が多いと聞いてますから、たぶんこの辺りやないやろか」

指先で示すのは、隣の茨木市や京都府との境界線に近い辺りだ。

高槻市の北部は市域の半分近い広大な面積だが、大部分は手つかずと思われる山地である。ゴルフ場などがいくつかあるほかは主に住宅街で、関西大学、平安女学院大学、大阪薬科大学などの公共的な施設が目立つ。

それらの施設名称を指先で辿っていて、浅見は「あっ」と小さく声を発した。

〔京都大地震観測所〕

鳥羽と松江が何ごとか——と首を伸ばしてきた。

「何かありましたか？」

松江に訊かれたが、それほどの大発見というわけではない。

「ここに、京都大地震観測所というのがありますが、ここには関係ないでしょうね」

「ああ、ほんまやねえ。義磨さんが京都大学に入って地震学を勉強したいうのは、間違いあらへんけど、ここと関係があるかどうかは知りません。第一、入学したのは八十年くらい前のことでしょ。その頃にはまだこんな施設はなかったんと違いますか」

「そうでしょうね」

浅見もあっさり撤退した。第一、京都市内にある京都大学のキャンパスと、こんな辺鄙な山奥のような場所とが結びつくとは考えにくかった。

「とはいえ、この辺りの土地は鈴木さんの所有である可能性はあるのですね？」

「そうやなあ、あるかもしれへんな。ちょっと調べてみますか」

松江はスチールキャビネットを開けて、分厚い台帳を取り出した。まだパソコンにデータを収めているところまで進化してなくて、台帳はいくつにも分冊されているらしい。中にはかなり古びた表紙のものもあり、探し当てるのに苦労しそうだ。鳥羽は痺《しび》れを切らして、「僕はそろそろ戻らなきゃならないのですが……」と腰を上げた。

第四章　阿武山古墳

その鳥羽の出端《でばな》を挫《くじ》くように彼のスマホが鳴りだした。鳥羽は慌てた仕種で浅見たちに背を向け、電話と向き合った。どうやら他人の目を気にする相手らしい。案の定、小さな声で「あ、三千恵ちゃん」と言った。彼女のこととなると、予定もあっさり変更するのだろう。そのまま部屋を出て帰路につくつもりのようだったが、ドアを出かかったところで回れ右をして戻って来た。

「竹内さんですが、浅見先輩にって」

あまり嬉しそうではない口調で言って、スマホを浅見に渡した。

「浅見さんですか？　藤白神社の竹内です。お忙しいところ、どうもすみません」

三千恵は早口で前置きをして、「あの、じつは、宮司さんが浅見さんにお目にかかりたいって言うてるんですけど」

「宮司さんが？……」

意外だった。その気配を察知したのか、三千恵は「すみません」とまた謝って、「鈴木さんのお宅へ行くので、できたらそちらでお会いしたいと言うてます」

「はい、了解しました。それではこれからすぐに鈴木さんのお宅へ向かいます」

松江との話も中途半端になっているが、とりあえず宮司のほうを先行させることにしたのは、何か新しい展開が起こりそうな予感がしたからである。

松江には「改めて」という挨拶をして、鳥羽とは会社を出たところで別れた。

鈴木家に行くとまだ宮司の姿は見えなかったが、真代が玄関で待っていた。

「宮司さんが見えるそうです。何か主人のことで、浅見さんともお話がしたいとか、言うてますけど」

座敷に通って間もなく、白衣に浅葱《あさぎ》色の袴姿の宮司がやって来た。挨拶も抜きでさっさと座敷に上がり込むのはよほど親しい間柄に違いない。浅見とも顔を合わせたとたんに、「やあやあ、どうもどうも」とざっくばらんに声をかけた。それから坐《すわ》り直して、今度はきちんと正式な挨拶を送ってきた。

「宮司をしとる大谷隆《おおたにたかし》いいます。浅見さんのことはいろいろお聞きしております。申し訳ないが、若干、調べさせてもいただきました。うちの三千恵クンも知らんかったようやが、浅見さんは高名な探偵さんやそうですな」

人懐こい笑顔で小さく頭を下げる。

そこから話を始めるとなると、無駄な時間を費やしかねないので、浅見は自己紹介は後回しにして「早速ですが」と口を開いた。

「何か僕にお話がおありだとか」

「そうそう、そうなのです。というより、ここは鈴木さんの奥さんにもぜひ聞いてもらわなならんことでもありましてな。というのは他でもなく、義弘さんの事件に関係することで」

「ほうっ……」

初対面の大谷宮司の口から、事件に関する新事実が語られると期待して、浅見は思わず居住まいを正した。真代も「主人のことですの？」と驚いている。

「いや、義弘さんのこともそうやが、そのことに関連して、もう少し複雑な話になる、お祖父さんの義麿さんの話をさせていただかなならんのです」

「祖父の話……ですか？」

真代は戸惑いを隠せない。義弘の祖父・義麿は五年前に九十二歳で亡くなっている。義弘の不幸で手一杯の現在、そんな過去の出来事を持ち出されても——という当惑が彼女の顔から滲《にじ》み出ている。

「そや、お祖父さんのことや。しかしこれが義弘さんの事件とどこぞで繋がっとるんやないかいうのがわしの直感で、それについてぜひとも、浅見名探偵にお話を聞いていただかなならんと思うとるんです」

「はあ、どのようなことでしょうか？」

大谷の迫力さえ感じさせる口ぶりに、浅見は神妙に頭を下げて応じた。

「じつはやね、これはそれこそ奥さんにもよう聞いてもらいたいのやが、わしは義麿さんと義弘さんから預かり物をしとりましてな。まずそのことを申し上げなならん」

「預かり物って、何ですか？」

「簡単に言うたら、日誌というか、リポートというか、覚え書きというか、とにかくそういったものを書き綴《つづ》ったノートやね」

「日誌って、主人がそんなんを残しとったんですか」

「まあ、わしが直接受け取ったんは義弘さんからやったが、実際の中身は義麿さんが書き残したもんや。つまり、義弘さんから言えばお祖父さんの遺品いうことになる。亡くなりはった時に、お孫さんの義弘さんに託されたもんやと思いますけどな」

「何が書いてあるんですか？」

真代は不安そうに眉を顰めている。秘密めいた「ノート」の中に、いったいどのようなことが記録されているのか、誰にしたって興味を惹かれるのだから、それ以上に気掛かりなものを感じるに違いない。

浅見も無意識のうちに首を伸ばして、大谷の手元にある、番頭さんが勘定集めに持ち歩きそうな小さなバッグを覗き込んだ。

「あ、いや、ここには持って来てへんのですがね」

大谷は苦笑して、照れたようにバッグを後ろに隠した。

「そのノートというか記録というか、とにかく膨大なもんやさかい、とてものこと、こないにして持ち歩くどころのボリュームやないのですよ。もしよかったら、これからでも神社のほうに来てもろたらええのやけど」

「伺いましょう」

浅見はすぐに腰を上げた。真代はそれよりワンテンポ以上も遅れて「そうやねえ」と頷いてから、あまり気乗りのしない表情で席を立った。得体の知れぬノートから、いったい何が現れるのか、パンドラの箱を開けるほどの警戒心を抱くのだろう。

空はそろそろ夕景になろうとして、藤白神社の境内には参拝者の姿はない。社務所にいる三千恵が三人を見てドアから現れた。彼女の巫女姿は何度見ても魅力的だ。鳥羽が一途《いちず》になるのも理解できる。

もはや新たな参拝者はないものと見極めたのか、三千恵は社務所に鍵をかけて、三人の後からついて来る。拝殿脇をすり抜けるような路地の奥にある門を入ると、そこが宮司の住まいになっていた。どちらかというと小ぢんまりした平屋に見えるが、立木の先に深く隠れるように続く建物は、それなりの広さがあるようだ。

宮司以外の住人はいないのか、玄関を入ってもひっそりと静まり返っていて、奥から出て応対する人の気配もない。

「こちらにはお一人で？」

浅見は恐る恐る訊いてみた。

「そうです。家内は先年物故しました。息子が二人おってですが、いまは伊勢で修行中でわし以外誰もおらんのです」

大谷は式台を上がると、客を待たずにさっさと奥へ向かう。袴さばきも忙しげな大股歩きだから、三千恵と真代は遅れがちだ。

式台の先は黒光りのする廊下で、右手に障子の嵌《はま》った部屋が並ぶ。向かい合いには大きな襖《ふすま》の嵌った部屋がある。大谷が襖を開けて客を通した。

神社だけに、外観はどこもかしこも純和風なのだが、ここは絨毯《じゅうたん》を敷きつめた洋風で、ソファーと低いテーブルが設《しつら》えられてある。個人的な賓客のために用意されたような、やや豪華な雰囲気の漂う部屋だ。

「ちょっと待っとってください」

断りを言って、三千恵に「お茶を」と指示すると、大谷は奥の襖の陰に消えた。

三千恵も部屋を出た。近くに水屋があるらしく、茶を支度する物音が聞こえていたが、ほどなく戻って来て、鮮やかな緑色と香ばしい匂いのするお茶が供された。脇には地元の名物と思われる焼き印の入った饅頭《まんじゅう》が添えてある。浅見はすぐに手を出した。

「旨いですねえ」

ごく正直な感想なのだが、三千恵は「ほんまですか？」と笑った。

「ほんまですよ。いや、本当に旨いです」

それを強調するためにもう一つの饅頭を手にした時、宮司が現れた。苦労して開けた襖の向こうで、大きな段ボール箱を重そうに両手で抱えている。

浅見は手伝おうとして饅頭を口に銜《くわ》えたまま立った。いくぶん前かがみで、ギックリ腰になりかけたような中腰である。その恰好がおかしいと三千恵はまた笑った。真代も呆れたように口を押さえている。その状況に気づいて、宮司までもが笑いだした。

「あんたほんまに名探偵さんなん？」

まるで吉本新喜劇にでもありそうな台詞《せりふ》だったから、浅見は饅頭を噴き出しそうになった。厳粛であるべき神社の一室で、しかも深刻そうな場面を想定していたはずの面々が、一転して和やかな雰囲気に包まれた。

「そないに笑うとる場合と違いまっせ」

真代がさすがに気づいて、嘆かわしそうに頭を振った。三千恵が「すみません」と首をすくめたが、大谷宮司は「まあええやないですか」と笑顔を解かない。しかし段ボール箱の蓋《ふた》を開くと、にわかに険しいほどの怖い顔に戻っていた。

大谷が「膨大な」と言っていたとおり、段ボール箱の中身はびっしりと大学ノートに埋めつくされている。勉強嫌いの浅見はあまり世話になった記憶のない大学ノートが、溢《あふ》れんばかりに詰まっている光景に目が眩《くら》む。

「真代さん、これを義弘さんから預かった時は何も分からんかったんやが、中を見せてもろてびっくりしたんや」

「私にも何も言わんと……その時、主人は何か言うとらんかったんですか？」

「ああ、あれはもう半月ばかり前かな。祖父さまから託された物やが、自分にはどないもこないもしようもないさかい、何かに役立ててくれ言うてな。それからほどなく今回のような奇禍に遭われた。虫が知らせたとでも言うたらええのやろか……」

宮司は残念そうに天を仰いだ。

「これが全部、義麿さんがお書きになった物なのですか？」

「そういうことやね」

宮司は重々しく頷いた。ノートの表紙には小さく几帳面な文字で「鈴木義麿」と書かれてある。本来はブルーブラックだったと思われるインク文字が、珊瑚礁《さんごしょう》の浅瀬の色ほどに褪《あ》せている。一番上に並んだノートをパラパラと捲ってみると、中身の文章のインクはまだしも鮮明な色を保っていた。

それにしても、どのページを見ても整然とした筆跡で、浅見がやりがちな書きなぐりの形跡などどこにも見当たらない。

「ノートにはそれぞれ日付がついとるんやけど、直す時にごっちゃになってしもうた。後でまた整理しますけどな」

関西弁では仕舞うことを「直す」という。

「これ、何が書いてあるんですか？」

真代が気掛かりそうに訊いた。

「いや、わしもザーッと見たばかしやから、ひと言では説明でけん。とにかくえらいもんを預かってしもたということだけは間違いない。とくに浅見さんは『旅と歴史』のライターもしてはるんやろ？　それやったらなおのこと興味津々やろ思います。とにかく一度、目を通しはったらよろし」

「とおっしゃると、拝借して帰ってもいいのでしょうか？」

「もちろん構わへん。もっとも、元をいうたら鈴木さんのもんやけどな。真代さんも構わんやろ？」

「はい、私はさっぱり分からへんし、お願いできるんやったら、どうぞよろしくお頼みします……けど何やろなあ」

どんな秘密が隠されているのか——そのことには一抹の不安があるのは隠せない。

「なるべく早く、と言っても、これだけのボリュームですから、時間はかなりかかりそうですが、結果を整理してご報告するようにします」

浅見は一礼して、改めてノートの一冊を手に取った。ノートの表紙に書かれた数字はすべて算用数字で、たとえば「1934、11、15」といった具合だ。そのことにはいくぶん意外な印象を受ける。昭和初期の頃といえば軍国主義、国粋主義が盛んだった時代だから、年号など当然、漢数字で記されているものと思っていた。

その疑問を言うと、大谷は「そういえばそうやね」と頷いた。

「義麿さんいう方は神童と言われるほどの天才やったそうやから、時流に逆らってでも合理主義を貫きはったんやないやろか。横書きのノートを使うんやったら、文章も横書きにしたほうがいいと思うたんに違いない。数字を書き込む時なんかは、そのほうが便利に決まっとるさかいな」

ノートのそこかしこにはアルファベットも書き込んである。それまた驚くべきことに思えた。戦争中は敵性語である英語は絶対に使用禁止だったはずだ。たとえば野球用語でも、「ストライク」は「よし一本」と宣告したと聞いたことがある。

それにしても横書きが一般的ではなかった頃に、あえてそれを選び、しかも貫き通した意志の強さは並大抵のものではない。ノートの年代を確かめると、義麿が十三歳――つまり中学に進んだ頃に始まっているようだ。学校で教師に見つかったりしたら、制裁を受ける危険性もあったのではないだろうか。

もっとも、ノートの記述内容を見る限り、教室での勉強用として使われたものでなく、自宅か個人的な場所での、メモや記録を目的として使っていた形跡がある。どちらかというと日記、あるいは日誌と位置づけたほうが当たっているかもしれない。教師の発言や書物からの引用が頻繁に記述され、時にはそこから別の資料への索引に広げられているようだ。

気がつくと外は完全に日が暮れたのか、窓のカーテンから光が消えている。宮司が立って行って、部屋の明かりの光量を上げた。

「真代さんにも言うたように、わしもここに書いてあるのが何なのか、さっぱり分からんのや。だいたい文字が小さいよって、読もういう気が起きへんのやけどな」

大谷の言葉が必ずしも言い訳とは思えないほど、確かにノートの文字は小さい。しかもインクが掠《かす》れた部分もあったりして、老眼鏡に頼る大谷には扱いかねる相手だったに違いない。

宮司に代わって三千恵が首を突っ込んでみたものの、今度は別の意味で匙《さじ》をなげたように、すぐに「難しいよって、分からへんわ」と首を振った。真代に至っては、最初から読む気を喪失している様子だった。

「私はもう帰ってもええんでしょうか？」

三千恵が遠慮っぽく言った。時計を見ると七時を回ろうとしている。

「ああ、そやな三千恵ちゃんはそろそろ帰ってええよ。それに、奥さんもお式の支度をせなならんのやろ。今日のところはこれくらいにして、後は浅見さんにお任せすることにしよか。どないです？　浅見さん」

「はあ、僕はそれで結構です」

浅見はすぐに応じた。

「今夜のお宿はどこですやろか？」

真代が訊いた。

「一応、鳥羽のところに泊めてもらうことになっています。八時に紀伊田辺駅の前で落ち合う約束ですが、これからで間に合いますかね？」

「何とか大丈夫や思いますけど、鳥羽さんのお宅いうたら、大毎の通信部住まいやろ。男の一人暮らしで汚くしとるにきまっとる。それやったら、うちに泊まったらよろしいわ」

そう勧められたが、そんなわけにもいかない。慌ただしく片付けにかかって、全員がばたばたと部屋を出た。

藤白神社から坂を下って間もなく、阪和自動車道のインターに入る。そこから先は一本道で田辺市には真代の予想より早く着いた。しかし鳥羽は約束より十分も遅れた。ガラス越しにペコペコ謝りながら浅見を通信部まで先導して、それから「浜屋」という小料理屋に案内した。店構えは大きいが、何だか薄暗くて、いかにも酒飲みが好みそうな店だ。

「ここが、つい最近まで三千恵ちゃんが勤めていた店です。地場の新鮮な魚介類を食わせることで、ちょっとした人気スポットなんですが、先輩にはお気に召さないかもしれません」

自慢とも謙遜とも受け取れる言い方で、それでもいそいそと暖簾《のれん》を潜《くぐ》った。

確かに鳥羽が言ったとおり魚は旨い店だったが、飲んべえの客が多いので、あまり落ちついた気分にはなれない。

「おい、おまえの汚い部屋へ行こう」

浅見は刺し身定食を平らげるとすぐ、腰を上げた。

「えっ、もうですか？」

ビールが残るジョッキに未練たっぷりの鳥羽の腕を、浅見は引きずり上げた。

「おれは疲れたよ。それにちょっと、大谷宮司に頼まれた調べ物があるんだ」

「へえーっ、宮司に頼まれたって、何をですか？　事件がらみのことですか？」

「たぶんな……ひょっとすると、予想外の展開になりそうだ」

事件がらみと聞いて、鳥羽もさすがに関心を惹かれたらしい。

大毎通信部の住居は真代が「汚い」と酷評したほどのことはなかった。その話をすると鳥羽は「ひでえことを言うなあ」と苦笑して、それでも風呂を支度してくれた。

「白浜温泉みたいなわけにはいきませんが、今夜はこれで我慢してください」

新聞記者らしく野暮ったくて酒飲みだが、気のいい男だ。

浅見はロングドライブで疲れていたが、風呂を出ると汗が引くまでのつもりで、鈴木義麿のノートをひろげた。第一印象どおり、見れば見るほど厄介そうなノートである。何よりも文章の古めかしさにまず抵抗を感じてしまう。しかし考えてみると、ノートを書き始めたのは義麿がまだ少年といってもいい頃の年代なのだ。いくら「神童」とはいえ、そんなものに負けてはいられない。そう思い返してページに向かった。

僕はその時眞つ暗闇の底に居た。一體《いったい》何が起きたのか判《わか》らない。闇がしきりに搖れて居る。大きく左に右に上下に搖れて居る。

いきなりこういう書き出しで、日記や作文というより何やら小説風な文章だ。とてものこと十三歳の少年のものとは思えない。

この文章から、浅見はすぐに折口信夫が書いた『死者の書』を想起した。

『死者の書』はもともとは古代エジプトで副葬品として用いられた〈死後の世界への案内書〉だが、それを折口は文芸作品として昇華させた。ストーリーは大和で憤死した大津皇子が、葬られた柩《ひつぎ》の闇に向かって呪う、次のようなモノローグから始まっている。

〔彼《か》の人の眠りは、徐《しず》かに覚めて行った。まっ黒い夜の中に、更に冷え圧するものの澱《よど》んでいるなかに、目のあいて来るのを、覚えたのである。

した　した　した。耳に伝うように来るのは、水の垂れる音か。ただ凍りつくような暗闇の中で、おのずと睫《まつげ》と睫とが離れて来る。

膝が、肱《ひじ》が、徐《おもむ》ろに埋れていた感覚をとり戻して来るらしく、彼の人の頭に響いて居るもの――。全身にこわばった筋が、僅かな響きを立てて、掌《たなそこ》・足の裏に到《いた》るまで、ひきつれを起しかけているのだ。〕

全文を詳細に記憶しているわけではないけれど、浅見はその骨子のほとんどはぼんやりと覚えている。とくに「した　した　した」という得体の知れない液体の滴りを描いた文章表現が恐ろしい。この部分がとくに義麿の書いた文章と通底して、義麿という人物の、一種異常な性格をさえ思わせる。

文章の感じからして、日記や日誌など、事実の記録のようには思わなかったのだが、かといって、『死者の書』に類するような、純粋な、あるいは通常の小説や創作ではないらしいこともすぐに分かる。そんなことが本当にあったのかどうかはともかく、夢でうなされた記憶を綴ったにしても、どうやらこれは何かの体験か、それを基にして書かれた文章であることは間違いなさそうだ。

三千恵や真代、それに大谷宮司でさえ手に負えないと投げ出したくらいに読みにくい文章なのは、一応、ルポライターを標榜《ひょうぼう》している浅見も同じ感想を抱いた。とっくに教科書からは消えてしまっている旧字体の漢字と旧仮名遣いを使っているから、頭の中でいちいち解読しなければならないのも辛い。

しかしとにかく、義麿少年が暗闇の中で得体の知れない動揺に翻弄される、その時の情景が本人の体験として伝わってくる。かなり難読だし、文章もたどたどしいとはいえ、これが十三歳——中学一年生の書いた文章とは信じがたい。

いったいこれは何なのだ？——多少の腹立たしさも手伝って、浅見は次第にノートの内容に本気でのめり込んだ。

冒頭の「闇がしきりに搖れて居る。大きく左に右に上下に搖れて居る」という文章は、そのままストレートに読むと地震に遭遇した時の記憶に繋がる。書かれている「闇」の情景からいって、それはどうやら義麿が眠っている時の記憶を復刻したものであるような気がしてきた。それが実際に起きた地震を描いたものだとすると——と、浅見はまず関東大震災を連想した。

両親や祖父母から伝え聞いた話を基にしたものだが、東京の人間なら誰しも最初に関東大震災と結びつく。鈴木義麿はどうだったのか——と思った。鈴木義麿は五年前の二〇一〇年に九十二歳で死去したと聞いた。だとすると生まれたのは一九一八（大正七）年になる。和歌山にいた彼が、数年後に起きた関東大震災を実体験できたとは思えない。

風呂から出てきた鳥羽に、和歌山県や関西地方で、関東大震災に匹敵するような地震が起きているのかどうかを訊いてみた。

「地震だったら、阪神淡路大震災がありますけど」

鳥羽はビールが残っているのか、湯上がりでボーッとしているのか、のんびりした声で応じた。

「そんな最近の話じゃなく、義麿さんが子供の頃の話をしているんだ。大正時代か昭和の初め頃かな」

「えーっ、そんな大昔のことですか」

「馬鹿野郎、昭和の初め頃を大昔ってことはないだろう。そんな言い方をしたら気を悪くする人は数えきれないほどいるぞ」

怒鳴りながら、浅見はその「気を悪く」しそうな顔触れをサーッと思い浮かべた。大正はともかく昭和の初め近くとなると、浅見の母親の雪江や軽井沢の作家だって、そろそろ該当する年代に差しかかる。

浅見の剣幕に、鳥羽は慌てて逃げ出し、その勢いのまま、あたふたと戻って来た。

「ありましたよ、これじゃないですかね。昭和二年、つまり一九二七年に北丹後地震というのがありました」

昭和二年といえば、義麿少年が九歳になった年だ。十三歳の彼がその地震の記憶を鮮明に覚えていても不思議はない。

浅見は「北丹後地震」という名称も知らなかったのだが、どうやら関東大震災に匹敵するほどの大災害をもたらしたようだ。

年表によると地震の発生は一九二七年三月七日、午後六時二八分——とある。

「この地震の詳細は分からないのか」

「何だったら調べてみましょうか。うちの記事資料に残っていると思いますから」

もっとも、鳥羽も浅見と同様かそれ以上の無知であったらしい。しかし、それからほどなく、浅見がもういちど義麿ノートに向かい合おうとした時「えらいこっちゃです」と、慣れない大阪弁まじりの奇声を発して戻って来た。パソコンを駆使して「記事資料」なるものを見つけ出したそうだ。鳥羽は頼りないが、さすが天下の「大毎新聞」である。

新聞はまさに昭和二年三月八日——震災の翌日の日付だ。

〔奥丹後の大地震〕

ページの半分まで達するような大見出しが躍り、震災被害の甚大さを報じている。新聞記事とはいえ、その文章は現在とは違って、文芸的な要素さえ感じさせる。

〔吹く風も何となくなま暖かつた七日の午後六時 廿《にじゆう》八分、一昨春但馬の豊岡《とよおか》、城ノ崎

を殆《ほと》んど全滅せしめた以上の大震災が前回の被害地に隣りする奥丹後一帯を中心に西日本を襲ひ、幾多の生靈と財寶を奪ひ去つた、はじめ京阪地方は震源より遠くなかつただけに地鳴震動甚だしく損害又《また》少からず一時は京阪地方の大地震とさへ傳《つた》へられたが、一旦斷絶《だんぜつ》した通信機關の恢復《かいふく》に伴ひ漸く眞相判明、別記の如《ごと》く奥丹後中の網野、峰山、山田、口大野、加悦《かや》、岩瀧竝に前回も被害篤《あつ》かつた久美濱等は震動、倒壊《とうかい》、火災相踵《つ》いで殆んど全滅に近き慘狀《さんじょう》にあるもの〻如くで明日からの食料に困り各地からの食料供給を待つてゐるとの報がある」

　これが第一報で、その後、日を追って続々と悲報を届けている。

〔慘報續々として至る／奥丹後の大震災〕
〔火焔《かえん》物すごき峰山に入る／死者三百、傷者六百に上る〕
〔丹後岩瀧町全滅／死傷者多數〕
〔網野町は盛んに燃えてゐる〕
〔津居山につなみ？〕
〔燒失倒壊家屋已《すで》に四千五百に達す／死者千七百、負傷者多數〕
〔間人《たいざ》、島津兩村は全滅〕

　地震災害の報道はそれ以降も続く。被害に追い打ちをかけるように、震災の翌日からは豪雨によって、被災地や隣接する各地で洪水被害が発生していた。

〔焦土丹後に雨〕
〔鳥取地方大洪水に襲はる〕
〔敦賀の洪水〕

等々、これでもかこれでもかと言わんばかり、広範囲に被害が及ぶ天変地異だったようだ。何はともあれ、義磨少年にとっては地震の衝撃と記憶が凄《すさ》まじいものであったに違いない。地震そのものの「揺れ」のショックはもちろんだが、報道から伝わってくる状況も恐怖をかき立てたはずだ。

〔物凄く暗黒の夜に／死《し》體《たい》の燃ゆる青い火／峰山方面の惨状〕

こんな生々しい記事を目の当たりにして、感受性の強い少年の心理が動揺しないはずはない。当然、大地震につきものの余震も繰り返し起こっていただろうし、さらに記事を調べると、丹後地方では「北丹後地震」の数年前にも直下型地震が起きて、但馬、城崎温泉などに大きな被害があったらしい。繰り返された地震の記憶がいつまでも追いかけてきたのだろう。義磨ノートにある「闇がしきりに搖れて居る」という文学的な表現は、たぶんに新聞記事から影響を受けた「美文調」だが、あえてそんなレトリックを用いずにはいられないほど、義磨少年の心理はそれこそ「揺れていた」と考えさせるものがある。

地震そのものは九歳での体験だが、中学に入ってからは新聞記事や人づてに見聞きする事実に突き動かされるように、ノートにペンを走らせている。最初のうちは大災害についての衝撃や恐怖、心配といった受動的な感想だったものが、しだいに「なぜ地震は起きるのだろうか?」「どうすればいいのか」という疑問や、能動的な発想へと広がってゆく。

それまでの子供らしい好奇心や自由で野放図だった勉学態度から、自然科学の分野への関心が高まり、とくに地震学といういままでは考えてもいなかった学問の存在に気づき、具体的な勉学の方向性や方法を模索し始めている様子が見えてくる。

小さくて、やや癖のある古めかしい文字に慣れると、震災に関する出来事への興味よりも、義麿少年の若々しい心意気とその行く先を確かめたい気持ちが湧いてきた。

義麿少年の最初の疑問はごく素朴に「なぜ地震は起きるのか?」だったようだ。ノートにはそれについての考察が、いろいろな文献を漁《あさ》ったり教師などからの聞き書きとして書き綴られている。

そもそも「地震とは何なのか?」を疑問の出発点にしていた。現代の知識を前提にして考えると、これはまことに初歩的で幼稚な発想に思えるけれど、昭和初期以前の子供たちの知識としてはごくふつうのものだったに違いない。それを裏付けるように、義麿は幼い頃祖父母に尋ねた結果として、江戸時代には「地中で大鯰《おおなまず》が暴れるからだ」という話を教えられていたと、ジョークではなく、ごく大まじめなエピソードとして書いてある。

さすがに義麿少年は、それから間もなく学術的な方向に目を転じるのだが、それでも当時の中学校レベルで教えられる「学説」としては、せいぜい、地震の原因は地表の岩盤に亀裂が生じることにより大地が震動するもの――程度の理解が一般的だったらしい。なぜ岩盤に亀裂が生じるのかは分からなかったものの、実際に地震の後、断層が現れたりしただろうから、それをもって地震の原因だとするのは容易だったと思われる。

教科書をはやばやと「卒業」した義麿は、大阪や京都の書店まで出掛けては、学術書を片っ端から買い求め、時には著者に手紙を書いて教えを乞うこともあったようだ。

とにかく手さぐり状態で、貪欲に知識を仕込んでいったに違いない。そして少しずつ地震のことが分かってくる。地震とはべつに、日本には外国に較べて火山が多いこと。火山噴火に伴って起きる地震が多いこと。その一方で火山に連動しないで発生する地震のあることなども分かってきた。

しかし、火山の噴出物がどこから出てくるのか、それがマントルと呼ばれる物であることや、地球の核のこととか地表の部分がプレートと呼ばれるといったことについては、まだ知識が一般的ではなかったようだ。

ただ、新聞報道などを見ると、震源の位置だとか振幅などについては、ある程度の観測がなされていたと考えられる。京都測候所や神戸の海洋気象台では、たとえば「北丹後大地震」の震源は「日本海海底」であり「初期微動は9秒3」「最大震動は20秒」といった観測結果が発表されていた。

それらの報道は、もちろん義麿少年もリアルタイムで接触していたのだろう。地震という巨大な自然現象が、じつは自分の知らないうちに、人間の手で数値化されている事実に目を開かされる思いがしたに違いない。

もっとも、新聞記事を読むかぎり、施設や観測機器がお粗末だったせいか、激震によって早い時点で破壊や故障が発生し、観測不能に陥ったことが窺える。

科学がまだまだ自然の脅威に追いついていない、そういう現実を知るにつれて、義麿少年は地震発生のメカニズムや予知の方策の有無について、次第に関心が高まる。最初はきわめて素朴ながら、将来、自分の手で何とかできないか――と、おぼろげながら地震学へと進む方向性が見えてくる。

ノートにはその時その時の義麿の驚きや悩みや発見や決意などが書かれてある。それにしても義麿のあくことなき好奇心と模索と試行錯誤の旅は、いつ果てるのか際限がなさそうに思える。義麿の性向は、おそらく浅見のそれと重なり合う部分があるらしい。彼の情熱に引きずられるように、浅見はノートを読み進める作業を止《や》められなかった。

夜中遅くまで起きていた浅見が、翌朝も朝食のテーブルにノートを広げ始めるのを見ると、鳥羽は「何がそんなに面白いんです？」と呆れ顔で言った。

新聞記者とはいえ、鳥羽の通信部勤務は本社や支局と較べるとずいぶん気楽な稼業に見える。何か緊急の事態でもないかぎり、朝ものんびりとトーストを焼く程度の時間はあるようだ。客にインスタントコーヒーを出し、目玉焼きを作り、無骨な手つきでテーブルの支度もこなしている。

「面白いとかつまらないとか、そういう問題じゃないよ。義麿さんという人物がどういう生き方をしたのかを知りたいだけだ」

「はあ……それが何か、事件解決に役立つんでしょうか？」

「分からないが、たぶん、そういう結果に繋がると信じている」

「ほんとですか？」

「ほんとかどうかも分からない。しかし義麿さんがどういう人物なのかを知るには、これしか方法がないだろう」

「はあ、そんなもんですかねえ」

信じられない――と肩をすくめた。

「他人事のように言ってばかりいないで、おまえさんも少しは義麿さんのノートを読んでみたらどうなんだ」

浅見に押しつけられるようにして、鳥羽もトーストを齧《かじ》りながらノートの上に首を突き出した。

「ふーん、何だか面倒臭そうなことが書いてありますねえ。これがたかだか十二、三歳の子供が書いたもんなんですか？」

「たかだかとか、そういう言い方は失礼じゃないか。義磨少年は神童だったんだぞ」

「はあ、神童ねえ……しかし、それを言うなら先輩だって神童と呼ばれていたんじゃないですか？　いちどお宅にお邪魔した時、お手伝いさんの何さんでしたっけ」

「ああ、須美ちゃんのことか」

「そうそう、その須美ちゃんが、そう言ってましたよ。うちの坊っちゃまはいまは名探偵ですけど、子供の頃は神童って呼ばれていたんですよって」

「ばかやろ、神童が落ちこぼれるわけがないだろう。とにかく義磨さんは凡人のわれわれとはレベルが違うよ。このノートを見るだけでも、少年の域をどんどん抜け出して、専門的知識を吸収してゆく様子が見て取れる」

「ほんとですかねえ……ザーッと見た感じでは、何だかたどたどしい文章が並んでいるようにしか読めませんが」

鳥羽はノートを覗《のぞ》き込んで、すぐに視線を上げ、首を振って言った。

「ほら、ここに地震波について書いているでしょう。『池に石ころを投げると、波紋が廣がる。波の形が次々に傳はつていつて、これが地震の波動の典型である』なんて書いてあります。『大きな地震の時は遠くのはうではゆつくり搖れるのはそれと同じ原理だ』というのはごく常識的なことでしょう」

「それはこの時代だから、科学的な理論そのものが未発達だけどさ。しかしあくことない向学心と吸収力は感心させられるよ。おれなんか、分からないことがあると、せいぜい辞書や参考書で調べるだけで、先生や有識者にお伺いを立てるなんて発想はまるでなかったものね。そこへゆくと義麿少年は学校の教師はもちろん、上級学校の知らない先生にも物おじしないで質問を投げている」

浅見はそこのところを強調して、義麿少年の素晴らしさを弁護したかった。

「そのあげく、最後には京都大学の教授にまでコンタクトを取っているんだから驚くよ。当時の京都大学といえば帝国大学だからね。われわれみたいなそんじょそこいらの駅弁大学とはわけが違う」

「そういえば、八紘昭建の松江さんは、義麿さんが京都大学へ進んだのは、教授先生の引きがあったからだって言ってましたね」

「ああ、その教授先生の話は、確かこの先に出ていたよ」

浅見はページを捲った。パラパラと先を急いで速読した時に、それらしい記述のある個所を見つけていた。

「ほら、これがそうだろう」

じきに発見して、指で示した。

京都大學理學部教授の森高露樹先生に教へて戴けることになつた。

少し右肩上がりの、躍るような文字でそう書いてある。教えて戴ける具体的な内容は、この段階ではまだ単なる私淑の範囲なのだから分からないだろうけれど、それでも内心の喜びが無意識に表れたような勢いを感じさせる。

日付を確かめると、一九三二年四月二十九日のことである。義麿少年は十三歳、中学二年になったばかりの春だ。義麿自身の解説によると、森高教授は五十代なかば、日本の地球物理学の分野では最も著名な学者で、学問に対してきわめて厳格であり熱心な人物として知られていたらしい。

それにしても、京大教授で高名な学者である森高氏に、いくら「神童」とはいえ中学生の少年が接近して直接教えを受けるようなことが可能なのかどうか不思議に思える。その疑問をぶつけようとすると、いつの間にか目の前から鳥羽の姿が消えていた。

「先輩、僕はちょっと市役所の記者クラブに顔を出して来ます」

ちゃんとスーツを着て、ネクタイまでつけている。時計を見るとそろそろ十時を回ろうとしている。暇を持て余しているように見えても、それなりにサラリーマンの職責は全うしなければならないのだろう。鳥羽は「名探偵」の物好きに付き合いきれない――という顔で出掛けて行った。

うるさいのが消えた後、浅見は気分一新してノートに向かった。義麿少年は京大の森高教授という存在に出会ったことから一段と地震学への関心を高めつつあったようだ。

しかし、鳥羽が言っていたとおり、これが「事件捜査」に役立つのかどうかは確信が持てるわけではない。そう思った矢先、浅見の気分をかき乱すようにケータイが鳴った。

「八紘昭建の松江ですが、鳥羽さんから、浅見さんがいま大毎さんの通信部にいてはると聞いたもんやから。お忙しいやろ思いますけど、少しぼかしお話ししといたほうがええんちゃうか、思いまして」

例によってのんびりした口調で言う。

「じつは、けさになってから、ふっと思い出したんやけど。昨日、ちょこっと話した高槻市の土地のことやけど、もしお手元に高槻市の地図があったら、もう一回、改めて広げてみてもらえませんか」

「分かりました」

浅見はドライブマップを広げた。

「はい、広げましたよ」

「昨日、浅見さんも見つけはったけど、京都大地震観測所がありますやん」

「ええ、あります。茨木市との境界線に隣接する辺りですね」

「そうですそうです。昨日はそんなもんは八十年前にはなかったんやないかと言うたんやけど、あれから古い台帳を調べてみたら、じつはあったんですわ。茨木市との境界線の上に『阿武山《あぶやま》』いう山がありますやん。まさにその阿武山の東側の麓《ふもと》一帯に、鈴木家が昔から持ってた土地が広がってたいう話を、社長から大分前に聞いたことがあるのを思い出しました」

「なるほど……というと、そのお客はそこの土地を欲しいと言って来たんですね」

「はあ、私もそう思ったんやけど、それがどうもはっきり分からへんのですわ」

「分からないと言いますと？……」

「阿武山の南のほうに、阿武山古墳いうのがありますやん」

「ええ、ありますね」

「その辺りにかつて、鈴木家名義の土地があったことは確かやけど、いまもあるのかないのか、はっきりせえへんのです」

「はあ……どういうことでしょう？」

松江の悠長な語り口に、浅見はしだいに焦れてきた。「あんたのほうこそ、はっきりしろよ」と言いたい。

「じつは京都大地震観測所の土地が、元をただせば鈴木家の地所の一部やったいうことは分かってます」

「ほうっ……」

浅見は驚いた。「義麿ノート」の究極のゴールがいきなり目の前に現れたようなショックだ。

「それ以前は何もない山林ばかりのところやったんやそうですが、観測所ができたのをきっかけに周辺の開発が進んで、その後、大学やら病院やら老人ホームやら、公共施設が集まるようになったと考えられます。そやけど、台帳を引っ繰り返して見た結果、その阿武山古墳に近い周辺部分について、名義がすべて抹消されてるんですわ」

「抹消、ですか……」

「はい、戸籍の抹消みたいなもんやな。つまり、それ以降は鈴木家名義ではなくなったいうわけです」

「何でそうなったんですか？」

「何でかは私には分かりません。はっきり言えるのは、阿武山古墳付近の土地はほとんど残ってへんいうことです」

「では、かつてあった広大な地所はすべて消えてしまったということですか」

「そういうことになりますな。早く言えば、鈴木家の名義だったと思われる土地を、国が全部取り上げてしもうたんやな」

「えっ、国家が取り上げた、つまり強制的に買収したということですか」

「買収ではなく、言うたら差し押さえみたいなもんと違いますか。昔のことやから詳しいことは知りませんが、要は個人の使用や転売を差し止めたいうことやと思います」

そんなことがあり得るのかどうか、法律的なことは浅見にはさっぱり見当もつかない。しかし、戦前の日本では国や軍の意向によっては強権的に私有財産の没収のような事態があったのかもしれない。

「没収にせよ買収にせよ、国の意思で土地が収用されたのは事実なんですね」

「はっきりしたことは分からへんけど、社長から話を聞いてたかぎりでは、たぶんそういうことじゃないかと思います」

「それはいつ頃の話ですか？」

「台帳の記録によれば、昭和九年で名義は途絶えてますね」

「途絶えている、ですか」

「そうですわ、そこで抹消を示す斜めの線が入ってます。さっきも言うたように死亡や婚姻によって戸籍から抹消されるケースがありますやん。つまりあれと同じことがあったんと違いますか」

「はあ、そういうものですか」

浅見はそう言うしかなかった。

「それにしても、抹消した後がどうなったのか、たとえばその土地の名義がどこの誰それに移動したのか、それについての記録はないのですか？」

「それが何もないから不思議なんですわ。たぶん何か理由もはっきりせえへんような、記載もでけへんようなことがあったんでしょう」

「どういうことでしょう？」

「そやから、私は国か軍が関係してたんやないかと思うんです。軍部のやることやから、要塞《ようさい》を造るとか、高射砲陣地を造るとかの目的があって。つまり強権発動みたいなことやね」

「なるほど……」

一応は納得したものの、本当に何があったのかを理解できたわけではない。

「だとすると、鈴木社長と話をしていたそのお客の用件は、そこの土地に関係した商談、つまり、高槻の土地や物件を欲しがったわけではなかったのですね」

「そうやねえ。というか、それ以前に業者仲間やったらちょっと資料を調べれば、そんな土地は八紘昭建名義にはあらへんいうことぐらい分かってたんやないか思うんやけど」

「そうですよねえ。だとすると、客にはもともとそういう用件なんかなかったと考えたほうがよさそうですね」

「そう、そうですわ」

「では、何が目的だったのでしょうか？」

「さあ、それは分からへんけど、とにかくしつこく食らいついてたっていうのは、隣の部屋から聞いてて腹が立つくらいでした」

思い出すのも不愉快なのか、電話の向こうの松江はしだいに感情を昂《たか》ぶらせているような雰囲気になってきた。

「最後は社長もよっぽど頭に来たのか、『僕が何を隠しとる言うんやね』と言うて怒鳴ってはりました」

「えっ？」と思わず浅見は反応した。

「隠しているとおっしゃったのですか？」

「いや、そうやなくて、何も隠してへんいう意味で怒ってはったんや思いますよ」

「あ、確かにそうですが、相手のお客の側から見ると、何かを隠していると思われる要素があったのではないでしょうか」

「それはどうか知らんけど、社長は隠しとらんいうことを言うとったんです」

松江は社長の沽券に関わると言いたげに、その点を強調して、「ほな、失礼します」と呆気《あっけ》なく電話を切った。

松江は断固否定しているのだが、浅見はかえってそのことが妙に気になった。義弘社長が何かを隠していたとして、それは不動産関係のことではなさそうだ。高槻市や阿武山古墳付近に土地があるのを隠しているとか、そういう次元ではない別の何か、秘密があるのかもしれない。

そもそも、阿武山古墳近辺の鈴木家所有の土地が、どういう経緯で国に「没収」されたのか、そこのところが謎めいている。松江が言ったように、軍の意向によるものだったとしても、何か具体的な事柄を示す記録があってもよさそうだ。

浅見はふと思いついて、「義麿ノート」にその当時の記述がないかどうかを確かめることにした。

鈴木家の土地が台帳から抹消された昭和九（一九三四）年、義麿少年は十六歳、中学四年のことである。

その前年の昭和八年には日本が国際連盟を脱退している。さらにその前年の昭和七年には五・一五事件が起きていた。日本の政治情勢は内外ともに風雲急を告げるような時代だった。

しかしそういった社会問題については、義麿はあまり関心がなかったのか、細かい記述は書き込まれていない。もっぱら学業に関係する事柄、とくに地震学に繋がるようなテーマに取り組んでいた様子が、どのページからも垣間見える。

ノートをつけ始めて間もない昭和六年の記述に、義麿少年が地震学に関わりを持つに至る動機を思わせる部分がある。

この年、義麿は中学に入学するのだが、その前年の昭和五年に、京都大学が地震観測所を阿武山に建設したことが書かれていた。むろん、昭和二年に起きた北丹後地震が建設を急がせたもので、「地震少年」である義麿を京都大学に進学させる決定的なきっかけとなったようだ。

浅見はネットで「京都大学地震観測所」のサイトを探した。その結果、京都大学地震予知研究センターなるものがあって、そこには「阿武山」「上宝《かみたから》」「屯鶴峯《どんづるぼう》」「徳島」「北陸」「鳥取」「逢坂山」「宮崎」の八つの地震観測所が所属していることが分かった。

地図で確かめると、高槻市にある観測所はすぐ近くに「阿武山」という山名が読めるから、これが「阿武山観測所」なのだろう。ここはやはり北丹後地震を機に、京都大学の森高露樹教授の指揮のもとに建設されたという解説がある。まさに義麿少年が私淑したと思われる森高教授であり、そのことが京大進学を確かなものとしたに違いない。

義麿ノートにはこの辺りからしきりに「森高先生」の名前と、それに関連する記述が出てくる。義麿は最初、森高教授宛に手紙を書いたことから始めて、かなり強引に接触を試みたようだ。森高の側はもしかすると迷惑だったのかもしれないが、少年の熱心さに根負けしたのか、快く招いてくれたという。もっともそう書いたのは義麿の勝手な判断であったとも考えられる。

ともあれ、義麿は進学前から私的に森高の研究室を訪ねて、それ以降、頻繁に出入りを許されていたことは事実らしい。

森高は昭和五年から始まった阿武山地震観測所の建設を指導・指揮していた。これは学問的な研究というよりも国からの要望に応える意味あいが強かったと思われ、大学にいるよりも、現場である高槻市に出掛けることが多かった。その「出張」に義麿もしばしば同行していたことが記されている。

義麿が初めて森高に会ったのは、彼が中学二年のことで、その時の森高先生の印象について、「**先生は想像してゐたとほりの痩身で背廣の下に肩當《あ》てのやうなものを着用して居られた**」と書いている。

背広の下に肩当てをしなければならないほど、病身を思わせるほどの痩せ方をしていたということなのか。その年、森高教授は五十八歳。まだ退官には間がある年齢だが、何か病を得ていたのかもしれない。義麿もひそかにそれを憂えていた様子だ。

地震観測所の設計段階から現地での作業指導まで、義麿は森高について回る機会に恵まれている。よほど可愛がられたのか、それなりに手伝うことがあったのか、とにかく先生にとっても重宝な存在として認められていたことは間違いなさそうだ。

森高は世間的な評判としては「孤高」のイメージがある厳格な学者のようだが、存外、気さくなところがあったらしい。父と子どころか孫ほども歳の差があるにもかかわらず、師弟の垣根を越える親しさで付き合ってもらっていたことが、義麿ノートのはしばしから伝わってきて微笑ましい。

夏休みに入ると、義麿は学校を離れ、高槻の現場近くの宿舎で起居を共にしている。当時、阿武山近くには鈴木家の別荘があったらしく、そこで休暇を楽しむことが多かったようだが、それよりも、森高教授の知識を吸収しようと密着するのが目的だった。

観測所が建設された阿武山は標高二八一メートル。山頂から延びる「美人山」と呼ばれる尾根の付近にあり、大阪平野を一望し、晴れた日には遠く淡路島も見渡せるという。その美しい山容の直下といっていいようなところに、新たに巨大なトンネルを掘り、そこに地震計などの観測機器を置く計画が進んでいた。

現場には森高教授を頂点とする研究者や技師をはじめ数十名の作業員が常時、動員され突貫工事に勤《いそ》しんでいた。その中ではもちろん義麿は飛び抜けて若い。しかし、森高教授の「お弟子」という触れ込みがあったし、また、大地主として知られる鈴木家のお坊ちゃんでもあるから、当時は「土方」などと呼ばれていた、荒っぽい男どもにも粗略に扱われることはなかったのだろう。

それどころか、義麿少年は建設工事を目の当たりにして、設計図と作業の進め方の齟《そ》齬《ご》などを、野次馬的に面白く観察している。地震観測のシステムを学ぶだけでなく、その先にある予知の可能性についても、教えられることが多かったようだ。

観測所の新工事は春に入ってから本格的な作業が進められ、折から春休み中の義麿にとっては好都合だったこともあって、作業員に交じって現場に足を踏み入れるようなのめ込みようだったらしい。

現場では「坊ちゃん、坊ちゃん」と可愛がられたが、それなりに労働にも参加している。とくに穴掘り作業は面白く、休憩時間になると、義麿一人で、危険にならない程度の掘削の真似事をやった。

トンネルには最新型の地震計や観測機器を設置する計画だったようで、地元周辺の作業員を中心に「人夫」と呼ばれる季節労働者を集め、突貫工事で進行しつつあった。

しかし、工事の進捗《しんちょく》状況は必ずしも思いどおりではなかったらしく、森高教授のいらだちを感じさせる記述も少なくない。作業員を仕切る「人夫頭」は竹島伸吾郎《しんごろう》、通称「竹さん」と呼ばれる人物で、森高をよく補佐し人夫にも人望があったが、それでも地震計のような精密機器に関わるような難しい工事には不慣れで、設計図どおりに作業を運ぶのには苦労があったようだ。

「竹さん」は出身が南紀田辺町だったから、藤白神社も鈴木家のことも知っていた。その当時、熊野古道の改修工事が行われていて、「竹さん」も何年か従事していたようだ。本格的な熊野古道は有間皇子の史跡脇から始まっているから、藤白神社に参拝することも多かったに違いない。

「坊ちゃんは將來、藤白神社さんの宮司さんになんのと違ふんかな」

そう言われて面食らったと書いてある。

義麿は鈴木家がそういう立場にあるなどとはまったく考えていなかったし、地震学に興味を持ってからは、いずれ森高先生のような地震学者として身を立てるつもりだった。しかし、世間の人たちはそうは見てくれていないことが分かってきた。

「坊ちゃんはやっぱり、わしらとは違ふ世界の人やで。こんな穴掘りみたいなことを見とらんと、眞面目に勉強せえなあかんのと違ふんか」

にぎり飯弁当を食いながら、「竹さん」はそんな風に諭してくれた。「坊ちゃん」が土木工事を面白がって覗き込んでいるのは嬉しいらしい。義麿のほうもトンネルがだんだん奥深くなるのを楽しんでいる。

トンネルはまず阿武山の中腹を水平方向に掘り進めて、三十メートルほど掘ったところから垂直に掘り下げるものであったようだ。阿武山の地質は粘土質で、比較的作業がやりやすかったのか、精密な真四角の断面を持つ横穴が予定どおりに捗《はかど》っていると思われた。

ところがそう思っていた矢先に「事件」が起きる。もともと日誌形式でかなり細かいことを克明に綴っているノートだが、とくにその「事件」に関してはきちんと記録しておく必要を感じたのか、時系列を前後させながら、何が起きたのかを描写している。

前兆は前日の昼下がり、すでにあった。義麿少年が森高先生の傍らにいる時、午後の作業に入ったばかりのはずの「竹さん」が、難しい顔で事務所にやって来た。

「先生、ちよっとあかんやうになつてしまうた。岩盤の固いところにぶつかつて、ツルハシでも埒《らち》があかんね。縦坑の向きを變《か》へるわけにはいかんやろか」

竹さんが愚痴っぽく訴えたとたん、「そりゃだめだよ」と森高は即座に拒否した。ちょうど義麿も事務所にいた時だったが、こんなに機嫌の悪い先生を見たのは初めてだったようだ。ノートにはそれから先の森高教授と人夫頭のやり取りが、会話スタイルで描かれている。

「設計圖どほりにやつてもらはなければならない。さうでないと、いままでの作業を最初からやり直すことになる。だいたい、地質調査をした結果では、こんな場所に岩盤のやうなものはなかつたはずだが」

「さうおつしやいますが、現に岩にぶつかつてしまうたんです。なんやつたらセンセ、ご自分の目で見てくれませんか」

竹さんはこの男にしては珍しく、一歩も引かない口調で頑強に言い張った。予期しない抵抗に遭って、森高の顔つきはただごとでなく強張《こわば》り、脇にいる義麿の目にもずいぶん険悪な状態だったらしい。

（どういうことになったのかな？――）

本来なら面白くもなんともないはずの他人の日記だが、結構読ませるものがある。浅見はまるで古い映画のシナリオを読んでいるような気分で、時の経つのも忘れがちだ。

そういう、まさに佳境に入ろうというところに、無粋なケータイの着信音が鳴った。
鳥羽からだった。

第五章　天智天皇の贈り物

「あっ、先輩、まだ通信部ですよね」

迷惑そうに聞こえたから、浅見は「ばかやろ」と切り返した。

「まだいて悪かったな、すぐに出て行くよ。こんな居心地の悪い汚い部屋にいつまでもいる気はないのだ」

「いえ、そういう意味じゃないんです。すみません、ちょっと急いで知らせたいことがあったもんで」

鳥羽はうろたえぎみに「じつはですね、えらいことっていうか、思いがけないことがあったもんで、とりあえず先輩には報告しておかなきゃって思って」

「ふーん、そうか捕まったか」

「ええ……えっ、知ってたんですか？　警察からもう何か連絡が行きましたか？」

「ん？　警察から連絡って、何の話をしているんだい？」

「あれ？　いま、捕まったのかって言ったじゃないですか。そのことですよ」

「ほうっ、というと本当に捕まったのか？」

「はあ、まあ、捕まったっていうのか、見つかったっていうのか、とにかく出て来たのは事実です」

「出て来た……というと、出頭したのか」

「出頭ですか、確かに……ははは、先輩は面白いこと言いますねえ」

「そうかな、何が面白いんだ？」

「だって、頭だけに出頭か――って言いたいんでしょう？」

「ん？　言ってる意味がよく分からないが、笑うことはないだろう。何にしても犯人が捕まったのならよかったじゃないか」

「いや、犯人は捕まってませんよ」

「なんだ？　捕まってないのか。おれはてっきり出頭して捕まったのかと思ったんだが」

「ええ、まあ出頭といえば出頭なんですが、犯人は捕まってないってことです」

「どういうことだい、取り逃がしちゃったのか。となると、警察の失態だな。どうものところ、大阪府警はたるんでる。またしても兄の機嫌が悪くなりそうだ」

「いえいえ、警察は何もしてませんから、刑事局長さんに叱られる懸念はないです」

「何もしてないのが問題なんじゃないか」

「はあ、それはそうかもしれませんが、この段階では仕方がないと思いますよ」

「仕方がない？……」

鳥羽ののんびりした口調にだんだん腹が立ってきたが、ここに至って、浅見はようやく双方の話が何となく嚙み合っていないことに気づいた。いくらたるんでいる（？）大阪府警にしても、出頭して来た犯人をみすみす取り逃がしてしまうはずはない。

「おい、それは本当なのか？　犯人を逃がしちまったっていうのは」

念のために訊いてみた。

「まさか、そんなことはしないと思います。第一、犯人が誰なのかまでは、分かっていないんですから」

「しかし鳥羽はさっき、犯人が出頭して来たって言ったじゃないか」

「えーっ、そんなことは言いませんよ。出頭とは言いましたが、犯人とは言ってませんＪ
「言ってない？　だったら、いったい誰が出頭したって言うんだ？」

「だから、それは牛馬童子ですよ」

「牛馬童子？……」

浅見は絶句した。

「ええ、そうですよ。あれ？　そう言いませんでしたっけ？」

「言ってないよ。鳥羽は単に『出て来た』って言っただけだ。そう聞けば、誰だって犯人が出頭したと思うだろう」

「まさか……それはあれですよ、先輩の早とちりですよ。しかし、僕の言い方が悪かったんですね。そうじゃなくて、見つかったのは頭、牛馬童子の頭が出て来た——って言ったつもりです。先輩が出頭って言った時は、ウマイ！　と感心してしまって……」

「ばかやろ、だったら最初からそう言えよ。頭が出て来たから出頭だと？　われながらくだらねえな。こっちは義麿さんの長ったらしい日誌に付き合わされて、いいかげん疲労困憊《こんぱい》してるっていうのにさ」

「すみません、そうでしたね。しかし、そんなに疲労困憊してまで読むほどのことはないと思いますが」

「そうはいかない。宮司に委嘱された以上は責任がある。それに、読めば読むほど興味が湧いてくる。途中で邪魔が入らないことを願っていたところだ」

「へえーっ、そこまで引き込まれるっていうのは、いったい何が書いてあるんです？」

「そんなことより、牛馬童子が出頭したとはどういうことなんだ？」

腹立ちまぎれにそう訊き返したが、よく考えると、鳥羽からの報告を受けて、反射的に「捕まったか」と当てずっぽうで言った浅見にも責任がある。鳥羽の慌て具合から、さては――と勝手に思って、半分はからかう意図もあったのだが、そこから妙に話が噛み合って、しかしとどのつまりは両方の勘違いだったと気がついた。

「そうか、牛馬童子の頭が見つかったのか」

あらためてそう言い直した。

「そうなんです、ついさっきデスクから連絡が入りました。それも大毎新聞の販売店のおやじさんが朝の散歩中に偶然、発見したんだそうです。それですぐに一報が入って、取材に関係していた連中全員に、メールで一斉発信したというわけです」

「ふーん、それじゃ大毎のスクープか」

「まあ、スクープと威張れるほどのものじゃないですけどね。ともあれ出てきてよかったですよ」

「散歩中に見つけたというと、やっぱり熊野古道の何とかいう峠にあったのか」

「ああ、箸折峠ですか。いや、それがそうじゃなくて、何と、高槻市にある古墳の近くだったそうです」

「えっ、高槻市の古墳といったら阿武山古墳か？　まさか京大地震観測所ってことはないんだろうな」

「違いますよ、今城塚《いましろづか》古墳というところです」

「今城塚……か、聞いたことはないが、有名なのか？」

「有名ですよ。と言っても僕は知らなかったけど、地元の人は昔から知っていたみたいです。もっとも、はっきり古墳だって分かる前は、ブッシュが繁茂して、荒れ放題の里山でしかなかったらしいけど」

「そんな所に捨てられていたのか」

「いや、そんな所っていうと叱られかねませんよ。いまや『蘇る大王墓』として、古代史研究の世界では脚光を浴びているんだから」

「というと、大和の箸墓《はしはか》みたいなものか」

「まあ、それに匹敵するような存在かもしれません」

「ははは、ばか言うな。仮にも箸墓は女王卑弥呼の墓と言われてるんだぞ。畏れ多い」

浅見は笑ったが、鳥羽は「笑い事じゃないですよ」とむきになった。

「今城塚だって、ひょっとするとそれに負けないんじゃないですかね。何しろ『大王墓』っていうくらいなんですから」

「大王？　大王って、どこの誰なんだい？　閻魔《えんま》大王とかか？」

「またそういう冗談を……違います、継体《けいたい》ですよ継体。ケータイったってスマホじゃないですからね」

「ケータイ？……というと、継体天皇のことを言ってるのか？」

浅見は乏しい歴史の知識を掘り起こした。「継体」といえば古代王朝の天皇の名で「応神」「仁徳《にんとく》」「雄略」「武烈《ぶれつ》」といった中に「継体」の名があった。かつては万世一系といわれた天皇家の系譜が、戦後になって、じつはそうではなかったという説が有力になってきていることも知っている。昔は小学校の高学年になる頃には全員が、「神武天皇」から始まって、代々の天皇名を諳《そら》んじられるように教育されたということも聞いた。

継体天皇という人物がどのような事跡を残しているのかなど、まったく知らないが、鳥羽の言うとおりだとすると「大王」と称せられるほどの大きな存在だったことは分かる。古代、まだ諡名《おくりな》としての天皇名が定まっていない時代には王権を率いる頂点は「大王」と呼ばれたらしい。

「そうか、継体天皇の墓か……しかし、継体天皇陵っていうのは高槻にあったっけ？違うような気がするのだが」

浅見は微《かす》かな記憶を辿って、首を捻った。

「そうなんですよね。学者の言ってることはどうもよく分かりませんが」

鳥羽は自信なさそうに言った。

「いわゆる継体天皇陵っていうのは、隣の茨木市のほうにあるのだそうですよ」

「いわゆるとは、どういうことだい？」

「ですから、本当にそうなのかどうかははっきりしないという意味のようです。それまで宮内庁が定めていた継体天皇陵は、じつは間違っていて、こっちの高槻市のものが真の継体天皇陵だっていうわけです」

「そんなことがあるのか？」

「あるみたいですよ。たとえばわれわれが仁徳天皇陵として教えられていたのが、じつは立証されていないってことになったし」

「なるほど、そう言えばそんなことがあったみたいだね」

浅見も思い当たった。確か小学生の頃、祖父に「日本最大の古墳は仁徳天皇陵」だと聞かされていた記憶がある。祖父が学校で習った頃の話によると、仁徳天皇というのはその名のとおり徳政で知られたお方で、ある時、高楼から下界を見下ろして、そこかしこから食事の煙が上がるのを眺め「民のかまどは賑わいにけり」と言った――という話を教えられたのだそうだ。

浅見も子供心に本当にそうなのかと思っていたが、学校に入ってからの教科書にはそれは立証されておらず、正式には「大仙古墳」と呼ばれると学んだ。いつからそう変わったのかは、はっきりした記憶はないし、本人に確かめたわけではないが、少なくとも祖父が健在の頃は、まだそのまま「仁徳天皇陵」として通用していたのだと思う。

「つまり、継体天皇陵と呼ばれるのは二説あるっていうことか」

「そうなんです。現在の学説としては、新しく発見されたほうを『真の継体天皇陵』と呼んでいるみたいですが、宮内庁側はまだそれを是認してないそうです」

「まあ宮内庁としては、建前としてもそう言わざるを得ないのだろうね。箸墓の場合もそうだが、学術調査が入るのも拒み続けているようだ。秘密主義というのか神秘主義というのか、とにかく頑強らしいよ。しかしまあそれはそれでいいだろう。それよりも、問題の牛馬童子の頭はその真の継体陵のどこにあったんだい？」

「それがじつに面白くて……いや、面白いなんて言ってはいけないけど、今城塚古墳っていうのはものすごく巨大でしてね、大仙古墳に匹敵するくらい大きい。さすが『大王』と呼ばれるだけのことはあります。天皇陵と認められなかったのがかえって幸いして、発掘調査はもちろん、復元、整備もかなり進んでいるんです。いまは高槻市の管理で『いましろ大王の杜《もり》』という名称で公園化されてます。僕は一度見学しただけですが、古墳から出土した埴輪のレプリカが見渡す限り並んでいるのは、まさに壮観と言っていいでしょう。先輩もぜひ見に行くといいですよ」

見学した時の感動が蘇るのか、鳥羽は興奮ぎみによく喋った。

「ははは、分かった分かった」

浅見は多少へきえきしながら言った。

「おまえさんが入れ込むのは三千恵嬢だけじゃないってこともな」

「先輩、そんな風にまぜっ返すのはやめてくれませんか」

鳥羽は本気で怒った。

「僕は真剣なんだから」

「ごめんごめん、おれが悪かった。それじゃ改めて訊くが、牛馬童子の頭だが、その何とかいう公園のどこで見つかったんだ？」

「あ、そうそう、それなんですが、いま言った埴輪の中に紛れ込んでいたんです。いや、紛れ込むというと語弊があるかな。埴輪はいろいろありましてね、甲冑《かっちゅう》とか楯《たて》とか巫女みたいな人物像とか、牛や馬なんかもあって大小とりまぜて全部で二百体ぐらいかな。それがサッカーグラウンドくらいの広場にズラッと並んでいます。その中にポツンとあったんだそうです。だからふつうの人間には気がつきませんよ。先輩は実物を見たことがないから分からないと思いますが、牛馬童子の首なんて、高さが十センチくらいの小さなものですからね。膨大な埴輪群の中に置いてあっても、通りすがりに気がつくことはたぶんないでしょう。発見者の販売店のおやじさんは、しょっちゅう現場を通っているから、その中に、いままで見かけなかった異様な物体があるのに違和感を抱いたんでしょうね」

「そいつはお手柄だな」

「そう、そうなんですよ。社内の人間なら間違いなく局長賞ものです。もっとも、見つけたのが牛馬童子の首かどうかはその時点でははっきりしなかったんですがね」

「ん？　どういうこと？」

「いや、おやじさんも新聞紙面の上では写真を見て知ってるんだけど、まさかそこにあるのが牛馬童子の首だとは思わなかったんだそうです。それで、古墳公園を管理している高槻市の『今城塚古代歴史館』っていう施設に連絡して、確かめてもらったんです。埴輪の中に見かけない妙な物があるって。最初は歴史館の職員も信じなかったみたいです。ひょっとすると何かのいたずらかもしれないと思ったらしい」

「しかし本物だったってわけか」

「そうなんです。職員に確認してもらって、それからが大騒ぎっていうわけです」

鳥羽の興奮は納得できる。大毎新聞の社内ももちろんだが、牛馬童子像損壊の被害に遭った田辺市やその関係者たちの大騒ぎぶりも手に取るように伝わってくる。

「それで、僕はこれから高槻の発見現場のほうへ行くつもりなんですが、よかったら先輩も一緒に行きませんか。いや、ぜひ行ってもらいたいんです」

「そうだな、どうしようかな……」

浅見はテーブルの上の「義麿ノート」を一瞥した。膨大な文章のまだとっかかりに入ったばかりだが、早くも興味以上の魔力のようなものに取りつかれている。

ここで中断するのは惜しい。ノートのこの先にどんなストーリーが書かれているのか未練は残るが、自分がいなくなったとしても、文字が消えてしまうわけではないだろう――という気もする。

「行くのはいいが、鈴木さんのお宅の葬儀が迫っているんだろ。いろいろ支度もあって、奥さん一人では心細いだろうし、そっちのほうには顔を出さなくってもいいのか？」

「ええ、ちょっと気になりますが、あのお宅のお葬式は万事神式ですから、何をどうすればいいのかさっぱり分かりません。僕なんかが行っても何の役にも立ちませんよ。それより焦眉《しょうび》の急は牛馬童子の首です。盗難事件の続報をほったらかしにしていたら、うちのデスクや支局長はもちろん、読者からブーイングが殺到します。何たって田辺通信部赴任以来の最大の出来事で、僕は事件の最初から関わっていますからね。鈴木さんには後で謝るとして、いまはとにかく高槻へ行くのが先決。それに先輩、そもそも八軒家の事件のことだって、八紘昭建の松江氏との話で、熊野古道を遡ると京都に達すると言ったのは浅見先輩じゃないですか。八軒家のある淀川の上流には島本町があると知って、鈴木社長に電話してきた謎の男はじつは町の名前を口にしたのではないか。そこから鈴木家と高槻市の繋がりにたどり着くなんてすごいですよ。これで牛馬童子どころではなく、ひょっとしたら八軒家の事件の手掛かりに結びつくかもしれません。高槻には京大地震観測所もあることを忘れてはいないでしょうね」

「分かった、分かったよ」

浅見はケータイに向かって、ハエを追い払うような手つきをした。

「おまえもよく喋るなあ。大学の頃は無口なくらいだったのに、さすが新聞社だけに、口八丁手八丁の先輩たちに鍛えられたに違いない。大したもんだ」

「先輩、それって皮肉ですか？」

「皮肉なもんか。感心してるんだ」

浅見としてはお世辞でなく、正直、見直した気分だ。当たり前のことだが、人間は日々成長してゆくということか。

「だけど、鈴木さんのお宅には当然、三千恵嬢も葬儀の準備やら何やらで手伝いに来るんじゃないのか。この際おまえさんも顔を出して、頼り甲斐のあるところを見せたほうがいいと思うけどなあ」

「あ、それを言われると弱いなあ。確かに僕も先輩が言うとおり、彼女にいいところを見せたい気はありましたが。しかし今回はそういう誘惑や邪心はかなぐり捨てて、脇目も振らずに、ひたすら取材活動に突進あるのみ。このネタは他社はもちろん、社内の誰にも任せておくわけにはいかない。男子たる者、やる時はやるんです」

「そうか、偉いもんだ。いいだろう、おまえさんの心意気に感じて、おれも付き合うことにする。じゃあ、迎えに来てくれ、おれの車で行こう」

「ありがとうございます。ああよかった、ほんとのところ、先輩に断られたらどうしようかと思っていたんです」

「ん？　どうしてさ？　おれなんかいなくたって、天下の大毎新聞に何の影響もないんじゃないか」

「いえ、それがそうじゃないんです。じつはさっき言った今城塚古代歴史館の館長をやってる、但馬《たじま》っていう人が、ぜひ浅見さんに会いたいって言ってるんです」

「えっ、歴史館の館長が？……そんな偉い人に知り合いはいないけどな」

「先輩は知らなくても、先方は知ってるみたいですよ。昨日、三千恵ちゃんも言ってたけど、以前あの『旅と歴史』に箸墓の考察をテーマにしたエッセイを書いたじゃないですか。それを読んで大いに共鳴したとか言ってました」

「ほんとかね？……あんなものは専門家から見たら噴飯物じゃないのかなあ。会ったとたん、笑い物にされるのがオチだよ。やめといたほうがいい」

浅見は本音半分、謙遜半分で言った。

「そんなことを言わないでくれませんか。とにかく浅見先輩を連れて行くっていう約束になってるんですから。僕の顔を立てて、付き合ってやってくださいよ。でないと館長にヘソを曲げられかねない。優しそうに見えるけど、聞くところによると、結構難しい人物なんだそうです。何はともあれ迎えに行きますから、逃げたりしないでください」

鳥羽はそう言って、その直後、逃げる間もなく現れた。

大阪府は行政域としては都道府県の中でも小さいほうに属すが、南北の距離だけは非常に長い。高槻市はその大阪府の北のはずれ、京都府との境にある。田辺市からすぐに阪和自動車道に入れて、交通の便はいいのだが、紀ノ川を越えて和歌山県境を抜けたところから先が呆れるほどに遠かった。

「ここまで来るんだったら、ついでに東京に帰っちまえばよかったな」

まんざら冗談でなくそう思ったのだが、鳥羽は「だめだめ、だめですよ、そんなのは」とマジで怒鳴った。

「ははは、心配するな。おれだって、あの義麿さんのノートを読みかけのままじゃ、帰るに帰れない……あ、そうか、ノートを持って来ればよかったな。そうすりゃ、真っ直ぐ東京に引き揚げられたのに」

「そんなことを言わないでくれませんか。お願いしますよ。だけど先輩、あの長ったらしいノートがそんなに面白いんですか。いったい何が書いてあるんです？」

「まあ、早い話が義麿さんの日記だが、一種のドキュメンタリー風に読める。なまじな小説よりよほど面白い。この先どうなるのか、大いに興味を惹かれるな」

「例の八紘昭建に電話してきた〝島本の男〟と繋がっているような話になっているんですか？」

「それはまだ分からない。何しろノートに書かれている時代が昭和の初期だからね。たとえそのお客が怪しいとしても、まだ生まれてもいなかったはずだ」

「なーんだ、そうなんですか。それじゃ、義弘さんの事件を解く手掛かりなんかは書いていないってことですか」

「いまのところはね。しかしこの先がどうなるのかは予測不能だ。もしかしたら、思いがけない展開になるかもしれない」

阪和自動車道から近畿自動車道に乗り入れると大阪市の東側に沿って北上する。淀川を越え吹田ＪＣＴで名神高速に乗り換え、次の茨木インターで下りると間もなく高槻市域だ。高槻は浅見にとってそれほど馴染みのない土地だが、関西に着任して四年近くになる鳥羽も、和歌山支局勤務を三年、そのあとはさらに遠く田辺通信部に放り込まれたから、この辺りに関してはあまり詳しくはないらしい。

これまでは、ごくふつうの地方都市というイメージで捉えていたのだが、久しぶりに訪れてみるとどうしてどうして、整備の行き届いた清潔感のあるなかなかの大都市だった。鳥羽の乏しい知識によると大阪府では九番目に誕生した市なのだそうだ。人口はおよそ三十五万。府内二番目の中核市だという。突出した超高層ビルこそ少ないが、高層マンションらしき建物はそこかしこに聳《そび》えている。

牛馬童子の首が発見されたという「いましろ大王の杜」は高槻市の中心付近、住宅の多い田園地区にあった。「今城塚古墳公園」と「今城塚古代歴史館」が併設されている。但馬和明館長はそこで待機している。

今城塚古代歴史館は壮麗な外観の堂々たる施設だ。もともとは今城塚古墳の発見・発掘に伴って建設されたのだろうけれど、古墳の発見が、古代史研究に関わる学界や研究者ばかりでなく、行政にとってもいかに衝撃的なものであったかが、建物の規模を見るだけで推測できる。

入口を入ったところで、受付の女性職員に渡されたパンフレットを読むと「日本を代表する歴史遺産・史跡今城塚古墳」という書き方をしてある。

〔継体天皇の真の陵墓といわれる淀川流域最大の前方後円墳〕

と紹介し、

〔十年間にわたる発掘調査をもとに、精巧な形象埴輪が並ぶ日本最大級の埴輪祭祀場《さいしば》を再現しました。緑豊かな墳丘や芝生広場が形成する壮大な歴史空間を体感できます〕

とあった。

「『日本を代表する』とか『日本最大級の』とか、惹句《じゃっく》がすごいね」

浅見が周囲に聞こえないような小声で言ったのだが、鳥羽は「そんなことはありませんよ」と首を竦めて否定した。

「オーバーでなく、後で案内しますが、先輩もびっくりすると思いますよ」

鳥羽自身、ほんの覗き見程度の「見学」しか体験していないくせに、わがことのように自慢顔をしている。

ほどなく館長室に通された。館長室といっても豪華な個室ではなく、一般職員がひしめく中にやや大振りのデスクと来客用の簡素な応接セットがあるだけのものだ。建物は立派だが、財政状態の厳しい地方行政をそこはかとなくしのばせる。

「やあやあ、あなたが浅見さんですか」

客の顔を見た途端、但馬館長は案内した鳥羽をそっちのけで、大きな声で言いながら浅見に手を差し伸べた。還暦目前——といった年配の、館長といういかめしい肩書とは逆に、ちょっと見にはおじさん風の親近感を抱かせるような紳士だ。

浅見もうろたえつつ反射的に握手を返して、「ルポライターをやっている浅見といいます」と、名刺を渡した。

「そうでしたな、『旅と歴史』に記事を書いてはるんでしたな。読ませてもろてますよ、とくに『箸墓の謎』は面白く拝読しました。I先生も感心してはった。知ってはりますやろ、橿原《かしはら》考古学研究所のI先生は」

知っているどころではない。I氏といえば飛鳥古代史の研究家として最もよく知られた人物だ。

「はい、もちろん存じあげております。それどころか僕の書いた物はほとんど、I先生に取材した際にお聞きした引き写しのようなものです」

「ははは、何を言いはることやら。ご謙遜ですやろ。浅見さんの書かはった文章は、私ら研究者の思いつかんところを鋭く衝《つ》いてはりますよ。何ていうか、実証主義にのみこだわる学問の世界を超越したロマンを感じさせます」

「そんな……やめてください、穴があったら入りたい気分です」

浅見は本当に尻込みして、椅子の上にドシンと音を立てて腰を下ろした。

その浅見の窮状を見かねたように、脇から鳥羽が「それはそうと館長」と言った。

「例の牛馬童子の首の件ですが、発見者の方の話によると、こちらに届けられたと聞いてますが」

「ん?……」と、但馬館長は少し惚《とぼ》けたような顔を鳥羽に振り向けた。いかにも人の好さそうなその表情を見ると、還暦と見たのは錯覚で、じつは古希に近いのではないかと思えてくる。

「ああ、そうやったな、牛馬童子の首のことで見えたんですよね。そや、確かに預かってますよ。朝早くに牛馬童子の首を見つけたいう電話があって……けど鳥羽さん、あれは聞くところによると、盗難品やないのかな。それやったらまず警察に届けなあかんのちゃうか。いきなり新聞社に渡してええもんやろか?」

「いや、もちろん警察にも届けますし、牛馬童子像や熊野古道の管理者である田辺市役所や和歌山県庁の関係者にも報告します。ただ、首を発見して届けたのがわが大毎新聞の販売店の方で、いち早く社のほうに連絡があったものですから、その前にまず館長さんにその間の経緯などをお聞きできたらありがたいのです。もちろん館長さんやこちらにご迷惑をかけるようなことはしません。そのためもあって、浅見先輩を証人としてお連れしたわけでして」

「ははは、分かってますがな」

但馬は笑って手を左右に振った。いたずらっぽい目をしているところを見ると、館長も存外、人が悪い。

「鳥羽さんの好きなようにしたらよろしい。発見した現場を見るんやったら、後で私がご案内します。けど、あんたに無理言うて浅見さんに来てもろたのは、牛馬童子とは関係なく、ぜひお会いしたかったからいうことです。せっかく来てくれはったのやから、今城塚古墳のことやとか、この今城塚古代歴史館のことやとかを話したい思ってるんです。そやからいうて『旅と歴史』に書いてもらおうみたいな邪心はありませんので、勘違いせんといてください」

浅見に向かって丁寧に頭を下げた。

「えっ、それはありがとうございます。僕はじつは、今城塚古墳については鳥羽から話を聞くまで何も知識がなかったんです。聞くと継体天皇陵だというし、しかも『真の継体天皇陵』なのだそうですね。継体天皇陵に対して真の継体天皇陵が存在していたこと自体、驚きだし、いまに至るもそう呼ばれていることも驚かされます」

「それは僕も同じです」

横から鳥羽が乗り出した。

「じつは、僕が初めて今城塚古墳というのをこの目で見たのは、大毎新聞に入って和歌山支局に配属された直後だったんです。関西のことなど西も東もまったく知らないような時に、たまたま面倒見てくれた上司が考古学大好き人間でして、まず案内してくれたのが今城塚古墳でした」

「ああ、そんなことがありましたな。あれは三富《みとみ》さんでしたか、一緒に来はったのは」

但馬は覚えていた。

「ええそうです、三富靖秋《やすあき》という、いまは東京本社に行ってしまいましたが」

「そうそう、そうやったな。マスコミさんの中ではとりわけ、われわれの仕事に理解のあるジャーナリストやったが、あの三富さんがまずうちを案内してくれはったとは、光栄な話やなあ」

「ところがですね、申し訳ないことに、こっちはほとんど興味がないのに引っ張り回されて、せっかくの埴輪群像も上っ面を眺めただけで、何も面白くなくえらく疲れたということしか覚えていません」

鳥羽は申し訳なさそうに頭を下げた。

「その時に三富から、今城塚古墳はじつは継体天皇陵であって、これまでは継体天皇陵は茨木市のほうにあるとされていたのだが、いまやこの今城塚こそが真の継体天皇陵なのだと説明されました。しかしその時はグダグダと長ったらしい解説を聞かされても、意味がよく分からないまま本当かなあ──と驚いたものです。いやいまだに理解しきれていないというのが実情なんです」

「それは鳥羽じゃなくても、一般人にはなかなか分かりにくいと思うよ。もちろん僕だって疑問に思う」

浅見はフォローして言った。

「どうなのでしょうか？　すでに茨木市に継体天皇陵があったのに、なぜこちらにも真の継体天皇陵があるのか、しかもそれを学界はともかく、宮内庁までがクレームをつけずにいるのか、不思議な気がするんですが」

「そりゃあんた、クレームをつけようにも、ここの継体天皇陵を否定する根拠がないからに決まってますよ」

但馬館長は物分かりの悪い学生に言い聞かせるように言った。

「はあ、そうなんですか。だとすると、あちらの継体天皇陵は偽物ということになるのでしょうか？」

「いや、そう言ってしまうと角が立つが、学問的に言えばそういうことになります。発掘調査やその後のあらゆる検証の結果から見ても、こちらの陵墓が継体天皇陵であることは間違いないのです」

「それにしても、宮内庁が二つの継体天皇陵の存在を看過してくれたのは奇跡のような気がします」

「言わはるとおりやが、それでも認めざるを得なかったということでしょうな。そもそも、かつては万世一系と信じられていた天皇家それ自体が、じつは三つの王朝の系列に分かれていたことも、いまや公然の事実のようになってしまっているんやから」

「万世一系じゃなかったというのはともかくとして、三つの王朝があったことは知りませんでした。そのあたりのことを、ぜひ詳しく教えていただけませんか」

「昔は神話を引き継いだ形で、神武天皇を皇祖とする系譜が唯一無二のものとして連綿と続いていたことを、国民の誰一人として、少なくとも公には疑わへんかった。三つの王朝があったなどと、そんなことを言おうものなら、たちまち特高にしょっぴかれかねませんからな」

但馬は少しおどけて首を竦めてみせた。

「ところが戦後、自由な論議が交わされるようになると、学術的にいってどうもそれは違うんちゃうかと言われ始めた。具体的にいうと、仲哀《ちゅうあい》天皇以前、武烈天皇以前、さらに継体以降の三つの王朝は、それぞれの皇位継承が必ずしもすんなりとはいっていないらしいことが分かってきたんです。その中ではっきりしているのは継体天皇以降、現代の天皇家に至る系譜でしてね。それ故に継体天皇の存在は古代史を繙《ひもと》く上で重要であることは間違いない――ということから、継体天皇陵の特定もまた研究者にとってばかりでなく、政治的にも大きな意味を持つわけです」

「なるほど」と言ったが疑問は残る。

「継体天皇陵が茨木市ではないと判断されたのはどうしてなのですか？」

「継体天皇の即位と崩御の史実が問題なんです。即位のほうは概ね一五〇〇年前とされているんですが、それはともかくとして崩御は『日本書紀』に『五三一年に継体天皇を三島の藍野陵《あいののみささぎ》に葬った』という意味の記述がありまして、これは動かしがたい。ところがこの『三島藍野陵』をかつては茨木市の太田茶臼山古墳がそれではないんかと推定していた。全長二二六メートルの前方後円墳やから、古墳の規模としては大王墓として遜色がないと思われたんやな。しかし、新たな発掘調査を行った結果、古墳の形状やら出土埴輪などから四〇〇年代なかば頃の古墳であることが分かってきました。つまり継体天皇の没年とは合致せえへんのです」

「えっ、そんなことが分からないまま継体天皇陵だとされていたのですか」

「そういうことです。浅見さんもご指摘のとおり、宮内庁の頑迷な秘密主義の結果といってえぇでしょう。とにかく天皇陵と思われる古墳のある領域には、学術調査であろうと何であろうと、一切手をつけてはならんというのがきまりでした。悪質な破壊行為や盗掘を防ぐためではあるのだが、それ以前に、皇室の陵墓の尊厳を傷つけるのは畏れ多いという意識が強かった。さっきも言うたように、戦前戦中の旧憲法下、とくに不敬罪が道義的に最も忌み嫌われていた時代には、ほんの噂話を囁いただけで、すぐにしょっぴかれる事態を生じた。そんな具合やから現在は大仙古墳と称されているものが、長いあいだ仁徳天皇陵として教科書にも載っていたくらいです。学界では以前から疑問視されていたのに、発掘調査どころか墓域に入ることすらできひんかった」

「それにもかかわらず、今城塚古墳が継体天皇陵と比定されたのはなぜですか？」

「それはせやから、宮内庁が皇室ゆかりの古墳であることに気づかんかったからですよ。むしろ地元の人たちが知っていた。今城塚古墳はずーっと以前から地元などでは単なる丘ではなくたとえば仁徳天皇陵のような由緒ある古墳ではないか――と言われ続けていたのです。学界がそれに押されるようにして調査を始めたと言ってもいいかもしれない。実際に発掘調査を始めたのは一九九七年。まあ遅きに失した感がありますがね。調査の結果、さまざまなことが分かってきました」

但馬の話はいよいよ佳境に入って、浅見はもちろん鳥羽も身を乗り出すようにして聞き入っている。

「たとえば武人の埴輪などはごく早い段階で出土していたもので、歴史の教科書にもしばしば取り上げられていますから、浅見さんもどこかで見てはるかもしれない。破片を集めて復元したところ、埴輪がきわめて質の高いものであることが分かりました。また航空写真によって、改めて古墳の規模が巨大な前方後円墳であることがはっきりしました。全長約三五〇メートル、全幅約三四〇メートルにも及ぶ堂々たる古墳です。墳丘は二重の濠と内堤に囲まれ、その外側にも外堤が備わっている。濠が二重に巡る巨大古墳は応神天皇陵と推定されている『誉田御廟山古墳《こんだごびょうやま》』や、かつて仁徳陵といわれた『大仙古墳』にも匹敵する大王墓であることは確かでした」

但馬館長は語っているうちに言葉にも表情にも熱っぽさが表れてきた。

「じつは、私が今城塚古墳に興味を抱いたのは、そういった本格的な学術調査が入るはるか以前の、私がまだ中学生の頃でしてね。そもそもは社会科で地震のことを勉強していたんです。この近くの郡家《ぐんげ》というところで野外教室に参加して、伏見地震――豊臣秀吉の頃の大地震ですが、その地震でできたという断層を掘っていたら偶然、土の中から埴輪の破片が出てきた。これが考古学への興味を抱くきっかけとなりました」

「えっ、中学生、ですか……」

「ははは、たかが十三歳か十四歳の中学生だから、ごく幼稚な興味ですがね」

但馬は照れたように笑ったが、浅見はショックを受けた。「中学生」しかも「地震」

という結びつきは鈴木義麿少年のケースとそっくりではないか。

「それからというもの、本命の地震の勉強はそっちのけで埴輪や土器を掘り出すことに一所懸命になってしまった。もともとこの場所は里山として地元には親しまれていて、土地の古老などはもしかすると古墳ではないんか——と勘づいていたらしいが、しかし幸いなことに、宮内庁などは関知していなかった。外部の人間が入り込んでも、ほぼフリーパス状態やったんですね。だから、われわれのようにまだ専門知識も持たないような素人や学生たちも自由に発掘に参加できた」

「今城塚が昔は里山だったとすると、この辺りはまだ農家が多かったのでしょうか」

浅見は鈴木家がかつては高槻周辺で地主だったことを思いながら、訊いた。

「そうですな、稲作地帯やったと言ってもええんやないかと思いますよ。昔は雑木林やヤブばかりの里山なんかは、たぶん厄介物扱いやなかったのと違いますか。ところが、そこで埴輪が見つかったとなると、がぜん注目の的になった。埴輪といってもほんのかけらでしたが、それでもいままで思ってもいなかった物が出て来たんやから、話題にはなったんでしょうな。しかも発見したのがガキみたいなもんやから、中学生新聞なんかにも載って、発掘にやって来る子供たちがむやみに増えてきた。一種のブームと言ってもいいかもしれない。その火付け役である私は何やら義務感のようなものに追われて、いっそう今城塚古墳にのめり込み、発掘調査に励むことになりました。そうこうしているうちに飛鳥の高松塚古墳での大発見があって、日本中で考古学ブームが巻き起こったんです」

「あれは確か、一九七二年でしたか」

「ほうっ、さすがによう知ってはりますな。おっしゃるとおりです。私は大学に入ったばかりの頃やったが、それからしばらくは飛鳥方面への関心が高まって、今城塚のほうはお留守になってました。そうはいっても情熱を失ったわけやなく、その後も諸先生やら先輩やら仲間やらのご協力もあって、何とか調査を継続してたんです。そうして一九九一、二年頃になって、ようやく今城塚古墳がどうやら真の継体天皇陵ではないかというメドがついた。もちろん宮内庁をはじめ学界からも多くの批判がありましたが、調査を進めれば進めるほど、動かし難い事実であることが分かってきた。二重の濠を巡らした大型の前方後円墳であることも、さらには前代未聞といえる石室基盤工の発見など、他の大王墓と遜色のない陵墓であることは疑いがなくなったんです」

但馬館長の熱弁は止むことがない。このまま放っておくと、内容がどんどん専門的なほうへ向かって行きそうな気配だ。鳥羽はついに我慢できなくなったのか、「館長」と腰を浮かせた。

「すみませんが、そろそろ牛馬童子像発見の現場を見せていただけませんか」

「ああ、そうやったな」

但馬も気がついて、すぐに席を立った。

館長席のすぐ背後にあるドアの中に、二人の客は招き入れられた。そこは大学の研究室のような硬質な雰囲気の部屋になっている。会議用のテーブルを囲んで、十脚ほどの椅子が並べられ、周囲の壁にはスチールキャビネットが犇《ひし》めく。その一つから但馬は、骨董品店なら高価な陶器を収めていそうな白木の箱を取り出した。

大事そうにテーブルに載せ、蓋を取ると、茄子紺《なすこん》の袱紗《ふくさ》で包まれた、それこそ陶器を思わせる物体が現れた。袱紗を広げる但馬の手は慎重を極めた。直径はおよそ十センチばかり、ソフトボールよりやや大きめの、コンクリートの塊のような球形に小さな目鼻が彫り込まれてあるのが可愛らしい。

鳥羽は「おおっ」と感激の声を発したが、浅見にとっては新聞報道でしか見たことのない牛馬童子の首である。あまりの素朴さに、正直なところ（これがそうなのか――）という感想であった。

ひとしきり「首」の鑑賞を済ませると、但馬は「そんなら行きましょか」と、箱をキャビネットの中に仕舞った。

歴史館からいったん外に出て、しばらく歩いたところに「今城塚古墳公園」がある。東京ドームの二倍くらいはありそうな、呆れるほど広大な公園だ。緑豊かな芝生と植え込みと、水を湛《たた》えた濠が、中央の前方後円墳を囲んでいる。

圧巻は芝生一面に整然と並べられた埴輪たちである。茶褐色の素焼きの埴輪はいずれも高さは一メートルそこそこだが、これだけ揃うと中国の兵馬俑《へいばよう》を連想させる。

「すごいですね、見事ですね」

浅見は幼児めいた率直な感想を漏らした。

「これは十年間にわたる発掘調査をもとに再現した、きわめて精巧な祭祀場です」

但馬は胸を張り、鳥羽も「いいでしょう」と自分の物をひけらかすように得意げだ。

「ははは、褒めていただくのは嬉しいが、ここに並んだ埴輪が、埋蔵されていた史跡から掘り出されたもんではなく、新たに設営された埴輪工場によって造られたものやという点を注目してもらわないと困りますよ」

但馬は笑いながら言った。

「現在ではこの今城塚古墳こそが『真の継体天皇陵』であることを否定する人はいないんですが、さっきも言うたとおり、それ以前は茨木市の太田茶臼山にある古墳が継体天皇陵やとされていたんです。今城塚古墳を中心とするこの辺りは三島と称《よ》ばれていて、多くの古墳群が存在します。それらの古墳を造成し、祭祀を営むに当たっては当然、膨大な埴輪が造られたわけでして、つまり大規模な埴輪製造工場といった施設が存在し、大勢の職工たちが働いて大量生産してたんに違いない。『いましろ大王の杜』で当時の雰囲気を再現するためには、まずその埴輪を量産せなあかんかった。これが大変な作業でありまして、財政的にはもちろん、協力していただいた関係各位への感謝なくしては語れません」

そのことは但馬館長の立場として、ぜひとも強調しておきたいのだろう。

「それにしても」と浅見は改めて「いましろ大王の杜」の全景を見渡して、言った。

「これほどの遺跡がごく最近と言っていい時期まで発見されずにいたというのは、希有《けう》の事例だと思うのですが」

「まあ確かにそう言えるでしょうな」

「しかも発見の端緒となったのが、但馬館長がまだ少年だった頃というエピソードには驚きました。すごいことですね」

「ははは、それは単なるラッキーやったというだけのことですよ。それを言うたら、さっき言われた高松塚古墳の発見なんかも、近所のお百姓さんがたまたま穴を掘っていたら、妙な壁画みたいなものにぶち当たったというのがきっかけでしたでしょう。埋蔵文化史跡の発見なんていうものは、だいたいそんなような、いわば宝くじで三億円を当てたみたいなもんです。それとここの場合は、素人が引っかき回しているのに宮内庁がまったく無関心で、自由にやらせてもらったんが幸運やったというわけです」

「宝くじですか」

金額を耳にしたとたん、鳥羽がぜん、興味を掻き立てられたような声を発した。

「三億円はともかくとして、こういう大発見はお金に換算するとどれくらいになるものなんですか？」

「さあねえ、なんぼくらいかなあ」

素朴で馬鹿げた質問に、但馬は笑い出しそうになるのを抑えて言った。

「正直なところ、これだけの史跡となると、ちょっと価値判断が難しいし、かといって好事家《こうずか》が買いたいと思うかどうかといえば、まず手を出す気にはならんと思いますよ。金銀財宝が出たのなら右から左に売りさばけるかもしれませんが、土製の埴輪ではなかなかそういうわけにもいかんでしょう」

「最初に埴輪を見つけた時は、売ろうとかそういうことは考えなかったんですか？」

「まさか……そんなつもりで掘っていたわけやないですよ。もしかして、牛馬童子像なんかやったりすれば、骨董品店に売れたかもしれませんがね」

但馬が言ったとたん、鳥羽は愕然と思い出した。

「あっ、そうだ。牛馬童子を忘れてました。ちょっと田辺市役所と警察のほうに連絡を入れておかないとまずいですね。館長、その作業は僕のほうでやってもいいですか」

「もちろんそうしてください。私のほうはいっこうに構いません」

鳥羽は慌てふためいて、スマホを耳に当てながら少し離れた場所まで走った。

「あの人は面白い方ですなあ」

鳥羽の後ろ姿を見送って、但馬はおかしそうに言った。

「はあ、ああいうのが後輩にいると思うと、恥ずかしいかぎりです」

「いやいや、そうやない、私らの仕事を支えてくれているのは、ごく素朴な興味や関心を持つ一般の人たちと、その人たちを牽引《けんいん》してくれるメディアの存在です。早い話、こういう公的な施設を成立させ得るのも、行政を動かす世論あってのこと。小難しい知識やとか理論を並べ立ててばかりでは、見向きもされん場合が多いんです。私が今城塚古墳の埴輪片を見つけた時も、自分はもちろん世間の関心そのものが、まだ今城塚にはあまり向けられていなかった。ところが、じつはそういう中で一人だけ埴輪片を評価してくれた人がいはりましてね。これを売ってくれと言って、千円を渡されました」

「千円、ですか」

但馬館長が中学生だった当時の「千円」にどれほどの価値があったのかは、浅見には想像もつかない。

「そうです。子供らが野外実習をしているのを覗いてた近所のおじさん風の人でしたよ。千円といえば、まあ、その頃のガキ共にとってはなかなかの大金と言っていいでしょう。土器といっても子供の目には瀬戸物みたいなものに、何でこんなに払うんか疑問に思って、そう訊いたところ、その人が言うには文鎮にちょうどええという話でした」

「ブンチン、ですか？」

「そう文鎮。書道に使う文鎮ですな。確かめたわけやないですが、書家やったんかもしれません。しかし、そんなことよりも土器のかけらがじつは結構な値段で売れるほどの価値のある物やと知って、がぜん発掘作業に熱が入ったことは間違いない。それが周囲の友人たちにも蔓延《まんえん》して、次から次へと出土品の数を増やす結果に結びついた。そのうちに埴輪の破片を集めて復元するという技術も習得して、古墳全体が意味するものも次第に形を現していきました。そうなると専門家や学者先生たちも注目し、それを知ったマスコミが騒ぎだす。この得体の知れん里山が、じつは重要な古墳ではないんかという噂が現実のものとなっていったんです」

「そうして、ついには今城塚こそが、それまで継体天皇陵とされていた茨木市の太田茶臼山古墳を抜いて、真の継体天皇陵であると比定されるに至ったというわけですね」

「そのとおりやが、しかし太田茶臼山古墳を抜いたとか超えたとかいうのは、あまり喧伝《けんでん》されても困ります。太田茶臼山古墳はその規模もさることながら、陪塚《ばいちょう》（大型古墳の周辺にある小型の古墳）の数の多さからいっても並の巨大古墳とは明らかに違うのです。継体天皇崩御より早い、四〇〇年頃に亡くなった大王であり、民たちがひとしくその死を悼み悲しんだことの結果が、あの壮大な墳墓の造成に結びついた。いまでもあの丘に佇めば、その時の人々の嘆きの声が聴こえてくるような気がしてなりません」

学説やら理論やらでコチコチに固まっているとばかりに思われがちな学者の口から、

こんなロマンが語られるとは——と、浅見は少なからず感動した。

鳥羽が戻って来て「牛馬童子像の件はすべて手配を完了しました」と報告した。

「市役所のほうは単純に喜んでいましたが、警察は面倒なことになりそうです」

「警察ですか？」

但馬が苦い顔をした。

「警察が何か言うてるんですか？」

「ええ、一応捜査の手続きがあるので、所轄の田辺警察署から係官がこちらに来るということのようです」

「ふーん、たかが拾得物に対して、そんな捜査みたいな大げさなことをせんでもええんと違うかなあ」

「いえ、それ以前に牛馬童子像は盗難品ですから、それなりに事件として処理するのでしょう。まず発見された現場の状況を記録しなければなりませんし、拾得者への事情聴取もすることになると思います」

「えーっ、拾って届けてくれた人にも迷惑をかけるのですか。申し訳ないことやねえ」

「そうですねえ、気の毒な気もしますが、やむを得ません。それに牛馬童子の首を遺棄した人物についても、周辺に目撃者はいないかとか、場合によっては遺留品や足跡の採取もすることになるかもしれません」

「やれやれ、面倒なこっちゃ」

但馬はいよいよ憂鬱そうだ。

「鈴木さんにも報告しておいたほうがいいんじゃないのか。何たって牛馬童子像盗難の第一報をくれたのが鈴木さんなのだから」

浅見は言った。

「もちろんすでに報告しました。彼女もそれはよかったと言ってましたよ。もっとも、それに付け加えて、例の事件のほうのその後はどうなったか、浅見さんに訊いてくれと言われましたけどね」

「ははは、そいつは藪蛇《やぶへび》だったかな」

「何のことですか、その例の事件というんは？」

但馬が訊いた。

「ああ、館長はご存じないと思いますが、このあいだ天満橋近くの八軒家で起きた殺人事件のことです」

「知ってますよ。鈴木義弘さんが殺されはった事件のことですやろ」

「えっ、鈴木義弘さんて……館長は鈴木さんのことをご存じなんですか？」

鳥羽はもちろん、浅見も驚いた。

「知ってるどころの騒ぎやない」

但馬はむしろ呆れたように目を剝いた。

「私らの今城塚古代歴史館ができたのも、鈴木さんのご尽力があったからこそ言うてもええくらいなもんです」

「どういうことでしょう？」

浅見は鳥羽と目を見交わして言った。

「ほうっ、そしたらあなたたちはそのことについて、何もご存じやないんですか。鈴木さんの事件を知ってはりますんやろ？」

「ええ、その事件のことで、浅見先輩に来てもらったのですから」

鳥羽がそこに至る経緯について、かいつまんで語った。これには但馬もまた「何や、そういうことやったんかい」と驚いている。

「それで、館長さんがおっしゃった、今城塚古代歴史館に鈴木義弘さんの尽力があったというのは、どういうことですか？」

浅見が訊いた。

「八年前に鈴木さんの親父さんが亡《の》うなったことは知ってはりますか？　その跡を継いで八紘昭建の社長になった義弘さんが、ここの土地の譲渡を認めてくれはりましたんや。それまでは鈴木さんのお宅は代々、頑ななまでに土地は売らん主義を貫いてはったんやが」

「あ、その話は知ってます。とくに先々代の社長、義弘さんのお祖父さんに当たる義磨さんという方が頑固で、終戦直後の農地改革以来、絶対に土地は手放さないことを家訓のようにしておられたそうですね」

「ほうっ、浅見さんは義磨さんのことも知ってはったか。しかしそれは単なる頑固とは違いますよ」

但馬は残念そうに言った。

「義弘さんに聞いた話によると、義磨さんよりもう一つ前の代の時に農地改革とは別の理由で、土地を取り上げられるいう事態を経験されてはって、それが凝《し》りになって、それ以来滅多なことでは土地は売らん主義になったんやそうです。単なる頑固やとかわがままやとか、そういう個人的な理由とは違います。先代の社長・清吉さんはその遺訓を忠実に継承されたいうことでしょう」

「先代社長が亡くなったのは八年前ですね。その時は義弘さんのお祖父さん、義磨さんはご存命だったはずですが、土地の譲渡には反対なさらなかったのですか？」

「もちろん反対されてたんやが、その理由はいまも言うたように、農地改革とはまったく別の次元の、国の横暴への怒りでした」

「あっ、そういえば八紘昭建の松江氏も、国の意思で土地が収用されたことへの憤懣《ふんまん》を強調していました」

浅見は思い出した。

「土地登記の台帳から、鈴木家所有の名義が忽然《こつぜん》と抹消されていたそうです。農地改革どころかそれよりはるか以前のことだから、軍の意向によるものではないか。要塞を造るとか高射砲陣地を造るとかの目的があって、強権を発動したようなことがあったのではないかと推測していました」

「そうでしたか。農地改革も私が生まれてへん頃の話やから、実際の様子はもちろん知りませんけど、それまで土地を所有してた、いわゆる地主と呼ばれる人たちには辛い出来事やったことは確かやろねえ。旧憲法下の軍国主義の時代にはもっと露骨なケースがあったん違いますか。鈴木さんのお宅が土地を譲らん主義になったんは、それがトラウマになったっていうのも理解できます。ことの善悪やとか法的なことはともかくとして、戦前戦後を問わず政治が強権を行使して私有地を差し押さえたケースは少なくないんです」

「松江氏の話ですと、鈴木家の土地は阿武山古墳の周辺に広くあったそうですが、この辺りもその地域に入るのでしょうか？」

「ああ、私の親父なんかの話では、この今城塚の土地も鈴木家が持ってたんを、昭和初期の戦前戦中は軍が、戦後は進駐軍の用地として差し押さえられてたようです。それから後も農地改革にかかることになってたん違いますかな。ただ、さっきも言うたとおり幸いここは藪と雑木林みたいな里やったから、農地改革では対象外に置かれとって、ほぼ原状のかたちで推移して現在に至ったんやが、接収されとった時点では、鈴木家としては憤懣そのものやったろう思いますよ」

「昭和の初期と言いますと、昭和八年とか九年頃ですか」

「ああ、そうやね、そういうことやね。太平洋戦争前夜みたいな、内外共に緊迫が高まりつつある世相の頃やな。国家機密に関する保護法やとか不敬罪みたいなものが厳しく定められとって、言論も学問もがんじがらめになってた頃やないかと思います」

「機密保護法なんていうのは、決して過去の悪法ではなく、現代にも関わっているような気がしますね」

鳥羽が苦い顔をして言った。彼の大毎新聞社ではかつて「名記者」と謳《うた》われた先輩が、時の政権の逆鱗《げきりん》に触れて、前例のない形で違法性を問われるという事件があった。

「そうやね」と但馬も、ジャーナリストらしい鳥羽の痛恨の思いを忖度《そんたく》して頷いた。

「油断をしてると、いつの間にか古い亡霊のような過去に戻ってしまうかもしれん。そのうちに、正当防衛やとか邦人の保護のためやとかを理由に、海外派兵や侵攻のような悪夢を再現することになりかねん」

但馬の話は少し脱線ぎみに続いたのだが、浅見はその前に言った「昭和八、九年」という年代に引っ掛かって、思考停止状態に陥ってしまった。鈴木義麿ノートがまさにいま、その辺りの記述に差しかかろうとしているところだった。

「土地台帳から鈴木家の名義が抹消されたことの背景には、そういった政治的な不当な圧力があったと考えられますか」

「もちろんそうやろう思いますよ。というても、私は当時の詳しい事情に通じとるわけやないんですけど、鈴木さんのお宅が土地譲渡を拒み続けたのには、よほど深い怨念のようなものの影響があったんちゃうでしょうか」

「怨念、ですか」

但馬の言い方にやや大げさな感じがして、浅見は問い返した。

「ははは、怨念いうたらいささかオカルトっぽいかしれへんが、鈴木家が持ってた広大な土地の中で、とくに阿武山周辺には、過去の妄執のような気配が漂ってても不思議はないんです」

「はあ……怨念に妄執ときては只事《ただごと》ではありませんね」

但馬は真面目そのものの顔で喋っているのだが、浅見は思わず、不謹慎と受け取られかねない苦笑を浮かべてしまった。

「いやいや笑い事やないです。私の親父や祖父さんから聞いた話では、阿武山周辺の鈴木家の土地を国が差し押さえた背景には、その当時としては当然とも思えるような重大機密事項があったことは事実なんです。即刻、きわめて厳重な箝口令《かんこうれい》が敷かれるほどの大事件やったと言ってもええでしょう」

「大事件、と言いますと？」

鳥羽は「事件」と聞いた途端に身を乗り出したが、浅見は別の意味で緊張した。目下読み進めつつある「義麿ノート」の最後のところ、まさに昭和八、九年にかかる部分で、何らかの「事件」が起きたことに触れていた。それと但馬の言う「大事件」とが重なるような気がした。

「ははは……」

聞き手の反応の強さに、但馬は困ったように言葉を止めて、空を見上げた。いつの間にか雨雲が増えてきて、四辺には夕景のような気配が立ち込めつつある。

「そろそろ引き揚げましょか」

但馬に促されて、二人の客は後に続いた。話は途切れたがその続きを待って、浅見はしぜん足の運びが遅くなった。催促こそしないが、気持ちは但馬にも伝わっているはずだ。

「事件いうても、浅見さんや鳥羽さんが期待してはるような殺人事件やとか、そういう物騒な話やないですがね。もっとも、祖父さんや親父の話を聞くと、巷《ちまた》ではそれよりももっと不気味な噂が流れとったようや。何やら得体の知れぬ人骨が出たとか亡霊に祟られるとか。あくまでも噂の域を出えへんことやし、私が聞いたのは終戦後十何年も経った頃の、単なる伝聞にすぎないんやから、定かなことは言えませんがね。その『事件』が起きたんは昭和九年、一九三四年のことやが、阿武山周辺ではえらい騒ぎになったらしい。最初は警察が出て、その後から憲兵隊も大挙してやって来て、厳戒態勢が敷かれたいう話です」

「そこまでしなければならなかったというのは」と浅見は息を吞む思いで訊いた。

「いくら軍国主義万能の時代とはいえ、やり過ぎだったのではありませんか？」

「そうや、言いはるとおりや。祖父は愛国主義一辺倒の人間やったが、そんな男でも、国のやり方はあんまりにも理不尽やないかと思ったらしい。大地主の鈴木家の地所が全部没収されるいうので、いったい何があったんか近隣近在は大変な騒ぎになったんでしょうな。もともと阿武山は荒木村重の一族郎党の死骸が埋められてて、亡霊と妄執が漂ってるいう噂のあるところなので、最初はその祟りやないかと考えたんやが、その後、じつはそれどころやない、大変な事件やいうことが分かってくるんです」

荒木村重は織田信長麾下《きか》の大名として摂津一国を与えられていたが、信長に叛旗《はんき》を翻して敗れた。村重本人は生き延びたものの、一族郎党は老若男女を問わず五百名あまりが処刑された。処刑は閉じ込められた小屋ごと火をかけられ焚殺《ふんさつ》されるというむごたらしいものだったというから、怨念やら妄執の伝説が残っていても不思議はない。

「そんな怨霊伝説があるのですか」

浅見がそう言うと、「そうとでも思わんと納得でけへんかったんやろね」と、但馬は苦々しげに首を振っている。

「しかし、その時の大騒ぎはもっと生臭い現実的な噂やったそうです。言うたら埋蔵金伝説かな。いま考えたら笑ってしまうんですが、何しろ天智天皇の宝物が葬られてるいうんやから」

「天智天皇、ですか……」

浅見と鳥羽が異口同音に言って、顔を見合わせた。鳥羽はぽかんと口を開けた間抜けな表情だが、自分もそれと同じ阿呆面《あほうづら》をしているに違いないと浅見は思った。

いうまでもなく天智天皇は七世紀に在位し、中大兄皇子とよばれた皇太子の時に中臣鎌足と共に蘇我氏を滅ぼし、大化改新をなし遂げた。天皇家の系譜の中で最も著名な存在と言っていいだろう。百人一首の筆頭に天智天皇の「秋の田のかりほの庵《いほ》の苫《とま》をあらみ我が衣手は露に濡れつつ」があって、浅見家で例年行われるカルタ会では、母親の雪江が娘時代からの得意札にしている。その記憶があるから、浅見の中では歴代の天皇の中で天智天皇に際立って親しみを覚える。

その天智天皇の宝物が葬られていて、埋蔵金伝説に大騒ぎしたというのだから、いささか眉唾だし、噴飯物に思えた。しかし但馬は真剣そのもののような顔を崩さない。

「その天智天皇の宝物、あるいは埋蔵品があるというのには、そう考えられても仕方のない根拠があってのことなのでしょうか？」

「根拠以上の事由があったんです。歴史的に言うと、天智天皇が藤原鎌足とともに大化改新の腹案を練った場所がこの摂津の『三嶋』の地やったんです。そやからここには蘇我氏を倒す軍資金があるんやないかと、無責任な噂が広まって、物珍しさに駆られた群衆が二万人も押し寄せ、憲兵隊が出動したり、立ち入り禁止措置が取られる騒ぎになった」

「噂は別にしても、憲兵隊が出動したというのは、やはり国家的な機密に触れる重大な事実が見つかったからではありませんか？」

ジャーナリスト魂が掻き立てられたのか、鳥羽はがぜん関心を示した。やはり彼には先輩元記者の痛恨が息づいているようだ。但馬は苦笑したが、否定はしなかった。

「国家的機密かどうかはともかく、巷にそういう伝説が流布された原因にはそれに近いことがあった。実際は何やったんかは後になって分かったんやが、当時の政府としては、真相を闇から闇に葬るほかはなかったんやろうな。何しろ皇室の歴史に関わる大問題やからね。それまで世間では漠然と『阿武山古墳』とよばれていたのが、じつは天皇の御陵か、あるいはそれに匹敵するような貴人の墓ではないかいう説が提唱されたんや」

「天皇——ではないとすると、その貴人とは誰のことなのでしょうか？」

但馬のやや奥歯に物の挟まったような口ぶりに、浅見は問い返した。

「いまはもはや伝説の域を脱して、歴史的な事実と断定していいような段階ですが、古墳の主は藤原鎌足と考えられます」

「鎌足……それで天智天皇の宝物という伝説があるのですか」

想像もしなかった名前に出くわして、浅見は啞然とした。

「藤原鎌足の墓というと、確か、奈良の談山《たんざん》神社がそうだと聞いた記憶があるのですが――」

藤原鎌足の廟所は奈良県桜井市の多武峰《とうのみね》にある談山神社であり、神社の由緒書には、鎌足の子の定慧《じょうえ》という僧が唐から帰国した際、弟の不比等《ふひと》から「摂津国嶋下郡阿威《あい》山ナリ」と聞き、そこから多武峰に改葬したとされている。これまで深く研究することもないまま、そう信じていたし、疑いもしなかった。それがじつはそうでなく、但馬の言うとおりだとすると、いやしくも歴史雑誌を標榜している「旅と歴史」のライターとしては、鼎《かなえ》の軽重を問われかねない。

「――ほんと、ですか？」

思わず小学生じみた質問を発した。

「私の立場として、いまの段階では断定的なことは言えんけど、そういう説が強まっていると思っていただきたい」

但馬は慎重な言い回しをした。

「しかし、藤原鎌足の墓だとすると、天皇の御陵というわけではないし、警察や憲兵隊が出動するような、そんな大げさな騒ぎになるとは思えないのですが」

浅見が疑問を投げかけると、但馬は「いやいや、そういうもんではありません」と、窘《たしな》めるように言った。

「鎌足公は天智天皇の臣下というより、盟友以上の存在やったと考えんとあかん。乙巳《いっし》の変で蘇我氏を倒した時はもちろん、生涯を文字通り天智天皇に捧《ささ》げ尽くした。いわば天智天皇の分身と言うても、決して大げさやないんです。天智天皇はその功績を讃えて、大化改新以降に定められた二十六冠位制の最高位である『大織冠《たいしょくかん》』を贈りはった。天皇家としても宮内庁としても、皇族に列するほどの敬慕の念をもって扱うても不思議はない。そればかりやなくて、鎌足は天智以前の皇極《こうぎょく》・斉明天皇や後に続く天武天皇や文武天皇に至るあいだの、皇位継承に関わるもろもろの経緯《つまび》を詳らかに知る人物として、秘して置きたい存在であるんかもしれん。戦前戦中の秘密主義を思えば、軍隊を出動させてまで消し去ろうとしたのも当然やなかったやろか」

「はあ……なるほど……」

浅見は不得要領のまま頷いたが、なおも疑念が残る。

「それにしても、その阿武山古墳が藤原鎌足の墓であることが、どうして分かったのでしょうか？」

「うん、そうやね、さすがええところに気いつきはったな」

但馬は聴き手の熱心な興味に嬉しそうだ。

「鎌足の墓所であると学術的に推定されるようになったのはそれから五十三年経った昭和六十二年のことで、昭和九年のその時点では、地元の作業員が穴掘りをしとったら、たまたま古墳らしき物が発見されたいう以外、詳しいことは何も分かってへんかったんです。ただ、漆塗りの柩と、その中に金糸の衣服を纏《まと》ったミイラが横たわっているという、そのことだけで、ただごとではない高貴な人物、たとえば皇族の亡骸《なきがら》ではないかと決めつけたんやろうな。この噂はあっという間に広がり大騒ぎになった。報告を受けた宮内省はさぞかし慌てたに違いない。たちまち警察と憲兵隊を派遣して古墳を元どおりに埋め戻し、全てを闇から闇へと葬り去ってしもたんです」

「だけど、見つかったのはミイラと金糸の衣服くらいのものですよね。宝物だとか埋蔵品だとか大騒ぎするほどの値打ちはなさそうに思えるのですが」

鳥羽が訊いた。この男は古墳の史跡的価値よりも三億円や埋蔵品など、即物的な問題にばかり興味をそそられるらしい。

「ところが、阿武山古墳関連の調査を続けとるうちに、驚くべきことが分かった」

但馬は足を停《と》めて二人を振り返った。一見すると初老のおじさん風の但馬が、曇り空を背負ってそそり立つ大巨人のように思えた。

「偶然のように発見された当時のX線写真の分析を行った結果、金糸は『大織冠』に使われた材料であることが確かめられたんです」

「大織冠……」

いましがた但馬から「大織冠」についての説明があったばかりだ。大織冠は天皇から臣下に贈られた最高礼と言える。浅見はその意味の重さに驚嘆したのだが、鳥羽はもしかすると「大食漢」と錯覚した可能性がある。

浅見の驚きに満足したのか、但馬は踵を返して歩きだした。近づいてくる今城塚古代歴史館の明かりが懐かしく感じられた。

「鈴木家の土地名義が抹消されたのは、その騒動のとばっちりを受けたためですか」

「そういうことやろねえ。相手が皇室で警察や憲兵が出動したとあっては、抵抗どころか何も言えんかったんでしょう」

「それじゃ、古墳から見つかった宝物はそのままになっちゃったっていうことですか」

鳥羽は不満そうだ。

「ははは、あんたが期待してるような、いわゆる宝物みたいな物は何も出なかったんと違うかな。仮に出たとしても、箝口令が敷かれてたから、ミイラと一緒に紫のヴェールに包まれてしまったんやろな。しかし人の口には戸が立てられへんから、高貴な品があるというだけでその後、阿武山は天智天皇にゆかりの、ひょっとしたら鎌足公の墓所かもしれんいう説が喧伝され、周辺一帯はさらに広範囲にわたって立ち入りが禁止されてしまった」

「その際、立ち入り禁止措置を取られた範囲は、どの辺りまで及んだのでしょうか？」

浅見の関心は鳥羽のそれよりは現実的だ。何よりも鈴木家の土地にどう絡むのかと、いままさに進行中の「義麿ノート」との関連が強まるのを感じていた。

閉館時間を過ぎて、歴史館の中はガランとしていたが、受付の女性は見かけない客に対しても丁寧にお辞儀をしてくれた。

「私が聞いたんは『一里四方』ということやったんですが、一里と言えば約四キロ。なんぼ広いというても、さすがにそれは俗説やろうね。まあ阿武山の周辺、おそらく阿武山古墳と言うとる墳丘の範囲内と考えてええんと違いますか」

但馬はそう言って「しかし」と続けた。

「その当時はただの噂話にすぎなかったとはいえ、天智天皇の宝物いうのは、後に鎌足の墓所の可能性が強まったことによって、じつはかなりの信憑性《しんぴょうせい》があったいうことが判明するのです。そこに至るまでは五十三年という歳月が流れるのやがね」

「はあ、ずいぶん長くかかったのですね」

「そうです。浅見さんもご存じのように、宮内庁の秘密主義もあるのやが、戦争に負けてからも、それ以前に立てられた国有地の標識と立入禁止の立札は生きとって、それが真相解明を遅らせた原因と考えられます。戦後の混乱期には明らかに盗掘目的と思われる人物が出没したらしいが、それでもまだ怨霊《おんりょう》伝説が生きとったせいか、阿武山周辺にみだりに近づく者はおらんかった。実際、祟りを証明するような変死事件も起きとったようです」

「えっ、変死というと殺人事件ですか？」

今度こそ浅見は正直に反応した。

「まあ、その当時のことやから、警察による本格的な捜査が行われたんかどうかははっきりせんのやが、噂としては盗掘犯同士による殺し合いやなかったかいうことになっとったようです。いや、その手の伝説めいた話はいまだに生きておりますよ。じつを言うと、今城塚古墳の発掘の最中にも、調査員の中に埋蔵品探しと勘違いした人物が紛れ込んでいたいうエピソードがありましてね」

「しかし、今城塚古墳の発掘調査が行われたのは、戦後の混乱期どころか、つい最近のことなのではありませんか？」

「そうやね、つい最近かどうかはともかく、私らが子供の頃、面白半分のように掘りはじめてからは半世紀近くになります。発掘に参加する人の多くは、考古学に関心のある真面目な学生らやが、それでもその中に妙な人間も混じっとる。やはり埋蔵品に惑わされ、一攫千金を考える人もおるんと違いますか」

「なるほど……今でもそういう邪心を持って、宝物の在り処《あか》を嗅ぎ回る人間がいるのかもしれませんね」

言いながら浅見は、鈴木屋敷で竹内三千恵に話しかけていた男のことを連想した。

「実際に、最前お話ししていた阿武山付近の土地を持っていた鈴木さんのお宅や藤白神社の周辺に出没する、怪しげな人物がいるという話もあるのです」

「ほうっ、何者ですか？」

「いえ、それははっきりしないのですが、どうやらその土地を手に入れたい目的があるのと、それだけではない別の魂胆がありそうな予感がしてなりません」

「別の目的とは？」

「分かりませんが、いまのお話を聞いて、それこそ何やら埋蔵品探しのようなことではないかという気がしてきました」

「ははは、それは考え過ぎと違いますか」

但馬館長が笑い飛ばした時、タイミングよく鳥羽のスマホが鳴った。田辺市役所から、牛馬童子の首を早急に届けるようにという指示である。警察による現場検証には、田辺署の係官が明日改めて高槻に来るということだ。

浅見としてはもう少し但馬館長の話を聞いていたかったのだが、鳥羽はそういうわけにいかないらしい。長時間、付き合ってもらった礼を言い、但馬と挨拶を交わした。牛馬童子の首が入った木箱を風呂敷包みにすると、遺骨を抱いて帰るような気分になった。

「大織冠とは面白い話でしたね。僕は大飯食いのことかと思いましたよ」

助手席で「遺骨」を膝に載せた鳥羽は、楽しそうにジョークを言った。思ったとおりの錯覚を犯していたのだ。

高槻を出る頃に広がり始めていた雨雲は空一杯を真っ暗に覆って、やがてポツリポツリと雨が降りだした。今年は空梅雨かと言われていたのだが、この分だと長雨になりそうな予感がしてきた。

鳥羽は能天気にはしゃいでいるが、天気の先行き同様、浅見としては鬱々としてとてものこと楽しむ気分にはなれない。

牛馬童子はともかく、肝心の八軒家殺人事件のほうはまったく進展していないし、内田から頼まれた熊野権現の御札も届けなければならない。

そういえば体調不良を訴えていた内田の容体はその後どうなっているのだろう。いつもは愚にもつかない戯《ざ》れ言ばかり言っているのが、「熊野権現の護符」と言った時、珍しく落ち込んだ声だったのが気にかかる。

この先、何か不吉なことが起こらなければいいが——と気分は沈み込むばかりだ。

第六章　神と魔と

田辺市には午後八時過ぎに着いた。往《い》きはさほどに感じなかったのだが、さすがに疲労感が襲ってきた。牛馬童子の首を市役所に届けるのは明日の朝ということにして、とりあえず例の浜屋に立ち寄った。

予約しておいた奥の小上がりに、倒れ込むように坐ると、鳥羽はすぐにビールを注文している。浅見はむろんアルコールはだめだから、地場の魚料理を見繕ってもらって、食事を急ぐように頼んだ。刺し身と焼き魚と白い飯があれば満足だ。

運ばれた料理を前にして食欲だけはあるのだが、昨夜遅くまで「ノート」を読みふけっていたせいか、眠くてしようがない。

「明日あたり、東京に引き揚げるかな」

途端に鳥羽は「だめです」と嚙みついた。

「いま先輩に帰られたら、僕の立場はどうなるんです？」

「おまえさんの立場なんかどうなろうと、おれの知ったことかよ。そもそも鳥羽が殺人事件の犯人に仕立てられそうだからって言うから飛んで来たんじゃないか。いまはもうその嫌疑も晴れたんだから、おれの役目は終わったも同然だ」

「そんなこと言わないでくださいよ」

鳥羽の口調は、いまにも泣きだしそうだ。

「分かった分かった。おれとしても、義麿さんのノートをキリのいいところまで読まないわけにいかないからな」

浅見は慰めを言ったが、それは本音でもあった。「ノート」のほうの記述が、何か得体の知れぬ「事件」に遭遇しかかっている気配だったところへもってきて、今城塚古代歴史館の但馬館長の話も、鈴木家を巻き込んだ大きな事件を示唆しそうだ。しかも「ノート」も但馬の話も、ともに昭和初期の一九三四年前後に関わっているらしい。牛馬童子像のことも、八軒家殺人事件の成り行きももちろん気にはかかるが、それにも増して、まだおぼろげな「大事件」の真相のほうが重大事に思えてならなかった。

鳥羽は駆けつけ三杯のようにビールをあおると、出された料理に片端から箸をつけ、その合間合間にスマホを握る。市役所の担当者と何度かやり取りをして、今後の段取りを決めたようだ。

「今晩はもう遅いし、市役所には明日の朝、一番で行くと言っておきました」

「そうか、警察には行かなくていいんだな」

「警察も明日、市役所には来ますが、牛馬童子の首は渡さないそうです。一応、文化財ですからね、警察になんか置いておくのが心配なんでしょう」

報告して一区切りついたのを祝福するように、もう一杯、ジョッキを空にした。

「落ち着かない男だな」

「先輩はいいですねえ、気楽で」

「おまえさんこそいい気なもんじゃないか。自分だけビールを飲んで」

「そうか、先輩は車でしたね。すみません」

「そんなことはいいが、明日は鈴木家の葬儀があるんだろ。二日酔いなんてみっともない真似をするなよ」

「大丈夫ですよ。それより先輩も列席してくれるんでしょうね」

「いや、おれは遠慮するよ。東京へ引き揚げる前に、明日一日かけて義麿さんのノートを読み進めるつもりだ。但馬館長の話を聞いてからずっと、気になってならないことがある。真代さんと、それに大谷宮司にはよろしく言っておいてくれ」

「えーっ、ほんとに出ないんですかあ。困っちゃうなあ。鈴木さんがっかりしますよ。それに、三千恵ちゃんだって」

「彼女は別にがっかりしないだろう。おれみたいな余所者なんかはいないほうがいいに決まっている」

「それは違うと思いますよ」

鳥羽は妙にむきになって反論する。

「彼女は先輩に憧れてるんじゃないかなあ。歴史雑誌のルポライターなんて、歴女の憧れの的に違いないんだから」

「ふーん、竹内さんは歴女なのか」

「先輩のルポの愛読者なんだから間違いなく歴女ですよ。以前、藤白神社には有間皇子のお墓があるって聞いて、飛び上がって喜んでました。鈴木さんの紹介で大谷宮司が彼女に目をつけ、この店を辞めて藤白神社に転職するように勧めたのも、それが決め手になったみたいです」

「ははは、それは事実じゃないだろうな」

浅見が笑うと、鳥羽は「えっ、どうしてですか？」と真顔で訊いた。

「宮司は歴女に目をつけたんじゃなくて、美女を発掘したつもりに違いない」

「まさか……あの大谷宮司にかぎってそんな色気はありませんよ。あの人は神様みたいに清廉潔白な人なんだから」

「どうだかな。そもそもイザナギ、イザナミの昔から神々は好色と決まっている」

「いや、浅見先輩の説とはいえ、これぱっかりは間違ってます」

そんな神聖性を汚すようなことを――と言わんばかりに、鳥羽は珍しくまなじりを決して抗弁する。大谷宮司は三千恵嬢をヘッドハンティングした人物だから、何が何でもその線は譲れないのだろう。これ以上からかうと、本気で怒りだしそうだ。

ジョークから気まずい雰囲気が生まれそうになった時、鳥羽のスマホが鳴った。どうやら三千恵かららしい。鳥羽は嬉しそうに立ち上がり、席を外し部屋を出た。一応、浅見や周囲に遠慮したつもりなのだろうが、障子越しに話の内容は筒抜けだ。

最初は弾んだ声で応対していたが、三千恵のほうに何か取り込みでもあったのか、鳥羽はじきに話を終え、つまらなそうに口を尖らせて席に戻った。

「どうしたんだい、フラれたのか？」

「えっ？……いや、そんなんじゃありませんよ。浅見先輩の居場所を訊いてきました。何だか知らないけど、先輩に話したいことがあるとかで、いま一緒にいるって言ったら、後でまた電話してくるそうです」

「何だ、用件を聞いてくれればいいのに」

「直接、話したいみたいですよ。僕じゃ頼りないんじゃないですかね。先輩のケータイの番号を教えておきました」

存在を無視された恰好になるのが、よほど面白くないのだろう。刺し身を口に放り込むと、そっぽを向いてやけくそのようにビールを飲み、それから思い出したように「明日の葬儀には」と言った。

「やっぱり先輩も出てくださいよね」

「だから遠慮するって……それより葬儀には当然、天満橋署の捜査本部から刑事が来るんだろうね」

浅見は話題を変えた。

「さあ、何も聞いてませんが」

鳥羽はそっけなく答えた。

「ほんとかよ。ふつうは来るに決まってる。葬儀には主立った関係者が揃うはずだ。参考人の顔触れをチェックするいいチャンスのはずだからね」

「どうですかね。僕の知ってるのは松永っていう刑事だけど、そんなに気の回るようなやつには見えなかったなあ」

「ははは、鳥羽はよほどその刑事を毛嫌いしているみたいだね」

「べつに嫌ってるわけじゃないですが、だいたい刑事を好きな人間なんてめったにいないでしょう。あっ、いけね、そうか先輩の兄さんは別ですけどね。いまの話はなかったことにしてください」

「ばか、取り消すことはない。おれだって警察は苦手だ。高速道路でパトカーや警察官を見るとゾーッとするよ。しかし違反や後ろ暗いことがなければ、警察は頼りになる存在であることは間違いない。いや、弁護するつもりはないけどさ」

「刑事なんかはどうでもいいですけど、浅見先輩は来てくれないとだめです。事件捜査の決め手になるんでしょう？」

鳥羽はいよいよ依怙地《いこじ》になっている。

いささか持て余したところに、浅見のケータイが鳴った。

「あっ、三千恵ちゃんじゃないかな」と言う鳥羽の突き刺すような視線を無視して、浅見はケータイを耳に当てた。

「浅見さんですか？　こんな時間にすみません、藤白神社の竹内です」

三千恵は堅苦しい挨拶をした。

「僕に話って、何でしょう？」

「あの、見たんです。鈴木屋敷で話しかけられた男の人」

聞き取れないほどの早口だった。

「ほうっ、いつ、どこでですか？」

浅見はいっぺんに緊張して、思わず声が上擦った。

「今日の五時頃、境内の石段を上がった鳥居のところにいました。社務所の中からやと、ちょっと遠くて、それに傘をさしてたから、すぐには分からんかったですけど、絶対にあの人やったと思います」

「そいつ……いや、その男は一人だったのですか？」

「ええ、最初見た時は一人でした。けど、間もなく八紘昭建の松江さんが来て、二人で連れ立って行ってしまいました」

「えっ、松江さんが？……」

「ええ、そうです。さっき鈴木さんの奥さんにその話をしたら、浅見さんにお話ししたほうがええ言われて、それで鳥羽さんに電話したんです」

三千恵の話を聞いた瞬間、浅見の脳裏に不吉な予感が過《よ》ぎった。

「その時の感じですが、松江さんはその人物と親しげでしたか？」

「さあ、どうやったかなあ。よく分からんかったけど、笑顔で挨拶してたように見えました。でも、それは通り一遍のお世辞やったかもしれんでしょう」

「なるほど……」

いまの段階では、三千恵が見たのが、果たして義弘社長と電話で話していた男かどうかは定かではない。しかし仮にもしそうだとすれば、義弘社長に執拗に迫っていた電話の相手を、あれほど悪《あ》しざまに言っていたことから想像して、松江がその男に好意をもっているとは考えられない。その後、何か親しくなるような事態が生じていたのだろうか。

「それで、その後松江さんとその男はどっち方面へ行ったのでしょうか?」

「男の人は石段を登って来たんやけど、松江さんと会うてからは石段を下りんと、左の有間皇子のお墓のほうへ行きました」

「有間皇子の墓というと、熊野古道の入口の方角ですよね」

「ええ、まあそうですけど。熊野古道へ行ったかどうかは分かりません」

三千惠は自信なさそうな口ぶりになった。

有間皇子の墓から熊野古道へ続く坂道は、しばらく人家があるけれど、その先は蜜柑畑の中を行き、やがて小さな尾根を越え下津の集落へと下って行くようだ。

「鈴木さんのお宅へ行ったような気配はありませんか」

「ええ、鈴木さんの奥さんはそれらしい人は見てへんて言うてます」

だとすると、「男」の目的は何なのか。

浅見はにわかに不吉な予感が強まった。その謎の男に対する松江の態度が、彼が話していたのとは真反対で、いかにも親密そうだったというのが気に入らない。いったいその男は何者で、何の目的があって、松江を訪ねたのだろう。

浅見は「どうもありがとう」と三千惠に挨拶して、そのまま続けて鈴木真代に電話した。真代のほうも浅見からの電話を予測していたらしく、浅見より先に「浅見さん、聞きました?」と言った。

「三千恵ちゃんから聞いたんやけど、何や知らんけど、その人けったいやねえ。あの電話の男やろか？」

「同一人物かどうかはまだ分かりません。ただ、もしそうだとすると松江さんは社長の電話の相手のしつこさが不快だったと言っていたのに、どういう心境の変化があったのでしょう？　そもそも何をしに現れたのか、その男の魂胆が不気味に思えます」

「そうや、松江さん、人が好《い》いから、高槻の土地のことか何かで、何ぞ騙《だま》されとるんやないやろか」

「おっしゃるとおり、僕もその心配を感じました。鈴木社長が殺された事件との関係も疑われますし」

「ほんまやねえ、ああ怖……」

真代は恐ろしげに声を震わせた。

「浅見さんのほうから松江さんに直接、訊いてくれたらええんと違いますか。もう会社にはおらん時間やし、自宅に電話したらどうやろ」

「分かりました、そうします。ところで、明日のお葬式に鳥羽は伺うようですが、僕は失礼させていただきます。少し調べておきたいことがあるもので」

「ああ、そんなん、気にせんといてください。それより事件のこと、あんじょう頼みます。警察は頼りないさかい」

真代に聞いた番号に電話すると、「はい、松江です」と、おばさんタイプの少しぶっきらぼうな声が飛び出した。背後にテレビの音声と、呼び交わす子供の声が聞こえて、「静かにしといて」と叱っている。平凡で賑やかな家庭の風景が目に見えるようだ。

「すみませんねえ、うるそうて。あの、どちらさんですか？」

「夜分おそくに申し訳ありませんが、浅見という者です」

「ああ、浅見さんやったら主人から聞いてます。東京の有名な探偵さんやそうですね。俳優の榎木孝明さんによう似た、男前やって主人が言うてました」

「ははは、恐縮です」

浅見は笑って、「そのご主人はいらっしゃいますか？」と訊いた。言いながら（留守だろうな——）と思っていた。

「はい、おります。ちょっと待っててください」

送話口を覆って、くぐもった声で「あんた浅見さんからや」と夫を呼んでいる。これは予想外の展開だった。

「はい松江です。今朝方はどうも」

あっさりした挨拶の感じからは、何の変哲も感じ取れない。浅見も簡単な挨拶から、すぐに用件に取りかかった。

「今日、鳥羽君と一緒に高槻市へ行って来ました」

「ほうっ、もう行かれたんですか。えらい急ですなあ。それやったら、私も一緒に行ったほうがよかったんやないですか」

「いえ、今日は今朝お聞きした鈴木家の土地の話と関係なく、例の牛馬童子のことで緊急を要したものですから」

「ああ、牛馬童子いうたら、熊野古道で盗まれたいう、あの事件のことですか」

「そうです。その牛馬童子の首が高槻の『いましろ大王の杜』という所で発見されたというので、それを取りに行きました」

「えっ、見つかったんですか。それにしても高槻とは、えらい遠くへ持って行ったもんやねえ。犯人はいったい何者なんやろか？」

「現場検証は明日になるようですから、まだ何も分かっていません。ところで、お電話したのは昨日伺った時にお聞きした、義弘社長のところにしつこく電話して来た人物のことなのですが」

「えっ、そしたら、高槻にその人物がおったんですか？」

松江はごく素朴に訊いている。その様子からは何か変わったことがあったという印象は受けない。浅見は出端を挫かれたような気がした。

「そうではないのですが、じつは藤白神社の竹内さんが、今日の午後、神社の境内にそれらしい男がいるのを見かけたと言っているのです」

「ほうっ……竹内さんいうと、あの美人の巫女さんでっか。ていうと彼女はその男のことを知ってるんやろか」

「いえ、じつを言えば、鈴木社長と電話で話した男が、はたして彼女が見た男と同一人物かどうかは分からないのですが……」

「ふーん、そうですか」

「それでですね、その人物は、もしかしたら松江さんのところに現れたのではないかと思ったのですが」

「いや、私は知りませんねえ。もし行くんやったら鈴木さんのお宅でしょう。奥さんが何か知ってはるかもしれん」

「奥さんは見ていないそうです」

「ああ、もう訊かれたんですか。しかし、巫女さんの言うことがほんまやったら、その男はどこへ何しに来たんやろね」

「目的として考えられるのは、義弘さんのところに執拗な電話をしてきたという事実から言って、いまのところ、鈴木さん名義の土地の譲渡に関することが想像されるのですが。だとすると当然、八紘昭建のほうか、松江さんを訪ねて行きそうなものです」

「いや、あれ以来、それらしい男からの電話はありませんよ。かりになんぼ言うてきたかて、そんなもん、私なんか関係ありません。社長が亡くなってしもた以上、社長の奥さんが認めへんかぎり無駄なこっちゃ。だいたいそういう土地があるかどうかも分かってへんのやしねえ。それとも、他に何か目的があるんとちゃうやろか?」

三千恵が目撃したと言っていたにもかかわらず、松江は怪しい男の出現をまったくなかったことにしている。結局、それ以上には追及するすべはなかった。松江が男と一緒にいるところを三千恵が目撃したとは言えない。

「その男が鈴木家の界隈に出没しているとしたら、ちょっと不気味な感じがします。もし連絡でもあったら、知らせてください」

浅見はそう言って電話を切った。それから三千恵に電話をかけて、その話を伝えた。

「えーっ、松江さん、知らん言うてはるんですか?」

話を聞いたとたん、三千恵は憤慨した。

「そんなはずはないですよ。その男と一緒におるのをこの目でちゃんと見たんやから。何でそんな嘘をつくんやろか。それやったら、私が浅見さんに嘘をついたいうことになるやないですか。そんなん、天地神明に誓ってありませんからね」

「ははは、僕はあなたを信じてますよ。しかし、それにしても、竹内さんが言うとおり、松江さんはなぜそんな嘘をつかなければならないのか不思議ですねえ」

「ほんま、そうですよねえ。あの男に唆《そその》かされて、何か悪いこと企《たくら》んでるんと違《ちご》たらええんですけど……」

得体の知れぬ男と、松江の怪しげな言動に不安を感じるのか、語尾が掠れている。

すっかり長電話になってしまった。浅見と三千惠のやり取りを、ビールを片手に脇で聞いていた鳥羽は、浅見が電話を切るのを待ちかねたように首を伸ばした。

「三千惠ちゃんに、何かあるんですか？」

「いま聞いたとおりだ。鈴木屋敷に現れた男を、彼女が見かけたと言っているのに、松江氏は知らないと言う。義弘社長に執拗な電話をかけてきた男と同一人物かどうかは断定できないが、もし同じ人物だとして、そして竹内さんの見間違いでなければ、松江氏と竹内さんのどちらかが嘘をついていることになる」

「そんな、三千惠ちゃんが嘘をつくはずはないです。かりにも彼女は神に仕える巫女さんですよ。しかも神殿の中にいて嘘はつかないでしょう」

「ははは、彼女も天地神明に誓ってと言っているから、嘘をついてるとは思わないが。しかし、神様はともかく、巫女さんにだって見間違いや勘違いはあるだろう」

「いや、それはない、絶対にないですよ」

鳥羽はビールのせいばかりでなく、顔を真っ赤にしてむきになっている。

「彼女の視力は2・0ですからね。しかし、先輩がそんな風に言うのなら、念のため彼女に確かめてみます」

そう言うと、浅見が制止する間もなく、スマホを摑んで部屋を出た。さすがに先輩に遠慮するのか、店の入口近くまで離れて行って電話している。何をどう話したのか、しばらくすると意気揚々と戻って来た。

「やっぱり彼女は嘘を言ってませんよ。それに断じて見間違いではないそうです。浅見さんはなぜ信じてくれないのかって、悔しがっていました。したがって、八紘昭建の松江氏が嘘をついてるってことになりますね」

「そうか、おれの面目は丸潰れっていうわけだな」

浅見はわざと拗《す》ねて見せた。

「あ、いや、そういうわけじゃなくて、浅見先輩が心配しているってことを言っておきましたから、気を悪くしないでください」

そんな調子で三千惠にも低姿勢を貫いたに違いない。浅見は「ははは」と笑ってから席を立った。

「そろそろ引き揚げようか。早く義麿さんのノートを読みたいし、それに、おまえさんも明日は早いんじゃないのか」

さっさと歩き出すと、鳥羽はビールを飲み残したまま、慌ててついて来た。

大毎新聞田辺通信部に戻ると、鳥羽はまず牛馬童子の首を押入れの奥に安置した。ビールをかなり飲んだ筈《はず》だが、肝心なところはさすがに締めている。浅見が義麿ノートに取りかかるのを横目に見ながら、手早く風呂の支度をするのも偉いものである。

義麿ノートの栞《しおり》を挟んでおいた読みさしの箇所は、まさに但馬館長との話に出た昭和九年のタイミングだったから、その不思議な符合に改めて驚いた。

京都大学の森高教授に押しかけ弟子のように張りついて、阿武山地震観測所の工事の様子を傍観する「義麿少年」の視点で、当時の経過が綴られている。荒くれ男揃いの作業現場で、竹さんという田辺出身の人夫頭に「坊ちゃん、坊ちゃん」と可愛がられながらの、いかにも楽しげな勉学の日々である。

そこまで読んだところで、「牛馬童子の首発見」の騒ぎが起きたのだった。

義麿ノートの記述によると、「昭和九年四月二十二日」にその「事件」が起きている。阿武山の山腹を掘り進めている作業員が、監督者である「竹さん」のところに転げるように飛んで来た。「化け物が出た！」と言うのである。読みながら、浅見はまるでホラー小説かミステリーを読んでいるように引き込まれていった。

人夫の報告を聞いて、竹さんはすぐに思ひ當たつたやうだ。その工事現場は前日、竹さん自身がツルハシを振つて作業に當たつてゐて、それまでの黏土《ねんど》質の土壌とは違ふ、岩盤状の手應《てごた》へに阻まれ、いつたん作業を中斷したところだつた。

いったい何が起こったのだろう？　と浅見は興味津々だ。それを誘うように、ノートにはドラマのような進行が綴られている。

昨日、竹さんは「縦坑の向きを變へるわけにはいかんやろか」と森高先生の指示を求

めたけれど、先生は「そりやだめだよ」とはねつけた。そのため、竹さんは仕方なく作業を續行するやう部下に指示したさうだ。

義麿少年は森高先生に遠慮したのか、それに對する批判めいたことは書いていないが、どうやら予兆はすでに前日の時点であったということのようだ。

竹さんの話によると、不審を感じたのは、そこら邊《あた》りはまだ作業に掛かつてゐないはずの場所であるにもかかはらず、すでに何やら人の手が入つてゐるやうな痕跡があつたからである。さうして竹さんのその不吉な豫感は的中。つひに化け物が出たのだ。

その時、僕は普段どほり、森高先生の身邊で、お茶汲《く》みをしたり、周邊の片付けをしたりの雜事をこなしてゐた。「化け物」が出たといふ報告を受けて、僕は先生より先に走り出してゐた。先生は走るのが苦手のやうに思へたので、一刻も早く何事が起きたのかをこの目で見なければならないと思つた。竹さんを追ひ越すやうな勢ひで走つて、「現場」に驅けつけた。

ノートに書かれた義麿の素早い動きが、現場の慌ただしさを伝えている。

竹さんの肩越しに見ると、地面から朦朧《もうろう》と煙が噴き上がつてゐた。煙は人間のやうな姿をした物體《ぶつたい》に見える。人夫たちが「化け物」と思つたのも當然だ。得體は知れないが、地中に溜まつてゐたガス狀の物質ではないだらうか。僕が驅けつけた時點《じてん》ではすでに多少、煙が薄らいでゐたと考へられる。

従つて、人夫たちが見た時は等身大の、もつと薄氣味の悪い形状をしてゐたかもしれない。見様によつては確かに「化け物」と言へる。噴出したガスがどのやうな性質のものなのかは不明だが、異様な腐敗臭が襲つてきた。

ノートの記述を読んで感心するのは、まだ子供のような年齢の義麿が、ごく冷静に状況を見据えていたことである。

この邊りは荒木一族が葬り去られた巨大な「墓地」であると森高先生からお聞きしてゐる。さういふ豫備知識があるせゐか、掘つたばかりの穴の底から、ただの濕氣《しつけ》や黴《かび》臭さとは異なる、言はば妄執のやうな得體の知れぬ氣配が立ちのぼるのを肌で感じた。

読んでいる浅見のほうにまで、背筋がゾクゾクするような気配が忍び寄る。義麿少年はまだしも好奇心に背を押されて現場に留まっているが、素朴な迷信に震えおののく作業員たちはそうはいかなかったのだろう。

僕は手拭ひで口を覆つて噴氣孔に近づき、シヨベルで掘つてみた。噴氣は止んでゐたが臭氣は漂つてゐる。竹さんが
「坊ちやん、やめときよし」

と言つてシヨベルを取り上げ、自分で穴掘りを始めた。その時になつてやうやく森高先生がやつて來られて
「何だこの臭ひは」

と顔を顰《しか》められた。

「メタンガスではないでせうか」

と言ふと
「いや、さうではない。これは明らかに墓場の臭ひだ」

と仰言《おつしや》る。その途端、竹さんが掘つてゐた穴の口が廣がり、土煙が収まるとぼんやり中の様子が見えた。薄暗い穴の底に箱状の物が見える。

恐らくその穴の中を義麿は覗き込んだに違いない――と思った時、背後から鳥羽が「先輩」と声をかけたから、浅見はギョッとして腰が浮き上がった。

「風呂が沸きました」

「脅かすなよ。いま面白くなってきたところなんだから」

「何がそんなに面白いんですか？」

「読んでみれば分かるさ。ひと言では説明できないが、得体の知れない墓穴を掘りあてたらしい」

「なあんだ、義麿さんの日記だと思っていたら、ミステリーか何かなんですか」

「そんなものよりはるかに面白い。おれが風呂を浴びてるあいだに、読んだらいい」

浅見は言い置いて腰を上げた。

浅見は風呂は嫌いではないが、心が急《せ》いてのんびり湯船に浸かっている気分ではなかった。シャンプーもそこそこに湯から上がって部屋に戻ると、鳥羽は柿の種をつまみにビールを飲んでいた。

「あれっ、もう出たんですか？」

迷惑そうな口ぶりだ。

「何だ、ノートは読まないのか」

「ええ、ちょこっと目を通したけど、あまり面白そうじゃないですね。後は先輩にお任せしますよ。隣に布団を敷いておきました」

飲みかけの缶ビールを手に、さっさとバスルームへ向かった。

「まったく向学心のかけらもないやつだな」

背中に毒づいたが無視された。

浅見は寝床に入ると枕元に電気スタンドを置いて、早速ノートを開いた。

先生は
「これは墓だな」

とたちどころに仰言った。

「それも當然ながら土葬の死體が埋められた墓地の跡地と考へられる。しかも年代はかなり古く、ことによると古代王朝にまで遡るかもしれぬ」

僕は驚いてお尋ねした。

「もしさうだとしますと、天子の古墳の可能性があるのでせうか」

「さてな、そこまではわしには分からんが、かなり身分の高い人物の墓ではないかな。それにしてもこの石組みの歪みは何だらう。これほどしつかり作られた物が、ここまで變形《へんけい》する力を受けたのを見ると、大きな地震があつたことを想像させる。それがいつ頃でどれほどの規模であつたかを知るのが、我々科學者にとつては重要な問題だ」

ノートを読んでいる浅見は、「化け物」のほうにばかり気を取られ、人夫たちと同じように怯えていたのだが、さすが地震学者だけあって、目のつけどころが違う——と感心させられた。

「おそらくこの付近一帯のどこかで震度六以上の地震が發生してゐたと考へることができる。想定されるのは文祿五年に起きた伏見地震邊《あつし》りの可能性が強い。京都南部の被害が甚大で、伏見城の天守が大破し、石垣が崩れ、壓死者が多數出た災害であつた」

森高先生のお話をお聞きして、僕は（さういへば——）と思ひついた。

（ひよつとすると、今城塚のうちの地所の藪の中にある地滑り跡が、その時に出來た物かもしれない——）

門前の小僧——とはいえ、義麿もやはり地震学者の卵的な素質を持っていたのだろう。彼の着想はやがて確かめられることになるのだが、それははるか六十年以上もの歳月を経過した後のことだ。

穴の中はどんよりと暗く、底知れぬほど深く感じられる。しかし、目が慣れてくると、穴の深さが實際は思つたほどではなく、少し無理をすれば手の屆きさうな所に箱らしき物があるのが分かる。

「一體、この墓地の被葬者は何者かな？」

先生が仰言つた。

「もつと掘つてみませうか」

竹さんが進言して、先生はしばらく思案なさつた後、默つて頷かれた。

穴の周邊から土が零《こぼ》れ落ちるので、竹さんに協力して僕が周りの土を除《よ》けながら、注意して穴を廣げた。

竹さん以外の人夫たちは、全員が浮足立つて遠巻きに眺めてゐるだけだ。森高先生がご指示なさつても、笛吹けど踊らずで近寄る者はまつたくゐない。

實を言ふと僕も先生の聲音《こわね》に、いつもとは異なる氣配があるのを感じてゐた。

これは義麿の正直な感想だつたのだらう。「墓地」の異變騒ぎには冷靜さを見せていた森高教授ですら、いざ口を開いた「墓」の底にある物に対しては、漠然と畏れを抱いていたふしのあることを、忠実な弟子としても密かに感じていたようだ。

まして、いったん「亡霊」の姿を見てしまった人夫が怯えるのは無理もない。

竹さんがいくら督勵《とくれい》しても、人夫たちは誰一人として現場に近づかうとしない。最後

は仕方なく、森高先生自らがショベルを手にされるのを見て、竹さんが
「先生、そんなことはせんといてよ」

と泣きさうな聲で言つた。

「さうか、判《わか》つた。しかし十分に注意して掘つてくれたまへ」

先生は穴に周りの土が崩れ落ちるのを、氣掛かりさうにご覽になられた。

そこはまだ、表面の土を僅《わず》か二尺ばかりを掘つたに過ぎない狀態だつた。掻き退《の》けられた土の下から、瓦礫《がれき》を敷き詰めたやうな、全く別の地層が現れ、その中央に開いた小さな穴から、先刻のガスが噴き出してゐたのだ。

竹さんが穴の縁に入れたショベルを動かすと、ドサッといふ音と共に縁の部分が崩れ、穴の面積が廣がつた。

「おい、氣をつけたまへ」

と先生が大きな聲で叱つたが、それより先に竹さんは腰を抜かしてゐた。

僕と先生が覗き込むと、目の前に暗黒の穴がポッカリ、大きな口を開けてゐた。

やうやく氣を取り直した竹さんが、穴の底にショベルを伸ばし、堆積してゐる瓦礫を取り除くと、赤黑つぽい長方形の物體が見えてゐる。周圍の壁は瓦を漆喰で固めた石室を思はせる。

「おお、これはまさしく石棺に違ひない」

先生が興奮した様子で仰言つた。長方形の物は漆塗りを施した柩で、石室全體が石棺だと仰言る。

「棺の中を開けて見ることは出來ないか」

先生が仰言つて、竹さんは恐る恐る石室に足を下ろし棺の脇に立つた。石室の深さは四尺ばかり。覗き込むと吹き上がる空氣はひんやりして、思はず背筋が震へたが、想像したより濕氣は少ない。棺の保存がよいのはそのためなのかもしれない。

「坊ちやんバケツを取つてくれんかね」

竹さんが穴から半身を出して、少し離れた所に轉《ころ》がつてゐるバケツを指差した。石室に落ち込んだ瓦礫を取り除くつもりだ。その時になつてやうやく人夫が一人二人と戻つて來た。しかしまだ石室に下りる度胸はないらしい。仕方がないので、僕が竹さんの横に竝《なら》んで、瓦礫の運び出しを手傳つた。

棺の蓋に零れた瓦礫を取り除いて、いよいよ蓋を開けることになつた。

「先生、やつぱり、開けんとあかんかね」

日頃は膽《きも》が据わつてゐるやうに見える竹さんが、ここに至つて腰が引けてゐる。

「ああ、やつてくれんか」

森高先生が頭の上で腕組みをしてゐるのを見て、僕は

「やらうよ、竹さん」

と勵《はげ》ました。

「さうかね、坊ちやんは怖くないんかい」

「いや、僕かて怖いけど、相手は死んだ人なんやから、何もせんやろ」

「それはまあさうやけどなあ」

天井部分の穴は開いてゐるが、穴自體はあまり廣くないので、背中を丸めてゐないと頭が支へてしまふ。上からの壓迫感《あつぱく》ばかりでなく、前後左右の石壁がたえずひしひしと迫つてくるやうな錯覺があつて、この場にゐるだけでも恐ろしい。

それに目の下に横たはる赤黒い棺のどつしりした重量感に壓倒《あつとう》される。

「早くしたまへ」

先生の叱咤《しつた》が神の聲のやうに聞こえて、機械人形のやうに手足が動いた。僕は手持ち無沙汰だが、竹さんは腰の道具入れから金槌《かなづち》を取り出した。金槌の先の尖つたはうで棺の蓋をこじ開けるつもりのやうだ。

竹さんが金槌を押し下げると、棺の蓋の隙間がギイッと鳴つた。その瞬間、僕は無意識に目を瞑《つぶ》つてしまつた。そこからまた、亡者の妄執のやうな煙が噴き出すのではないかと恐れた。

背後でギィーッと扉がきしんだと思ったら、頭の上から「先輩、お休みなさい」と鳥羽の声が襲ってきた。浅見は危うく「南無阿弥陀仏」と唱えそうになった。

「ばか、脅かすなって！」

反射的に怒鳴りつけた。

「はあ？　何を怒ってるんですか？」

「いや、怒ってるわけじゃない。いま、このノートに引き込まれて、脇から邪魔されたくないんだ」

「すみませんでした。それじゃ、僕、寝ますから。明日は早いんで。先輩も葬儀には出てくださいよ」

「おい、おれは行かないって何度言えば……」

言いかけた時には、鳥羽はドアの向こうに消えていた。時計を見ると、とっくに零時を過ぎている。風呂に入って眠気は覚めたが、疲労感は否定できない。ノートの続きも気になるが、ひょっとすると明日は東京に引き揚げることになるかもしれない。

浅見はノートの中身――というより棺の中身を知りたい欲求に目を瞑って、スタンドのスイッチを切った。いったい何が現れるのかという興味は夢の中まで引きずった。

夢に出てきたのはやはり大津皇子の恐怖のモノローグであった。「した　した　した」と石壁を伝い落ちる液体の音が、ヌメヌメとしたナメクジのように這い下りてくる。

ナメクジの這う音が次第に高まってきて、最後はドドーッと連続的になった。辺り一面に薄気味の悪い飛沫《ひまつ》が飛び散る。

浅見はたまらずに逃げ出そうとしたが、足が思うように進まない。ドドーッという音はいよいよ接近してくる。大量のナメクジに飲み込まれそうになったところで目が覚めた。ドドーッの水音は台所の流しから聞こえてくるらしい。

カーテンの隙間からは朝の光が差し込んでいる。時計を見ると八時を回ったばかりだ。浅見にとっては真夜中である。

「おい、鳥羽よ、もう起きたのか？」

ドア越しに呼びかけてみた。

「あ、先輩、早いですね。いまコーヒー沸かしますから、そろそろ支度してください」

「冗談じゃないよ。おれの朝食は九時過ぎって決まってるんだ」

「今日はだめです。十時までには市役所へ牛馬童子の首を届けなきゃならないんだから。警察も来て待機してるはずです」

「そうか、そいつはご苦労なことだ。じゃあ行ってこい、おれは昼まで寝てるからな」

「だめですって、先輩も一緒に行ってくださいよ。田辺署の馬島っていう刑事は、結構うるさい男で、ちゃんと説明してやらないと、事情聴取をえんえんやられかねない」

コーヒーの香りに誘惑されたわけではないが、浅見はのそのそと起き上がった。気づかなかったのだが、いつの間に用意したのか、テーブルの上にはトーストと目玉焼きが載っていた。お手伝いの須美子が作ってくれる朝食のメニューと変わりない。

「おい、その馬島という刑事だが、他の刑事とは違うのか？」

「ああ、違うと思いますよ。見た目には頼り無い感じだけど、事柄に対する態度が他の刑事連中とは違うな。少なくとも僕の言ったことに鋭く突っ込みを入れてくるのは、馬島刑事くらいのもんです」

「ふーん、何か突っ込まれるようなことを言ったのか」

浅見はコーヒーを啜《すす》って訊いた。インスタントにしてはそれなりに飲める。

「ええ、例の牛馬童子の像の事件の時に、犯人には牛馬童子に対する強い思い入れがあるんじゃないか、それもただの転売目的や好きだとか所有欲や怨恨ではなくて、やっかみみたいなものとか……そう言ったら、そんなことはむやみに言わないほうがいい、差し障りがあるとクギを刺されました」

「なるほど、差し障りとは、牛馬童子の恩恵に浴さない観光業者だとか、土産物店なんかのことを言ってるんだな」

「あ、分かりますか。さすが先輩」

「ばか、そのくらい誰でも分かる」

「すみません。そういえば、馬島刑事も僕から指摘される前に、そんなことは万事承知していたみたいなんですよね」

「なるほど……しかし、その牛馬童子が遥か遠い高槻で発見されたと知って、どういう反応を見せるかな？」

「そこですよ、何て言いますかね。先輩もちょっと興味を惹かれませんか」

「ふん、そうやっておれの鼻面にニンジンを突きつけたつもりなんだろう。しかし確かに面白そうではある」

浅見は気が変わった。義磨ノートの先行きは大いに気になるが、牛馬童子像盗難事件の原点に立ち返ってみるのも悪くない。

思い返すと、熊野古道には忘れがたい記憶があった。軽井沢の作家と一緒に熊野古道を走り、龍神温泉の上御殿に泊まったのは何年前か、そんな懐かしい思い出が浮かんで、東京へ帰る気分も薄れてしまった。

田辺市役所に着いたのは約束の午前十時にはまだ間があったが、市役所側は市長をはじめ関係部署のスタッフが揃って出迎えた。地元にとって牛馬童子像の存在がいかに重いか改めて知ることになり、浅見はスーツの持ち合わせがなかったことを悔やんだ。

牛馬童子の首の受け渡しは市長室に隣接する会議室で行われた。骨箱のような四角い形の風呂敷包みを、鳥羽がうやうやしく差し出し、市長が受け取って居並ぶ職員たちから拍手が起きた。その模様を報道各社のカメラマンが取材している。浅見も鳥羽に頼まれ、大毎新聞社のカメラマンに成り済まして何度もシャッターを切った。

それから改めてテーブルの上で包みが開かれ、木箱の中から牛馬童子の首が取り出された。盛大な授受式の割には、高さ十センチほどのこぢんまりした首がもの淋しいが、それでも市長は「おおっ」と感動の声を発し、ふたたび拍手が沸き起こった。

受け渡しが完了すると、市長が退席し職員たちも思い思いに引き揚げた。残ったメディア関係者が鳥羽に「発見」の経緯を取材している。発見者本人ではないが、鳥羽も心得て要領よく応対した。

取材が終わると、記者たちの後ろに控えていた男が前に出て来た。鳥羽が「やあ、どうも」と挨拶して、浅見に「田辺署の馬島さんです」と紹介した。鳥羽が言っていたとおり頼りない印象の中年男だ。

浅見は「フリーのルポライターをやってる浅見です」と名乗り、名刺を渡した。

「ふーん、東京からわざわざ取材に来たんですか。大した事件でもないのになあ」

「いえ、そんなことはありませんよ。牛馬童子の首が盗まれたことそのものは、いたずらかそれとも小さな窃盗事件のように見えて、じつはその背景に何か大きな理由が隠れているんじゃないでしょうか」

「ほうっ、隠れた理由ですか」

馬島はジロリと浅見を見た。

「どんな理由があるんやろ？」

「分かりませんが、そうでもなければ、遠く離れた高槻まで棄《す》てに行かないでしょう」

「あんた……えーと、浅見さんでしたか。あんたも高槻へ行ったんかね？」

「ええ、行きました。牛馬童子の首が発見された『いましろ大王の杜』を見て来ました」

「そうか、鳥羽さんと一緒に高槻に行ったいうのはあんたやったんですか。いや、けさ一番でうちの若い者が高槻市の今城塚古代歴史館いうところへ聞き込みに行って、そこの受付の女性から聞いた話やと、昨日館長さんのところに大毎新聞の鳥羽さんと男の人が来てたと言うてたそうや」

「あ、そうでしたか、それじゃ昨夜のうちに報告すればよかったですね。それはお気の毒なことをしました」

「お気の毒って……」

馬島は忌《い》ま忌ましそうに首を振った。

「まあ、そのことはええけど、高槻へ行ってみて、牛馬童子の首事件に関して何か分かったことがあったんですか？」

「その前に」と、浅見は舌なめずりをしてから言った。

「馬島さんは大阪の天満橋署管内で殺人事件があったのはご存じですか？」

「ああ、八軒家殺人事件のことやったらもちろん知ってます。あっちは大阪府警所轄の事件だけど、被害者は海南市の人やし」

「それに、田辺市役所の鈴木さんのご亭主です」

鳥羽が脇から口を出して補足した。

「そうやな、それを聞いてびっくりしたが、大阪府警のほうから鈴木さんのところに事情聴取が来てるはずや。その結果がどうやったんかは知らん。鳥羽さん、あんたは彼女と親しいんやから、何か聞いてへんか？」

「いや、親しくさせてもらっているからと言っても、事件の真相に関するようなことは何も聞いてませんよ。しかし、何とか力になってあげられたらとは思っています。それで浅見さんに来てもらったんです」

「ん？　それはどういうわけやね？　浅見さんも鈴木さんと知り合いなんか？」

「いいえ、僕は今回が初対面です」

「じつはですね」と鳥羽が言った。

「浅見先輩はフリーのルポライターですが、それは世を忍ぶ仮の姿で、その実体は名探偵なんですよ」

浅見が慌てて「おい、やめろ」と言う間がなかった。

「へえーっ、名探偵さんやて」

思ったとおり、馬島は苦笑いした。多分に（嘘だろう――）と軽んじる気配を感じさせる顔つきだ。

「本当ですよ」と鳥羽はむきになった。

「これまでにもいくつもの難事件を解決しているんですから」

「いい加減にしろって。本職の刑事さんにそんなつまらないことを言うな」

浅見は顔が赤くなった。馬島がいなければすんでのこと、怒鳴りつけるところだ。

「いやいや、事件捜査に本職も何もあらへんで。名探偵さんやったら警察に協力してもうたらええやないか。こっちの牛馬童子の盗難事件も、何か気いついたことがあったら教えてください」

本気とも受け取れる言い方だが、切って返すように訊問口調になって、「そうや、鳥羽さん。さっき記者の皆さんに言うとった話やけど、もう一回聞かせてもらえんやろか」と言った。

「えっ、もう一回ですか？　さっき説明したとおりなんだけど」

「それでももう一回聞きたいんや。刑事がしつこいのはあんたかて知っとるやろ」

「それは分かりますが。しかし、僕はこれから海南市へ行って、鈴木さんのところのお葬式に顔を出さなければならないんで……あ、そうだ。それじゃ、詳しいことは浅見先輩に聞いてくれませんか。先輩のほうが事情をよく知ってますから」

「おい、おれも葬儀に出なくていいのか」

浅見は慌てて言った。

「ええ、出てもらいたかったけど、馬島部長刑事から言われたんじゃやむを得ません。それに、先輩は義麿さんのノートを読まなければならないでしょう」

こっちの痛いところを突いて、鳥羽は「じゃあ先輩、後はよろしくお願いします」と会議室から脱出した。（あの野郎――）と思ったが仕方がない。

その後、馬島は市役所の会議室に居すわったまま、ジクジクと事情聴取を始めた。浅見も鳥羽も明言したわけではないのだが、牛馬童子の首と高槻がどう結びつくのか、何かそこにわけがありそうだと、刑事特有の勘のようなものが働いたのかもしれない。

「じつは、八軒家の事件が起きる前、殺された鈴木義弘さんのオフィスに男から電話があって、鈴木社長がかなり険悪な応対をしていたという事実があるのです」

浅見はついに腹を決めて言いだした。

「えっ、そんなことがあったんかい？」

案の定、馬島は目を剝いた。

「それやったら府警の捜査本部に教えてやらなあかん。あんた黙っとったんですか？」

「黙っているも何も、僕がそのことを知ったのは、つい一昨日ですからね。それに、僕が話さなくたって、捜査本部の刑事さんなら、当然、そういう聞き込みはしていると思いますが」

「それはどうやろなあ。いや、府警のほうかてきちんとやってると思う。思うけど、事情聴取されたほうがどういう答え方をしたかは分からんでしょう。ひょっとすると、隠しとったんかもしれん」

「まさか、隠していたとは思えません。隠す理由がないでしょう」

「さあなあ、それは何とも言えんが……それで、その電話して来た相手はどこの誰か聞いてますか？」

「それは残念ながら、社長室から洩れてくる会話を聞いたに過ぎませんから、まったく分からないそうです。ただ、会話の内容からどうやら不動産取引の話ではなかったか。それも大阪北部の高槻市辺りの土地に関係している可能性があるかもしれないという、その程度の憶測しかできませんでした」

その憶測に至るまでの経緯について、一通り解説しなければならなかった。

「ふーん……そこまで分かったあったら、どこの誰やいうのも調べがつくんと違うやろか。あんたどう思います？」

「さあ、それは分かりません。僕のような組織力も調査能力もないヘッポコ探偵の手に負える話ではありませんしね。後はそれこそ警察に任せるほかはないでしょう」

浅見としては精一杯の皮肉を込めて言ったつもりだが、馬島に通じたかどうかは分からない。

「それはまあそうやが……」と、馬島は微妙な表情を浮かべてから、ふと思いついたように言った。

「そうか、それであんた、牛馬童子の首を取りにわざわざ高槻へ行ったんかね」

「まあそういうことになります」

「その結果はどうやったんかな？　何か手掛かりはあったんですか？」

「手掛かりというと、牛馬童子の首ですか、八軒家の事件のほうですか？」

「ん？　それはどっちでもええけど。とどのつまりは両方ともに関係したある話と違いますか。あんたもさっき、牛馬童子をなんで高槻に捨てたんかが問題やみたいなことを言うとったやないですか」

「そうですね、そこから出発したほうがよさそうな気がしています」

「ふーん……そしたら、牛馬童子の首をなんで高槻へ捨てに行ったんか、そこらへんから聞かせてもらいましょうか」

「その前に」と浅見は言った。

「一つ確かめていただきたいのですが」

「はあ、何です？」

「牛馬童子の首が盗まれたのは今回が初めてではないのではないかということです」

「えっ、ほんまやろか？　私は何も聞いてないんやけど、そんなことがあったんですか？」

「僕も知りません」

「えっ、知らんて……浅見さんも知らんのですか？　そしたら、どこらあたりからそんなことを言うんです？」

「さっき、牛馬童子の首を見せてもらった時に、首筋にもう一つ小さな切り傷がありました。つまり、縊死《いし》の場合だと索条痕《さくじょうこん》が二ヵ所あるようなものです。自殺に見せかけて絞殺したのと同じケースですね」

「えーっ、ほんまやろか？」

「僕にはそう見えました。それも最近ではなく、かなり古い傷痕に思えます。しかし、ひょっとすると、今回の盗難の際につけられたものかもしれません。そのことを確かめていただきたいのです」

馬島は口をポカンと開けて、しばらく信じられないような目を向けていたが、しきりに首を振った後、「ちょっと待っといてください」と諦めたように部屋を出て行った。

馬島が戻って来るまで、それから二十分は待たされた。

部屋に入って来るなり、馬島は「驚きましたなあ」と、むしろ嘆かわしそうな口ぶりで言った。

「浅見さんが言うたとおりや。いや、目黒さんいう担当の職員の人から聞いたんやけど、最初は傷が二つあるんかどうかも気いつかんかった言うてました。しかし、改めて確認してみると、そう言われたらノコギリで挽いたような傷痕が二筋あるんやそうです」

「それはいつ頃ついた傷痕か、分かりませんかね？」

「そのことはちゃんと確認せんと何とも言えん、いうことです」

「その確認は急いでやっていただくわけにはいかないんですか？」

「いや、むろん警察としても出来るだけ早《はよ》うやってもらいたいとは言いました。しかし、上司の人に相談したり、専門家に訊いたりせなあかんし、いますぐいうわけにはいかんでしょう」

「そんな悠長なことを……せめてここ一、二年とか、もっと古い傷だとか、その程度のことも分からないのでしょうか？　ことは牛馬童子の首盗難事件だけではなく、八軒家の殺人事件にも関わっているのかもしれないのですが」

浅見は焦れて、思わず声が大きくなった。その剣幕に驚いたのか、馬島も「ちょっと待っといてくださいよ」と慌ただしく部屋を出て行った。

それからまた十分近くも待たされ、馬島は「担当」と言っていた職員を連れて戻って来た。職員の名は目黒出。「イズルと読みます」と名刺を出しながら自己紹介した。名刺には「商工観光課　係長」の肩書があった。老成した感じを受けるが、三十代後半から四十歳ぐらい——浅見より少し年長だろうか。

「馬島さんに言われて正直、びっくりしました。確かに牛馬童子の首、というか首を切られた本体のほうと合わせて、少しずれて二ヵ所の、どっちもノコギリで挽かれたと思われる傷痕が見られます」

「そしたら、以前にも壊されたことがあったんか。それはいつ頃のことやろ?」

馬島が急き込んで訊いた。

「いま、事情を知ってる者に聞いたんですが、おっしゃるように、牛馬童子は過去にも災難に遭《お》うたあるとのことです。最も記憶に新しいものでは、十五年ばかり前に、やはり今回のように首を切られ、盗まれたいう事件があったそうです。もう一つのノコギリによる傷痕はたぶんその際に出来たもんやないか、思われます」

「それで、盗まれた首はどうなったんや?」

「その時は盗まれてから間もなく、滝尻王子のバス停で、待合所に放置されたあるのが見つかりました」

「滝尻王子って言うたら、牛馬童子像のある箸折峠から、熊野古道をほんの十キロばかり下ったとこやないですか」

「そうです。たまたまバスを利用しようとしてたお年寄りが見つけて、届けてくれたと聞いてます。私はまだ役所に採用されたばかりの見習いでした」

「ああ、十五年前いうたら、私かて刑事課勤務になったばかりやな。和歌山署でこき使われとった頃の話や」

馬島は懐かしそうな顔をした。

「その時は首はどうなったんですか？」

刑事の感傷を無視して浅見が訊いた。

「詳しいことは知りませんが、応急的な修理を施して、首を元のところにくっつけたみたいです。ずいぶん難しかったんやけど、何とか復元して、現在まで至ったいうことです」

「犯人は何者やろ？」

馬島は刑事の顔に戻った。

「いや、それはまだ分かってへんのと違いますか。私らよりむしろ警察のほうが知ってると思いますが」

「そう言われると立場がないけど、しかしどうやろう、署内に十五年も昔のことを覚えとる者がおるやろか。大抵は異動したあるから……今回の事件の時も、誰もそんな話をせんかったもんな」

「十五年前というと、鈴木真代さんはどうしてたんでしょうかね」

浅見がふと思って言った。

「その頃はすでに市役所に勤めてたんじゃないでしょうか」

「あ、そういえば鈴木さんは確か、その頃から教育行政のほうに関わってたんやろうかと思います。もしかするとその当時の事情に詳しいかもしれません」

目黒は「訊いてみます」と言って、部屋の隅にある庁内電話に向かった。

「あっ、鈴木さんは今日はお休みですよ」

浅見が慌てて言った。

「ご主人のお葬式ですから」

「えっ、そうやったんですか？」

目黒は知らなかったようだ。「そういえば鈴木さんは大変な目に遭われたんやし」といまさらのように深刻な顔になった。

「ご主人が殺人事件の被害者になるなんて、いったい何があったんやろ？　あんなに仲睦まじいご夫妻やったのに……」

そう嘆いた言葉に続けて、「牛馬童子像のほうはとりあえず首が返ってきたからええけど、そっちの殺人事件のほうはどうなってるんですか？」と矛先を馬島に向けた。

「さあねえ、あれは大阪府警の管轄やから、私はさっぱり分からんが」

馬島は思い切り顔をしかめた。

「そんなことより目黒さん、浅見さんが言うた十五年前の盗難事件の詳細を知ってる人は誰なんか、調べてくれませんか」

目黒は「分かりました」と部屋を出て行ったが、自信がある様子には見えなかった。

「ところで、鈴木さんのところのお葬式は順調に進んでいるんですかねえ」

浅見は壁にかかっている時計を見上げて、独り言のように言った。

「ははは、浅見さんは牛馬童子より、そっちのほうが気になるみたいやなあ」

馬島はあまり面白くなさそうだ。

「ええ、気になります。葬儀には当然、鈴木さんの親族や会社関係の人たちが参列するでしょうから、その中には八軒家事件の関係者も顔を出すかもしれません」

「なるほど……それは確かにありやね。そのこと、府警の連中は分かっとるんやろか」

「もちろん分かっていて、万事遺漏ないと思いますけど……しかし、本当に大丈夫なのか心配ではありますね」

葬儀は十一時からと聞いている。神式の葬儀がどれほどの時間を要するのかは知らないが、式は昼前には終わって、直会《なおらい》の昼食が出たりするのだろうか。浅見は時間を見計らって鳥羽に連絡を入れるつもりだ。

これから署に戻るという馬島と別れて、浅見はひとまず大毎田辺通信部に引き揚げた。鳥羽から預かったキーで建物に入ると、ひんやりした空気が漂っていた。こういう人けのない雰囲気は苦手だが、独りで調べ物をするにはいい環境でもある。

浅見は早速義磨ノートを広げて、読みさしになっているページを開いた。

話は「竹さん」が棺の蓋をこじ開けるところまでだった。

竹さんが金槌を押し下げると、棺の蓋の隙間がギイツと鳴った。その瞬間、僕は無意識に目を瞑ってしまった。そこからまた、亡者の妄執のやうな煙が噴き出すのではないかと恐れた。

そう書いてある。

これは義磨の正直な述懐に違いない。おっかなびっくりの様子が分かる。

浅見もこの手の状況は苦手だ。テレビでホラー映画を見ていて（ここで何かが出現するのだろうな——）という場面では、その寸前で視線を逸《そ》らし、心理的に耳を塞《ふさ》ぐ。その結果、肝心なところを見ないことになる。案の定その後、事態は予想どおりの展開に進んでゆく。

蓋は開いたが、天井が低くて、隙間は大きくは廣げられない。竹さんは一生懸命、蓋を持ち上げやうとするのだが中がどうなってゐるのかはほとんど見えない。

僕は懐中電燈を持って、竹さんの肩越しに照らした。僅かな隙間から眞っ暗な中に何かがあるのが見えたやうだ。とたんに竹さんは「ぎやっ」と言って引っ繰り返った。よほど恐ろしい物が見えたに違ひない。

僕は竹さんの背中にしがみつくやうにして中を覗き込んでみた。眞っ暗闇に人影のや

うな黒い物が見え、そこにキラキラ光る物がちりばめられてゐた。懐中電燈を動かすにつれて、光る物が生きてゐるかのやうに瞬《まばた》きをした。

　僕も竹さんと同じやうに「ぎやつ」と悲鳴を上げた。

「どうしたのか、何があつたのか？」

と背後から森高先生が叱つて、僕の手にある懐中電燈を取り上げた。

「死體が横たはつてゐるな」

　棺の中をご覧になつた先生は、落ち着いた口調でさう言はれた。日頃から地震災害の調査に慣れてをられるせゐか、先生には恐れる物など何もないかのやうであつた。

「恐らく木乃伊《ミイラ》化してゐると思はれるが、想定される年代の物としては、ほぼ完全な狀態ではないだらうか」

「誰の亡骸なのでせうか？」

　と僕はお尋ねした。

「それは分からぬが、ざつと見たところ、衣服以外に壺やら劍等の副葬品らしき物が見當たらないところを見ると、さほど高貴な人物ではないかもしれぬ。ただし、他に陪塚が存在する可能性はあるかもしれぬ。何はともあれ、考古學教授の山村君に知らせておいたはうがいいだらう」

先生はさう仰言つた。

先生はひとまづ事務所に戻られて、棺の傍らには僕と竹さんだけが殘つた。

先生は平然となさつておいでだつたが、二人きりになるとやはり恐ろしい。

「坊ちやん、先刻森高先生が言ひなさつたバイチヨウといふのは、何のことやろ？」

竹さんに聞かれて

「僕もよく知らないが、陪塚といふのは、故人の家臣などが殉死した場合、主人の墓の傍らに葬られた墓だと思ふ」

さう答えた。

「もしさうであるならば、主君の墓ではなくその陪塚に高價な副葬品を納める場合があるのださうだ。先生はそのことを仰言つたのではないだらうか」

「ふうん、さういふことなんか。そしたら、もしかするとあれがさうか知れん」

「あれとは？」

「奈《な》佐《さ》原《はら》池のことやけど」

「奈佐原池……そんな池があつたんか？」

「奈佐原いふのは高槻のこの邊りのことや。池いうても、小さな泉のやうなもんで、いまはそれも埋もれてしもて、野つ原みたいな所に築山があるだけやが、昔は魔物が住んでをつたいふ話が傳はつとつて、子供の頃は恐ろしがつたもんや」

「義麿ノート」がまたしても恐ろしげな話になったとたん、ケータイが鳴り出した。

「先輩、いま、どこですか？」

鳥羽の声だ。

「ああ、おまえさんの部屋にいるよ」

「よかった。じゃあ、市役所のほうは終わったんですね」

「うん、終わった。と言っても新しい問題が発生しているけどね」

「何ですか、新しい問題って？」

「いや、それはちょっとややこしいからまた話すよ。それより何か用なのか？」

「ええ、じつはこっちにも問題が発生した感じがあるんです」

「容疑者らしい男が現れたか？」

「そんなのは現れない代わりに、肝心な人物が現れないんです」

「肝心な人物とは？」

「じつは八紘昭建の松江氏が葬儀に姿を見せないんです」

「ふーん、それはどういうことだ。彼はいわば葬儀委員長みたいな存在じゃないのか」

「その筈ですよね。だから鈴木さんをはじめみんながおかしいって言いだしてます」

「何の連絡もないのか？」

「そのようです。僕は式には少し遅れたのですが、その時点で松江氏がまだ来ていないと言って、不満を漏らす声が聞こえてました。ケータイにも出ないし、自宅に電話しても留守みたいなんですよね」

「どういうことかな？　単純なすっぽかしとは考えられないだろう」

「ですよね。何か事故でもあったのかって、噂してました」

「そうだなあ、何もなければいいが……」

浅見は漠然と不吉な予感を抱いた。

「それで、葬儀のほうは終わったのか？」

「ええ、さっき終わって、皆さん直会の席のほうに移動したところで、僕もこれから、三千惠ちゃんと一緒に追いかけます。三千惠ちゃんの話によると市内で一番でかい料亭だそうで。そうそう、僕ははじめて知ったんですが、仏式のお清めと違って、神式の葬儀では精進料理じゃなくてもいいみたいですね。いわゆる神饌《しんせん》ていうんですか、神様へのお供えも鳥獣魚介、それに御神酒《おみき》まで何でもありでした。昼の会席とはいえ結構、豪華な昼飯になりそうで期待できます」

「おまえなあ……」

浅見は呆れて、嘆かわしそうに言った。

「そんな食い物のことはどうでもいいが、葬儀の模様はどんなだったんだ？　大阪府警の連中は来てたのか？」

「ああ、そっちですか。ええ、来てました。松永っていう部長刑事に会ったんで一応、挨拶しておきました。あいつ、鈴木さんの奥さんにはやけに親切だったのに、僕には愛想もなく辛辣《しんらつ》な事情聴取をしやがった。どうやらマスコミ関係者を毛嫌いしてるみたいです。先輩も気をつけてください」

「そんなことより、参列者に怪しい人間はいなかったのか？」

「来てなかったんじゃないですかねえ。お悔やみにはかなり大勢来てたけれど、ほとんど鈴木さんの顔見知りで、それらしい怪しいやつは見当たらなかったようです」

「鈴木さんはどうしてる？」

「思ったより元気そうでした。もう会場のほうへ向かってますが、何か伝えておきましょうか」

「うん、十五年前の牛馬童子の事件のことを知ってるかどうか、訊いておいてくれ」

「はあ？　十五年前の牛馬童子の事件って、何のことですか？」

　鳥羽は怪訝そうに言った。

「その話をすると長くなるから、とにかくそう訊いてくれればいいんだ。それはそうと、八紘昭建の松江氏は結局、現れずじまいだったというのは心配だな」

「そうなんですよ。何をやってるのか、鈴木夫人だけじゃなく、皆が不満のようで」

「それはそうだろうが、何の連絡もないっていうのはおかしいんじゃないか。ケータイに繋がらないばかりか、自宅に電話しても留守だとなると、ただごとじゃないぞ」

「ですよね」

「自宅へ行って確かめてみたらどうだ？」

「えっ、僕がですか？」

「ほかに手があるのなら別だが、閑人《ひまじん》はおまえさんぐらいなものだろう」

「参ったなあ、これから三千恵ちゃんと直会の席へ行くところなんですが」

「そんなもの後にしろ。多少遅れたって、全部食われちゃうわけじゃあるまい」

「しかし、松江氏の自宅がどこなのか、海南市なんて西も東も分かりませんよ」

「おまえさんの車、カーナビが付いてるんじゃなかったっけ。それに、隣には竹内さんも乗せて行くんだろ。手取り足取り教えてもらったらいいじゃないか」

「いや、手取り足取りってそんな……あ、そうですね、そういう手もありますか。了解しました、そうさせていただきます」

何を思いついたのか、鳥羽はやけに嬉しそうな声を出して電話を切った。

電話で中断された「義磨ノート」に戻ったが、浅見はいま聞いたばかりの松江の失踪のことが頭に引っ掛かって思考が散漫になっている。「失踪」というのは憶測以前のことでまだそうと決まったわけではないが、何となくそういうこともあり得るかという気がしてきた。

「義麿ノート」は阿武山山麓《さんろく》で古墳らしきものが発掘されたというくだりに差しかかっていた。

阿武山古墳の主が、ほぼ藤原鎌足と特定されているということは、浅見はすでに今城塚古代歴史館の但馬館長から聞いて知っているのだが、昭和初期に古墳が暴かれた当時の関係者たちの驚愕《きょうがく》ぶりはよく分かる。

但馬の話によると、その後、行政関係者や警察、それに憲兵まで殺到して、大騒ぎになったというのだが、そこから事態がどのように移ってゆくのか、義麿少年がどう行動するのか、興味は深まるばかりだ。

「ノート」はいよいよ物語風になってきて、その辺りのやり取りが浅見の好奇心を刺激する。

「奈佐原いふのは高槻のこの邊りのことや。池いふても、小さな泉のやうなもんで、いまはそれも埋もれてしもて、野っ原みたいな所に築山があるだけやが、昔は魔物が住んでをつたいふ話が傳はつとつて、子供の頃は恐ろしがつたもんや」

竹さんがさう言つた。

「竹さんが子供の頃といふと大正何年頃のことなんやろか?」

僕が聞くと、「ははは、坊ちやん、大正やのうて、明治や明治」と笑はれた。

「明治三十七年、日露戰爭が始まつた年に尋常小學校を卒業したんや。それからすぐに親父が淀川の大改修工事の現場監督に雇はれて、南紀を離れて高槻に住むことになつたんや。後で知つたんやけど、この邊り一帶は鈴木様の地所なんや」

「ふーん、さうなんか。僕は別荘があることぐらゐしか知らなんだけど」

「さうやつたんかいな、阿武山の麓にある立派な別荘の周りは全部鈴木様の土地で、お庭には秋になると大きな柿の實が生《な》つて、いまやから言ふけど、悪い友達を連れてはよく盗みに入つたもんや」

「そんなことはじめて聞いた。僕なんかただの一個も柿を食べたことがない。もつとも僕が別荘に來るのは夏ばつかりやからなあ」

その時、頭の上から森高先生のかみなりが落ちた。

「君等、何を呑氣に喋つとるのか」

いつの間にそこにおいでになつてゐたのか氣づかなかつたから吃驚《びつくり》した。

先生はその間に大學に電話して、考古學の山村教授に連絡。狀況をご説明なさつて、今後の收拾についてご相談されたさうだ。

「それでだ、山村君の話によると、さういふ古墳であるならば愼重の上に愼重を期して扱ふ必要があるとのことだ。大阪府廳やら關係各方面に報告しなければならんらしい。とりあへず明後日、山村君等がここに來ることになつたので、これで作業を中斷するほかはあるまいね」

僕も竹さんもほっとした。穴掘りからも憂鬱な石棺との付き合ひからも、ひとまづ解放されることになる。

先生をお見送りしてから穴を這ひ出て、竹さんは

「坊ちゃん、お暇をもろたから、奈佐原池に行かんか？」

と提案した。僕もむろん異論はない。

ノートの記述の中に「竹さん」が尋常小学校卒業と同時に南紀を離れたとある。父親の職業は土木建築関係で、淀川の大改修工事に現場監督として着任することになった様子だ。たぶん竹さんと同じような「人夫頭」を務めていたのだろう。

そういえば大阪北部の島本町や高槻市のあるこの辺りは、淀川三川（木津川、桂川、宇治川）が合流し淀川となる場所で、古くから治水事業が行われてきたところだ。竹さんが南紀に住んでいたのは、明治時代から進められていたであろう熊野古道の改修工事に、父親もまた従事していたためかもしれない。だとすれば藤白神社や鈴木家とは親子二代の馴染みだったことになる。

昔は鉄道やダム建設など、長期にわたる大規模工事に雇われると、現在のような単身赴任ではなく、女房子供共々、一家を挙げて現場を転々と移り住むのが、ごくふつうに行われていたと聞いたことがある。

また親の業種をその子も継ぐ、一種の世襲のようなケースがごく一般的だったらし

い。竹さんの場合、その後どういう経緯があったのかは分からないが、南紀を離れてから三十年ほどの時を経て、父親と同じ道を歩んだということか。

そうして、子供の頃に暮らしたという、淀川からほど近い高槻の阿武山にいて、京大地震観測所の工事に携わっていたというのだから、不思議なめぐり合わせだ。

考えてみるとそこは鈴木家の土地や別荘に近く、「竹さん」が「坊ちゃん」の義磨少年に出会ったというのも、運命的なものを感じさせる。

第七章　考古学者の痛恨

義麿ノートは「発見」の二日後まではさしたる出来事のないまま、ごく日常的な雑事を記して推移している。森高教授は山村教授の進言を受け入れたものの、地震観測所の建設が遅滞することにはいらいら感を募らせていたようだ。そのことをノートには、

朝から先生は御機嫌が悪く、竹さんに當たり散らしてをられる。

と書いている。そして「お暇をもろた」日の朝、義麿少年と竹さんは連れ立って「奈佐原池」へ散策に出掛けた。

奈佐原池といふのは阿武山の南麓《なんろく》の窪地《くぼち》にあつた。窪地の底に丸い小山があり、三本杉が立つてゐる。

「わしが子供の頃は三本杉に圍まれて小さな池があつたんやけど、いまはすつかり埋もれてしもて、丸山だけが残つてるんや」

竹さんは残念さうに言つた。

「森高先生が陪塚があると仰言つたのは、かういふ場所かもしれへんね」

僕が言ふと、竹さんは「さうかもしれんなあ」と眞顔で頷いた。

「昔、この三本杉には注連縄《しめなわ》が巡らされとつて、この中に入つたらあかん言ふて、きつう叱られたもんや」

「ふうん、そしたら、ほんまに陪塚かもしれん。今度掘つてみるか」

「あかんあかん、それは、やめよし」

「さうか、叱られるやろか」

「叱られはせんやろ。ここは鈴木様の地所なんやから、坊ちやんが何をしても叱るひとは誰もをらん。けど、祟りがあるで」

「ははは、また祟りやて」

「坊ちやん、笑ひごとやないで。ほんまに人が死んだんやから」

竹さんは眞劍になつて、いままで見たこともないやうな怖い顔をした。

この日の義麿少年と竹さんの「冒険」はこれで終わっている。

そして次の日からは来る日も来る日も、これまで義麿のまるで知らなかったような学術論争の嵐が吹き荒れ、平穏だった日常が一変することになるのだ。その予兆は京都大学の山村教授とともに現れた。

晝過《ひる》ぎに事務所に行くと、建物の中から、森高先生の大きな怒鳴り聲が聞こえてきて、僕は腰が抜けるほど驚いた。

戸口の前でおろおろしてゐる竹さんに何事かと聞くと
「京大の山村教授がお見えになつてる」

と言ふのである。何でも山村先生が地震観測所の工事をすぐに止めるやうにと申し入れてこられたのださうだ。

「突然そんなん言はれたら、森高先生やのうても、誰かて怒るやろ」

竹さんの言ふとほりだ。僕は山村先生のことは直接は存じ上げないのだが、どんなに偉い先生だとしても、ずいぶん理不盡なことを仰言るものだと思つた。

「それはさうやが、工事があかんいふ理由は何て仰言つてるんやろか？」

「何やよう知らんけど、石棺の主が偉い人なんかといふことのやうや」

「偉い人いふと、誰やろ？」

「やつぱり天子様と違ふか」

その時
「どなたかも分からんのに、とにかくやめろと言ふのは目茶苦茶やないか」

と森高先生が仰言つて、それに負けない程の大聲で
「私が言ふんちやひますよ。大阪府の○○さんが言ふてはるのです」

と、たぶん山村教授の聲が聞こえた。大阪府の○○さんといふのは、山村教授よりさらに上の人なのかもしれん。

それから何やら押し問答があつたに違ひない。しばらくは小聲で話し合つてをられる氣配があつてから、紳士が二人現れ、その後ろから森高先生が睨《にら》むやうなお顔で見送つてをられた。

これがとりあえず、その日のノートの締めくくりになっている。しかしこれこそが義麿の少年時代にとっては「終わりの始まり」になるような予感を浅見は察知した。

森高先生は朝からとても不機嫌さうに振る舞つてをられた。お顔の色が惡く、いつそうお痩せになつたやうにも見える。

僕をご覽になると、すぐ竹さんを呼ぶやうにお命じになつた。

竹さんと僕を連れて、石棺の穴に向かふと仰言つた。何かに憑かれたやうな恐ろしいお顔であつた。

森高先生は先に立つて、僕と竹さんを引き離す勢ひでズンズンと歩かれる。穴の所に行くと、竹さんに「今一度、穴の周りを掘り廣げるやうに」とお命じになつた。

竹さんは言はれるままデコボコだつた地面を丁寧に均《なら》して、穴を長方形に廣げた。

穴の底に、今や棺であることがはつきりした朱色の箱が横たはつてゐる。僅か一日二日のあひだにうつすらと黑ずんだやうな氣がする。これまで地中に埋まつてゐた棺が、空氣に觸れたために變色したのかもしれぬ。

「今度はカナテコを使つて棺の蓋を開けるやうに」

と先生は仰言つた。

竹さんが二尺はあらうかといふ鐵《てつ》の棒を取つて、棺の蓋の隙間に押し込むと、骨が軋《きし》むやうなギイと不氣味な音が鳴つた。

「開けますんか？」

この期《ご》に及んで、竹さんは恐ろしげな目を剝いて、先生の顔を見上げた。

「うむ、さうしてくれ。鈴木君も手傳つてやつてくれたまへ」

躊躇《ためら》つてゐる竹さんが心許《こころもと》なく見えたのだらうか、先生は僕を促して仰言つた。

僕も石室に下りて竹さんと一緒に、おつかな吃驚カナテコを引き下げた。思ひのほか簡單に蓋が開いた。力を入れ過ぎてゐたために、竹さんも僕も勢ひあまつて腰から地べたに落ちた。

棺の中身がいつぺんに明るみに出た。

穴の上からご覽になつてゐた先生が「おおつ」といふ悲鳴のやうな聲を上げられて、仰向けに引繰り返られた。

僕も竹さんもつられて棺の中を見て、前回よりも仰天した。紫色の衣を纏つた髑髏《どくろ》が、暗い眼を見開いてこつちを睨んでゐた。

竹さんは「ぎやあつ」と叫んだが、僕は情けないことにその聲さへも出なかつた。衣の袖の先に手指の骨が覗いてゐるのが、今にも飛び掛かつてくるやうに思へて、全身が凍り付くやうに恐ろしかつた。

髑髏は理科教室にある人體見本のやうな白骨ではなく、ところどころに黒ずんだしみのやうな腐肉が殘つてゐて、それがまた實に不氣味なのだ。

この間、森高先生が仰言つてゐたが、僕もこれは話で聞いたり、本で讀んだりしたことのある、木乃伊ではないかと思つた。

僕も竹さんもガタガタと震へたが、外から見下ろしてをられる森高先生も聲が出ないほどの恐怖に襲はれておいでのやうだ。

しかし、しばらくすると、落ち着いた口調で「それは何かな?」と仰言つた。

「そこに散らばつてゐる玉のやうな物だ」

言はれて棺の中を見ると、木乃伊の頭部の脇に、水色や綠色のビー玉のやうな物が無數に轉がつてゐる。

「ビー玉のやうに思へます」

「拾つてみてくれたまへ」

僕は竹さんと顏を見合はせた。竹さんはブルブルと首を横に振つた。仕方がないので僕が手を伸ばして棺の底から玉を拾ひ上げた。髑髏の眼が睨んでゐるやうで恐ろしい。

ビー玉には大きい物と小さな物とさらに小さな物がある。

先生は玉を受け取るとハンカチーフで磨かれた。磨かれた玉は艶やかに輝く。

「成るほど、確かにビー玉のやうだが、この時代にビー玉があつたのだらうか」

しきりに首を傾げてをられる。

「しかも、玉には穴が開いてゐる。もしかすると、これは勾玉《まがたま》のやうに絲を通して、首飾りにしたのではあるまいか。他の玉にも穴があるかどうか、調べてくれたまへ」

僕は五、六個の玉を拾ひ、先生に渡した。大小の玉のいづれにも穴が開けられ、確かに絲を通せば首飾りになりさうだ。

「先生、これが首飾りだとすると、やはり相當な高貴の人ではないでせうか」

僕は提案してみた。

「もしさうだとしたら、山村先生に見て戴いたはうがいいと思ひます」

「君、いらんことを言ふな」

先生はこれまで見たこともないやうな険しい眼を僕に向けられ、叱責された。

僕は急に悲しくなつた。何故叱られたのかを考へて、一層辛くなつた。

森高先生は山村教授に嫉妬されたのではないかと思ふ。先生は偉大な地震學者ではあるけれど、考古學には疎いはずである。

それを僕のやうな若輩者に指摘されて不愉快に思はれたのではあるまいか。

それから間もなく、山村教授が戻つて來られた。穴の中の狀態をご覽になつて、大層驚かれた樣子だ。

「森高君、この遺跡は古墳時代のものよりもいくぶん時代は下がるが、やはり重要な古墳として扱ふべき物と考へられる。よほど愼重に調査した方がよろしい」

さう仰言つた。口ぶりは靜かだけれど、考古學者として、一歩も退かぬお考へのやうに見えた。

「さうでないと、文部省が乘り出して來て、面倒なことになりかねませんよ」

森高先生は澁々ながら、その忠告に從ふことに決められたやうだ。

とりあへず蓋を元通りに戻して作業を中斷し、人夫たちに箝口令を命じられた。しかし、竹さんは密かに僕に「あかんよ」と言つた。

「いまからでは遲い。止められんて」

あの亡靈のやうに立ちのぼつた煙と、地獄の入口のやうな穴の底にある柩を見てしまつた以上、もはや彼等の口を塞ぐことは難しいだらうと竹さんは言ふ。

僕も竹さんと同じ樣に思へた。

これを讀んだ時、浅見はこの先、義麿少年が思いもよらぬ出来事にぶつかりそうな、不吉な予感に襲われた。義麿ノートは事態の急転直下を予測させる方向で進んでいる。

それと同時に「物語」の推移とは別に、義麿少年の胸にも大きな変化が生まれようとしているのを感じる。それまでは全幅の信頼と尊敬を注いでいた森高教授に対して、一抹の疑心が生じたことを思わせる。

浅見はページを繰る指ももどかしく、その先を急いだ。

山村教授が介入してからというもの、状況は一変して、山村教授が指揮する京都大学考古学研究室主導の調査が現場を支配するようになった。地震観測所の工事は中断され、森高教授は傍観者の立場に押しやられる。

竹さんをはじめとする工事作業員たちは、研究室の教授、助教授の肩書を持つ学者と、山村ゼミの学生たち、それにその下で長年にわたり発掘調査などに従事してきた研究要員に取って代わられた。

義麿少年も当然、調査のグループに参加することは不可能になった。

「僕はもはや森高先生のお側《そば》にゐることは許されないのだらうか」

ノートにはそんな風に率直に、不安と不満を書いている。しかし、不満は義麿少年ばかりでなく、むしろ森高教授にとってより強く、耐えがたいものであったようだ。

そして何よりも、建設工事に従事していた作業員たちの憤懣は抑えようがなかったに違いない。彼等にとって、仕事を離れることは直ちに生活の糧を得る収入が消滅することを意味する。

その当時、人夫と呼ばれていた労働者の雇用契約がどのようなものであったか、浅見は知らないが、いわゆる日雇いと呼ばれる不安定な就労だったに違いない。それがいきなり工事打ち切りの通告を受けたのだから、たまったものではないだろう。そういう不満と不安がある彼等に、箝口令が厳しく機能するとは思えない。竹さんの危惧は現実のこととなるのは目に見えていた。


夕刻、學校から阿武山の現場へ行くと、何やら騒ぎが巻き起こつてゐた。いつも見慣れてゐる顔觸れが二十人程集まつて、その中央で竹さんがしきりに周圍を宥《なだ》めてゐる樣子だ。

「見せ物とは違ふんや」

と竹さんは說明してゐる。

「仕事もない賃金も拂はんいふのやつたら、中がどないになつとるんか、見せてもろてもええやろ」

年長の威勢のいいのが大きな聲で言ふと、周りが「さうや、さうや」と和す。

「穴の中には、どえらい財寶が埋まつとるさうやないか」

さう言ふ聲も聞こえた。

「あほ、あそこはお墓や。それも偉い御方のお墓やで」

「偉い御方いふと、誰やねん？」

「それはまだ判らんけど、とにかく偉い御方なんや。ひよつとしたら、賢きあたりの御方かもしれんで」

「賢きあたりいふて、それは誰やねん？」

さう聞かれて、竹さんは弱り果ててゐるやうに見えた。

學校で習つたものか、それとも誰かに教はつたのかは覺えてゐないが、「賢きあたり」とは天皇陛下御自身のことか、皇族の方々のことをそのやうに申し上げるといふのが、僕の知識である。

竹さんも同じやうな說明をしてゐたが、お墓の主が何方《どなた》かといふ御名を示すことをしなかつたのは、本當に知らないばかりでなく、たとへ知つてゐたとしても、御遠慮申し上げてのことだらう。

「そしたら、仁德天皇樣の御陵のやうなもんなんか？」

堺の仁德天皇陵は教科書で習ふので、誰もが知つてゐる。

「そやろな、同じくらゐ高貴な御方のお墓いふことや」

竹さんが言つた。

皆は一旦靜まつたかと思ふと、すぐにざわざわと騷ぎだした。

「天皇樣の御陵が見つかつたんやつたら、高槻ばかりやのうて、大阪にとつてもえらい名譽なことや。新聞社はこのこと、知つてるんやろか」

一人が言ふと、周りが次々に「さうや、知らんかつたら、敎へたらなあかん」と言ひはじめて、一遍で騒ぎが廣がつた。

竹さんが

「あかん、誰にも言ふたらあかんよ」

一所懸命に制止しやうとしたが、ひとびとはめいめい勝手に動きだした。

人込みの中で獨り取り殘された僕を見つけて、竹さんが寄つて來て

「坊ちやん、えらいことになつた」

と悲鳴を上げた。

「森高先生に叱られるわ。どなつとしよう」

「仕方ないやろ。こんな大發見やもの、いつかは知られてしまふに決まつてる。叱られたら叱られた時のこつちよ」

「ふーん、えらい落ち着いたあるなあ。何やら坊ちやんは、急に大人になつたやうに見えるわ」

竹さんは眩しさうな目をして、僕をつくづく眺めた。そんな目で見られると、竹さんが遠くの人のやうに思へて寂しくなる。それに森高先生までも、これまでとは違ふ世界の人なんだと思へてならなかった。

いつか僕は孤獨の道を歩いてゆくことになるのだらうか——そんな氣がしてきた。

日が暮れる頃から、工事事務所の周圍が慌ただしくなつた。人夫たちがゐなくなつてしばらくすると、見知らぬひとびとが次々にやつて來て、事務所の扉を叩く。事務所には森高先生と山村教授のほか、京大の助手の人が二人詰めてゐる。森高先生が僕を紹介して下さつた時、山村先生は
「さうですか、君はまだ中學生ですか」

と驚いた顔をしてをられた。

「若いのに隨分しつかりしてはるなあ。うちの學生等は世間知らずですが、君は立派な社會人に見える。今後ともよろしう頼みますわ」

教授先生にそんな風に仰言られて、僕は顔が赤くなつた。竹さんに「大人」と言はれたのとはわけが違ふ。

しかし、僕自身は考へてもゐなかつたのだが、人夫たちに揉まれてゐたせゐか、大學の助手の人よりは仕事や人付き合ひに慣れてゐるかもしれない。

早速、事務所を訪れるお客たちの應對も任される形になつた。兩先生はもちろんだが、助手さんたちも表に出たがらない。

それにしても押しかける人の多さには呆れるばかりであつた。はじめは近くの人が噂を聞いて驅けつけたのだが、そのうちに新聞社の名刺を突きつける人が多くなつた。

「君は學生ですか？　誰か責任者か先生はゐはりませんか？」

僕が顔を出した途端、さう質問する。

「どういふお話でせうか？」

「阿武山で何か重要な古墳と思はれる物が發掘されたと聞いたんやが、それについて取材したい」

「そのことでしたら、まだ發表する段階ではないとお斷りするやう言はれてをります」

「しかし、發掘があつたのは事實なんやろ。京大の山村教授も驅けつけてをられると聞いたんやが。先生はゐはりませんか？」

「先生はこちらにはをられません」

僕はなるべく表情を變へずに應じた。

「ではどこにゐはるんや？」「發掘現場にゐてはるんかね？」「そもそも發掘の現場はどこなんか教へてくれんか？」

記者たちは代はる代はる、矢繼ぎ早に質問してくる。そのうちに森高先生が僕の後ろから現れて
「おいここは地震觀測所の建築現場やで」

と怒鳴られた。

森高先生としては、この現場の最高指揮官は御自分であることを宣言なさりたかつたのかもしれない。

僕もその通りだと思つた。思ひがけない古墳の發見といふ事態によつて、考古學者に庇《ひさし》を貸したつもりが、いつの間にか母屋を乘つ取られてしまつたのが、僕でさへ無念なやうな氣がしてならないのである。

なみゐる記者たちも先生の劍幕に壓倒されたのか、それとも改めてここが地震學の研究機關であることに氣づいたのか、不滿氣な顔を見合せ互ひに何かを呟《つぶや》きながらも、バラバラと引き揚げて行つた。

「先生、工事の方はいつ頃から再開出來るのでせうか？」

と僕はお尋ねした。

大勢の人夫たちを抱へる竹さんも脇で、同じ氣持ちでゐるに違ひない。先生が「今すぐに始める」と仰言つて下さるのを期待する顔をしてゐた。

「さうだな、それは山村君次第だな」

先生は少し冷たく感ぜられるやうな口振りで仰言つた。

「どうやら、面白い物が見つかりさうではないか。もうしばらく様子を見よう」

「さうやけど先生、何も仕事をせんと、皆が困るんやけど」

「そんなもん、しばらく遊んでをつたらよろしい。さう言ふて上げなさい」

「遊べ言はれても……」

竹さんは弱り果てて、僕に（何とか言ふてくれ――）といふ目を向けた。

「先生、彼等に何か、休業手當てのやうな賃金を上げることは出來ないのでせうか」

僕は恐る恐るお尋ねした。

「さういふ決まりはないのだよ。そんなことより君はどうするのだ？　かうしてをってもしやうがあるまい。一旦、下宿に引き揚げ、本來の學業に專念したまへ」

「いえ、僕は先生のお側を離れるつもりはありません」

「さうか、ならば君の好きなやうにしてゐたまへ。しかし竹島君の言ふやうな狀況には俄《にわか》に復することはないと思ふよ。それどころか事業再開はさらに難しくなるだらう」

森高先生の豫言は正鵠《せいこく》を射たやうだ。


この義麿少年の予感どおり、翌日からはますます事態が混乱してゆく。

義麿ノートによると、山村教授が率いる京都大学考古学教室では、ひとまず大阪府庁や文部省などに報告をしながら、慎重に発掘調査を続ける予定だったようだ。

しかし、恐れていたとおり、それから間もなく、極秘の筈だった情報が外部に洩れたらしい。ノートには、一部の有力紙が「古墳発見」のニュースを速報の形で社会面などに大きく報じたことを書いている。

〔金絲《きんし》で飾つた貴人の墓所か／日本最初の『乾漆の寢棺』發見北攝阿武野、京大地震研究所の裏山から〕

これらがその記事を飾った大見出しだ。この記事が掲載されたとたん、現地は収拾のつかないことになった。古墳見物に押し寄せる野次馬は連日二百人を超える規模にも膨らんだというのである。

義麿少年はそこに至った理由について「驚くべきことに」と書いている。

古墳の發掘については、關係者は外部に漏らさないといふのが約束になつてゐた筈である。それが驚くべきことに、古墳の主は高貴な人物であり、ことによると仁徳天皇に匹敵する程の天子の陵墓ではないか――といふ噂が、數日を經ない内に府下の萬人の知るところとなつてゐたのだ。

この特種を新聞記者に漏らしたのは一體何者か？　――といふ犯人搜しが行はれた。その矢面に立たされたのが人夫頭の竹さんである。

「坊ちやん、わしは何も知らんよ」

竹さんは泣きさうな顔で言つた。

そのことは僕も保證《ほしよう》する。竹さんが餘所の人間に漏らすやうなことをしなくても、穴掘りの途中で石室や棺が見つかり、恐ろしげな木乃伊が現れたといふ經緯については、既に大勢の人夫たちが事實を知つてゐた。

さうなつてからでは、もはや人の口を封じる術《すべ》はなかつたと思はなければならない。

僕が想像するに、人夫の一人から彼の知り合ひや家族の誰かに話したことが、次々に別の人間に傳へられて、それを新聞記者が小耳に挾んだのが特種のきつかけになつたのではあるまいか。

その眞相は何であれ、新聞記事が出てからといふもの、朝から物凄い人數の野次馬が詰め掛け、現場周邊は身動きも出來ない程の有り様を呈した。

「これでは學術調査も何もあつたものではない。第一この儘《まま》で放置してゐては盗難や荒らされる危險もある」

山村教授がさう仰言つて、ひとまづ棺を一丁餘り離れた建設事務所脇の資材置場まで運び、四六時中嚴重な警戒の下、安置されることになつた。

地震觀測所の建設は一旦中斷され、僕は森高先生の御指示に從つて京都の下宿に戻り、授業に專念することになつた。

ここに至ってはじめて、浅見は義麿少年が京都市内で下宿生活を送っていたことを知った。京都には浅見でさえ名前を聞いたことのある府立の名門中学があったはずだ。そこが義麿少年の通う学校だった。

中学での義麿少年の生活は変化の乏しい日々であったらしい。高槻での波瀾《はらん》に満ちた毎日と比べると、平穏といえば平穏だが、少年にとってはきわめて物足りないものであったに違いない。ノートの記述は呆れるほど単調で意欲に欠ける内容ばかりになった。

学校の授業のこと、教師のこと、級友たちのこと、京都市内の下宿界隈の出来事などをたんたんと、個条書きのような気のない書き方で記録しているに過ぎない。

しかし、その平穏もそう長くは続かなかった。五月に入って間もなく、「事件」のほうが義麿少年のところに飛び込んできた。

夕刻、學校から戻ると竹さんが下宿の前に佇んでゐた。

「坊ちやん大變や、すぐわしと一緒に阿武山に來てくれんか」

「どうしたん？」

「どうもこうも、森高先生がをかしなつてしもた」

「まさか……」

僕はその瞬間、森高先生の身に何かが起こつたのかと思つた。先生が病身であることは薄々知つてゐたからだ。

しかし竹さんの様子はさういふことではなく、全然別の異變といふか、何か精神狀態の急變を意味してゐるやうである。僕は半信半疑だつたが、ともあれ竹さんに付いて阿武山の現場へ向かつた。

高槻驛に下りた時は既に夜になつてゐた。眞つ暗な山裾の中に事務所の窓明かりが侘《わび》し氣に浮かんでゐる。月はなく、狼でも現れさうな雰圍氣である。

竹さんが持つカンテラのやうな手提げ電燈を頼りに長い坂道を登り、足音を忍ばせるやうにして事務所脇の倉庫に近づいた。

「坊ちやん、見てみい」

竹さんに囁かれて倉庫の窓の中を覗くと、裸電球の搖れる下、森高先生が一人きりで何やら作業をしてをられる。

僕はすぐに（あつ――）と氣づいた。先生はあの棺の蓋に向かつて長いカナテコを突き刺してをられるのだ。

西洋の物語で讀んだドラキユラの棺を開ける有様を想像して、僕は恐ろしくなつた。先生は無造作にぐいとばかりにカナテコを押し下げた。窓の外までギイといふ音が聞こえて、棺の蓋は勢ひよく彈《はじ》け飛び、二つに割れた。

先生も吃驚されたのか四邊を見回す様子なので、僕も竹さんも慌てて首を竦めた。この狀況を、もしも山村先生が御覽になつたらどのやうに思はれるだらう――と心配した。

再びこつそり覗くと、先生は棺の中に兩手を差し込んで、何かを取り出してをられる。引き上げた手の中には西瓜《すいか》程もありさうな丸い物體があつた。布に包まれてゐるらしく、判然とは見えないのだが、僕は咄嗟《とつさ》に木乃伊の頭のやうな氣がした。

それから先生は割れた蓋をごまかすやうに元通りにはめてから頭上の電氣を消し、その代はりに懷中電燈を燈《とも》し小屋を出られた。

扉が開く寸前、僕と竹さんは小屋の裏に隱れた。先生はお氣づきにならない儘小屋を出られた。しかし事務所には戻らずに、奈佐原池の方角へ向かはれる。眞暗闇の中を人魂のやうな燈がゆらゆらと遠ざかるのを、僕と竹さんは腑拔《ふぬ》けのやうに見送つた。

「どこへ行かれるのやろ？」

と僕は聞いた。

「それより坊ちゃん、先生が持つて行つたんは、あれは何やろか？」

竹さんは聲が震へてゐる。

「よう判らんけど、僕は木乃伊の頭のやうな氣がした」

「やつぱしなあ。わしもそんな氣がしたんやけど……これはえらいことになるで。山村先生かて、默つてはをらんやろし」

「ほならどうする？　山村先生に報告したはうがええんやろか」

「そんなん、告げ口みたいなことは、坊ちゃんにはようせんやろ」

竹さんの言ふ通りだ。僕はこの儘口を噤《つぐ》んでゐるより他はないと思つた。

「今夜ここで見たことは二人だけの絶對の祕密にしとかなあかんね」

と言ふと竹さんも
「勿論そのつもりや。神樣に誓うて祕密を守らなあかんのや」

と言つた。闇の中で竹さんの眼だけが異樣に光るのは不氣味に思へた。

その夜の出来事はここで記述が途切れている。下宿に帰ってから、おそらく義麿少年は眠れぬ一夜を過ごしたにちがいない。いや一夜どころか、少年の煩悶は三日間続き、四日目の午後になってから、ようやく気を取り直して阿武山の現場へ向かう気になったことが記されている。

阿武山に近づくにつれて、大勢の野次馬の列の中に紛れ込むやうな恰好になつた。それにしても何といふ人數であらう。眞面目に考古學に關心を抱いてゐる人も多いのかもしれぬが、その殆《ほとん》どは單なる見せ物同然の氣分のやうに思へる。坂道を登つて行くと左右から繩が張られ通行禁止の立札がある。その手前で人々は不滿を漏らしながら右往左往してゐる。

繩張りの向かう側には巡査が二名立ち番をして群衆を制止してゐた。僕も遠巻きの野次馬の中で立ち往生してゐると、背後から背を叩かれた。振り向くと山村先生がをられ

「君、何をしてゐるのだ？」

と笑はれた。

「はあ、通行禁止なやうですから」

「馬鹿を言ひたまへ」

先生は僕の腕を掴んで前に進まれ、立ち番の巡査に「この人はええんや」と構はず繩を潜られる。僕もそれを眞似た。

「何かあつたのでせうか？」

僕が尋ねると、先生は「うむ、困つたことが起きた」と仰言る。

僕はドキリとしたが、無論、默つてゐた。

「恐れてゐたことだが、どうやら古墳荒らしに襲はれたやうだ」

「荒らされたといふと、まさか棺を壊されたのでせうか？」

「ん？」先生は不審氣な目をされた。

「君、知つてゐるのかね？」

「いえ、何も知りませぬが」

僕は慌てて首を振つた。

「さうか……ならばこの事は祕密にしておいたはうがよろしい。さうでなくても、既に野次馬の中には石室や棺が破壊されたと噂してをる者がをつた」

先生はこの上なく不安な樣子で「嘆かはしいことや」と仰言つた。

「野次馬どもには判るまいが、私はこの古墳は他の類似の物とは全く異なる、極めて貴重な史跡であると考へてゐる」

「天皇の陵墓だとお考へですか？」

僕は精一杯の知識を驅使してさう言つた。

「あるいはね。しかしそれ以上の價値《かち》がある可能性を考へねばならぬ」

「しかし、石室の中を見た印象では、劍や埴輪のやうな貴重な副葬品は見當たらないやうな氣がしたのですが」

「ふーん、君もさう思つたのか。まだ子細に調査したわけではないが、恐らくその通りだらう。だが、遺體が纏つてゐる衣服に金絲が使はれてゐること等から類推すると、これだけ高貴な人物の墓に副葬品が何もないとは考へられない。棺の蓋が無殘に破壊されたことと思ひ合はせて、むしろ何かが竊取《せつしゆ》されたものと判斷すべきと思ふ」

「もしさうだとすると、犯人は何者とお考へですか？」

僕は恐る恐るお尋ねした。

「それは官憲の手に委ねるほかはないが、事情を知る者の可能性は否定できんな。存外、身近な人物かもしれぬ」

事務所の近くになつて、山村先生は唇に指を立てて、僕の質問を封じられた。

義麿ノートはこの日のその後の経過について、あたかも義麿自身の口を封じたように、何も語られないまま終えている。

その時の義麿の心理状態は憶測するしかないけれど、彼なりの判断で、無意識のうちに捜査の証拠となるような記述を差し控えたと考えられる。

しかし記述としては表さないにしても、義麿の周囲では緊迫した状況が生まれていたことは間違いない。少なくとも内々での「犯人捜し」が始まってはいただろうし、ひょっとするとすでにその時点で警察の捜査が入っていたかもしれない。

ノートでは二日間の空白の後、ついにその懸念が現実のものとして義麿に迫ってきたことを記している。

朝、學校に行くと擔任の五木田先生に呼ばれた。教員室へ向かふ廊下で、先生は

「お前、何かやらかしたのかね」

と仰言る。

「は？　何の事でせうか？」

「大阪府警の刑事が來てゐるよ」

僕はギクリとしたがすぐに

「思ひ當たるやうなことはありません」

と答へた。

「さうか、それやつたらええんやけど、このところ思想調査が嚴しくなつてゐるから、刑事には愼重に應答するやうにしたまへ」

刑事は二名だつた。廣い應接室の中で向かひあひに座り、五木田先生は授業があるからとすぐに退席された。

刑事は二人とも鋭い目付きで、いきなり住所氏名を訊いてきた。

「ええと、おたくは和歌山縣海南市藤白の鈴木義麿、やな？」

「はいさうです」

「和歌山縣にも和歌山中學のやうな名門があるやろに、なんで京都にをるんや？」

「はあ、それは將來、京都大學に進學したいと思ふてゐるからです」

「なんで京都大學なんや？　大阪大學ではあかんのか？」

「あかんことはありませんが、京都大學にはいい先生がをられますので」

「なるほどな、いい先生いふと山村教授みたいな先生かいな」

「はい、さう思ひます」

「君は山村教授と親しいさうやな」

「親しいなどと、先生に對してそんな僭越な事は申せません」

「けど、昨日は山村教授と肩を組んで歩いとつたさうやないか」

何の意味なのか、僕は一瞬、呆氣に取られた。刑事は多分、昨日、阿武山で立入禁止のロープを潛る時、山村先生に助けて戴いた事を指してゐるのだらう。

「いえ、肩を組むなどといふ事はしてをりません」

「嘘を言ふたらあかん。現にさういふ目擊者がをつたんやからな」

「しかし、僕はそんな……」

「なんでそないに否定するんや。あくまでも知らん言ふんやつたら、署の方に來て詳しう說明してもらふことになるで」

僕は震へ上がつた。五木田先生が仰言つた「愼重に」といふ忠告が蘇つた。それにしても、なぜそんな取るに足らないことで、刑事が居丈高になるのだらう。

その時、山村先生に何か問題があるのかも知れんと思つた。一昨年に起きた五・一五事件以來、政治思想犯に對する官憲の詮議が嚴しくなつてゐると聞いたことがある。

「あの、山村先生に何か？……」

僕は恐る恐る訊いた。

「そんなことは知らんでええ」

刑事はそれ以上の訊問をしても何も成果がないと見極めたのか
「今日はこれで引き揚げるが、また用のある時は呼び出しをかけるか知れん」

と言つて歸つた。

一時限目の授業が終はつた後、教室を出やうとすると五木田先生に呼び止められた。

「何があつたんや？」

「いえ、別に大したことではありません」

「大したことやのうて刑事が來はるか？」

僕は仕方なくありのままをお話しした。五木田先生は山村先生の名前を御存じだつた。「ふむ、ふむ」と頷いてをられたが、少し心配さうな顔で「あまり深入りせんと、身邊《しんぺん》に氣いつけた方がええ」と仰言つた。

しかし、「山村先生に何か問題でもあるのでせうか？」とお尋ねすると首を振られて、そのまま歩いて行かれた。

下校の途中、誰かに尾行されてゐるやうな氣がした。振り返ると却《かえ》つて怪しまれると思ひ、眞直ぐに下宿に戻つた。阿武山の現場には當分近づかないつもりだ。

下宿に帰ると、小母《おば》さんに「鈴木さん、何かあつたんかいな」と訊かれた。

「警察の人が見えとつたよ」

「警察……刑事ですか？」

「さうやろな、お巡りさんやなかつたし」

「何か言ふてましたか？」

「鈴木さんのことをあれやこれや訊いとつたよ。どんな方とお付き合ひがあるんやとか、どんな手紙が來るんやとか」

「ははは、つまらん事を訊くもんやねえ」

「笑ひ事やおまへんよ。あんたのことはお父様によろしうとお願ひされとるんやから、間違ふても警察のお世話になるやうなことはせんといて下さい」

厳しい目で釘を刺された。

部屋に戻つてから、變はつた様子がないか調べた。誰かに荒らされた可能性がないか、不安であつた。

文箱と机の抽き出しを開けると手紙類が元あつた位置と違ふやうな氣配がある。小母さんが觸《さわ》つたのかどうかは分からん。もしかすると刑事が部屋に踏み込んだのだらうか？

机の上の本立ての方も確かめたが、竝《なら》んでゐる教科書やノートには異變は見られない。難しい書物が多いので、刑事はそれらには興味がなかつたのかもしれん。しかし、このノートに氣づかれたらえらいことであつた。

それにしてもあの山村先生は何をなさつたいふのやろ。考古學の權威と聞いてはゐるけれど、官憲に追はれるやうな事をしてをられるのだらうか。何にしても五木田先生に言はれたやうに、身邊には氣を使はねばならぬ。劍呑《けんのん》劍呑。次の休みにはこのノートを藤白の家に持ち歸ることにしよう。

義麿ノートの記述はそこでいったん尻切れとんぼ状態で途切れていた。義麿少年の警戒感を物語るのだが、二日置いた後、記述はすぐに続いた。書かずにはいられないという、なかば慣習のような執筆意欲を感じる。

觀測所の建設現場へ向かふ道は、やはり通行禁止になつてゐた。制服巡査の數が增えてゐるのには驚いた。野次馬は通せん坊の手前で止められるが、僕は顏見知りの巡査が通してくれた。

工事事務所に入ると、森高先生と山村先生が口論してゐた。何が原因なのか分からないが、山村先生が

「そんなことをしては駄目だ」
と仰言るのを、森高先生は
「私の考へ通りにやらせてもらふ」
と強硬に撥《は》ね退《の》ける。山村先生は遂に
「それなら勝手にしなさい。後がどうならうと知りませんよ」
さう言つて出て行かれた。
森高先生は「竹島君を呼びたまへ」と僕に命じられた。竹さんは通行禁止の手前にゐたから、僕は走つて呼びに行つた。

事務所に戻ると、先生は竹さんに人数を集めて古墳に向かふやう指示された。どうやら石室の床下から水が湧き出したため、溝を掘つて排水路を作ることに決められたやうだ。

人夫たちと一緒に僕も石室へ向かふことにした。

道すがら、竹さんは不安げに
「そんなことしてもええんやろか?」
と僕に囁いた。
「溝を掘るくらゐのことやつたら、ええんと違ふんやろか」
「けど、石室の一部を壊さなあかんし、古墳へ向かふ道が湧き水の川になつてしまふかもしれん。山村先生が何と言はれるか」

それでも結局、竹さんは命令通り溝の掘削に取りかかつた。驚いたことに、高が湧き水と思つてゐたら、實際に流れ始めたのを見ると、可也《かなり》の水量なのである。

「かういふ湧き水は一旦出て來ると、どんどん増えていつてしまふもんや」

竹さんの豫言通り、排水溝を流れる湧き水はどんどん強さを増すやうだ。この先どういふことになるのか、心配でならない。

不安を感じさせる記述のまま、ノートはまた中断した。刑事が学校や下宿に現れた時を境に、明らかに執筆量が停滞している。そのせいばかりではなく、森高教授と山村教授の軋轢《あつれき》などで、義磨の「創作意欲」にストップがかかった様子が窺えた。

その中断の後、突然事態が動く。

しばらくぶりに阿武山へ行くと、通行止めのロープどころか鐵條網《てつじようもう》が張られ、工事關係の職員だけでなく制服姿の巡査が二人立ち番をしてゐた。野次馬が大勢押しかけ、職員と「中に入れろ」「駄目や」と押し問答をする大騒ぎだ。

僕の姿を見かけて竹さんが驅けて來た。

「坊ちゃん、あかんあかん、今日は入らん方がええよ」

「何があつたん？」

「そのことは後で話すさかい、とにかく歸つた方がええ」

竹さんは僕の背中を押すやうにして驛まで送つて來た。竹さんの話によると、今朝早くに大阪府の何とかいふ偉いさんが、部下の役人と新聞記者を大勢引き連れてやつて來たのださうだ。森高先生から古墳の様子を説明してもらひ、今後どうするかを決める爲の視察だといふ。

「山村先生は見えてへんのやろか？」

「いや、見えてないし、ここしばらく來てないいんと違ふやろか。府廳《ふちよう》のお役人や新聞記者さんの案内も森高先生一人でしやる」

「案内て、何をしてなさるんやろか？」

「石室の方を案内された後、木乃伊に着せられとる織物やとか、棺の床に轉がつとる玉みたいなもんを取り出して來て、事務所で廣げて説明したある」

「それ、竹さんも見たんかえ？」

「見たいふか、運んだり廣げたりするのを手傳ふとつた」

「ええつ、そんなんしても構はんのか？」

「構はんかどうか、わしは命じられたことをしとるだけやけど。山村先生が見たらあかん言はれるんと違ふかなあ」

驛に着くと、歩廊に山村先生が佇んでをられたので吃驚した。竹さんは慌てふためいて逃げ歸つた。

先生を圍んでいつも周りにゐる筈の京大の學生たちの姿がない。孤《ひと》りきりで視線を線路に落としてをられる姿は、いかにも寂しげで惱ましげに見えた。

「やあ、君、鈴木君やつたな」

山村先生に話しかけられ、僕は緊張した。

「隨分早いけど、もう歸るんか」

「はい、實は……」

僕は事務所の様子をお話しした。

「さうか、大阪府の役人が來とるのか。さうやつたら酷《ひど》い事にはならんやろ」

先生が仰言る「酷い事」とは何を意味するのかを思ふと、全てを打ち明けるべきなのかもしれないが、竹さんとの祕密を守る盟約がある。それに、先生の安堵された御様子を見て、僕は何も言へなくなつた。

電車が來ると、自然に先生の隣の席に座ることになつた。

電車が走り出してしばらくすると
「君は將來地震學を專攻するつもりなんか」

と訊かれた。

「はあ、そのつもりでをりますが、まだ勉强中で、何をするかは決めてをりません」

「考古學をやらへんか」

俄《にわか》のお尋ねで、僕は咄嗟にお答へすることが出來なかつた。

「もし興味があるんやつたら、大學の僕の研究室に遊びに來たらええ」

「はい、有り難うございます。もし大學に入れたら是非行かせて戴きます」

「そんなもん、入るに決まつとる」

先生は簡單に仰言るが、京大に受かる前にまづ三高に合格するかどうかも覺束《おぼつか》ない。

僕はさう思つて逡巡《しゅんじゅん》した。

「始めるんやつたら早いはうがええんや」

と先生は仰言る。

「考古學は金にならへん學問や。就職口も乏しい。支那との武力衝突が絶えない、さういふ非常時に、何も出るあてもなく穴掘りばつかりしとつて、人の爲にも國の爲にもならんと悪口を言ふ者もをる。そやから志望する學生たちもだんだん少なうなつてくる。餘り勸められたもんやないんやけど、しかし誰かがこつこつと續けなあかん。それもなるべくなら若いうちから始めるのがええ。いつの日にか必ず世の爲人の爲、花ひらくに違ひない」

周圍のお客の耳を氣になさるのか、先生はぼそぼそと囁くやうに話される。僕は聞き逃さんやうに全神經を集中させた。

「君は森高君の祕藏つ子やな。その前途有爲の君を引き剝《は》がすやうな卑怯《ひきよう》な眞似をするのは心苦しいけど、この際に言うておかんとならんのや。そやないと、今に跡を繼ぐ者は一人もをらんやうになつてしまふ」

先生の聲は電車のレールの音に紛れる程、本當に聞き取りにくい。そのうちにお話が途絶えたと思つたら、いつの間にか先生は眠つてしまはれた。

山村先生の仰言つたことは、一晩中頭から離れることがなかつた。學校に行つてゐても、山村先生が驛の歩廊に佇んでをられる寂しげな様子が思ひ出される。あんなに大勢ゐた學生たちが、一人もをらんやうになつてしまつたのかと思ふと、お氣の毒でならない。

考古學がどのやうなものかは、あまりよく考へたこともないが、阿武山古墳から現れた木乃伊は衝撃的に僕を目覺めさせた。阿武山へ行くことも、森高先生とお會ひするのも何やら恐ろしい。

この記述の後、ノートはしばらく空白が続いている。義麿の述懐どおり、阿武山へ行きそびれていたに違いない。そして事態はまた新展開する。

新聞に京都大學内で阿武山古墳を巡り衝突があつたといふ記事が出てゐた。京大地震観測所（理學部）と京大考古學教室（文學部）の對立が紛糾して、圓滿《えんまん》な解決が難しくなつてゐるといふのである。

その記事を讀んだ時、僕の腦裏には、阿武山の工事事務所で見た、森高先生と山村先生との激しい口論の情景が浮かんだ。

あの時の兩先生の御樣子から見て、何か退《の》っ引きならぬ狀況を感じた。もしかすると、古墳の荒れ方がよほど酷いものであつて、それを山村先生が激怒されてゐたのではないかと思つた。棺の蓋が破壞されたのは、僕も竹さんもこの眼で確かに見てゐる。その「犯人」が森高先生であることは、もちろん先生御自身は仰言らないだらうし、僕も竹さんも沈默を守つてゐる。それでは誰が？ ——といふ疑惑が他の人びとに廣がつて犯人搜しが始まつたりしたら、僕はどうしたらいいのか、身の縮む思ひがする。しかしさういふ中で唯一、山村先生をはじめとする皆さんが、誰一人として木乃伊の首の事には觸れられなかつたのに安《ほ》堵つとした。木乃伊の首が無くなつてゐることには氣がつかなかつたやうだ。もし氣づいてゐれば各新聞が一齊に報じるに違ひない。

僕と竹さんは森高先生が夜中に奈佐原池の方角へ歩いて行かれるのを確かに見たし、その時、先生が持つてをられたのは木乃伊の首だと思つた。しかしそれは見間違へだつたといふ事か。さうであれば、ひとまづ最惡の事態にはならずに濟むのかも知れんけれど、だとするとあれは何だつたのかが、また新しい謎ではある。

どの新聞を讀んでも、阿武山古墳の發掘や調査は、殆《ほとん》どを森高教授主導で進められてゐるやうだ。京都大學からは山村教授のほかに助教授の先生や國史の教授の先生方が同行して、調査に當たられる豫定だつたのが、森高先生の強い意向によつて、地震研究所建設工事の一環のやうな形で、それ等の作業は森高先生が全責任をもつて行ふ方針に決まつたといふ。

新聞記事にはそれに關する森高先生の談話が載つてゐた。

〔あのあたりは繼體《けいたい》帝の御陵、將軍塚の古跡などあり考古學的に由緒深い土地柄だが、研究所のすぐ裏にこんな素晴しい古墳があり、しかも稀有といはれる完全な乾漆《かんしつ》の寢棺が埋まつてゐるとは……恐らく奈良朝時代のものではないかと思はれる〕

僕はこれを讀んだ時、山村先生の談話の間違ひではないかと思つた。いや、本來ならば當然、考古學の大家である山村教授が發表される筈だ。それをいはば門外漢である森高先生が仕切つてもいいものだらうか。

森高教授の談話は別の記事にもあつた。

〔工事のために誤つて破壞された石廓を修復した上、珍しい寢棺は再び元の位置に安置し貴重な考古學上の資料として保存する計畫を立ててゐる〕

明らかに古墳の調査に關するすべての責任を森高先生が負ふといふ仰言り方だ。もはや地震學者といふより考古學の專門家のやうなお立場をとつてをられる。

僕は何だか悲しくなつてきた。

新聞は京都大學內部の對立を報じて

〔現在のままでは到底圓滿な解決は望めないばかりか、このまま放置すると史跡に對する冒瀆問題まで引き起こす可能性がある」

と書き、遂には

「大阪府社寺兵事課では府廳にて協議會を開き、最後の判斷を下す事になつた」

と愈々《いよいよ》切羽詰まつた狀況を告げてゐる。

どうやら森高先生は古墳調査に關する責任者の地位を讓る事は出來ないと主張し續けられるやうだ。その頑《かたく》なな姿勢に對して山村教授と京大考古學教室側は憤慨して、今後阿武山古墳に關しては、絕對に森高教授からの協議要請には應じないといひ、それに對して森高教授側は、あくまでも單獨調査をする意向を示したといふ。

新聞を讀むと大阪府も考古學界も、口を揃へて森高教授に批判的なのだが、森高先生は反論の談話を發表してをられる。

「私が古墳の總合調査を投げやりにしてゐるとか、共同調査を歡迎しないといふ事は全然ない事だ。大阪府がさういふ見方をしてゐるのなら實に迷惑至極である」

それに對して山村教授は

「あの古墳は發見時以降、私は一度も見てゐない。あれは森高教授が一手でやつてをられるからそれでよいではないか」

ときはめて冷やかだ。兩先生の反目はもはや修復不可能のやうに見られる。冷靜であるべき學者でもこんな風に感情剝き出しになるとは信じられない。

ノートを読んでいる浅見にも、義麿少年の嘆きが伝わってくる。このままの状態で推移したのだとすると、行き着くところは見えていると思った。今城塚古代歴史館の但馬館長が話していたように、最後は警察はおろか憲兵隊までが出て来ることになったというのも納得できてしまう。

義麿ノートに書かれている内容は、現在からはるか遡る一九三四年——昭和九年の出来事である。その時代にどんなことがあったのかなど、浅見はほとんど想像もつかない。ノートの中にチラッと書いてあった、「一昨年の五・一五事件」というのが、一つの手掛かりのように時代を感じさせてはいた。

この通信部に備えてある資料といっても、鳥羽が整理しているものだから高が知れていると思ったのだが、スチール製の書棚を漁ってみたら毎日新聞社刊の『昭和史全記録』というのがあった。これは優れものだ。

試みに「義麿ノート」の記述に関係する昭和九年のページを開くと、一月の最初に〔東京宝塚劇場開場〕とあった。宝塚ファンの浅見は、ああそういう時代だったのか——と親近感を覚える。

二月には〔中島商相、足利尊氏論で辞任〕というのがある。何のことかと思うと、中島久万吉商工大臣が足利尊氏を賛美する論文を書いたことが、衆議院予算委員会で追及され「只管《ひたすら》恐縮陳謝」の意を表して結局、大臣を辞職したという記事だ。

〈何でまた足利尊氏で？――〉と、野次馬根性旺盛な浅見は興味をそそられた。足利尊氏はいうまでもなく、室町幕府の初代将軍であり、源頼朝や徳川家康とならぶ英雄の一人である。その尊氏を賛美したことがなぜ国会で追及されたのかが不思議だ。浅見にしてみればごく単純素朴な疑問だが、記事の続きにはそれに答える解説があった。

〔かつて大逆事件公判廷において大逆罪に問われた幸徳秋水が現天皇こそ南朝の天皇を殺して三種の神器を奪った側の子孫ではないかと反論したことから、国定教科書で南北朝併立として書かれている、かくの如き不敬の教科書を許していることはけしからんと犬養毅、大隈重信らが桂太郎内閣を攻撃する材料としたため、文部省は新編に改め楠木正成を忠臣、足利尊氏を賊軍とし、南朝が正統とされ、南北正閏《せいじゅん》論を断って北朝を抹殺していた。そこへ尊氏賛美論をぶち、「南北朝の争」を容認したのだから一大事であった。〕

〈なるほど、そういうことか――〉と、これまた単純素朴に浅見は理解した。「不敬罪」という単語は知識としては知っているつもりでいたが、こういう時代背景と照らし合わせると理解度が増す。

それと似たような話題が同じ年の三月の記事に出ていた。

〔御尊影で包装するとは！〕

という見出しである。

〔御尊影の掲載された新聞紙等が商品の包装に使用されて居たりする。これを遺憾として大日本赤十字会では小学校児童をして家庭で購読してゐる新聞雑誌等の畏《かしこ》き御尊影を其《そ》の都度切り抜いて学校へ持参せしめ、校内に整頓奉納する方法を提唱。すでに小石川表町の青年団等では斯《か》かる切抜きを集めて年一回の御焚上《おたきあげ》を行つて居る。（国民新聞）〕

記事にある「御尊影」とは天皇の写真のことである。現在は天皇ご一家の写真が新聞や週刊誌のグラビアに掲載されるのは、ごく当たり前のことだが、かつてはきわめて特別な場合に限られていたらしい。その「御尊影」を軽々しく扱ってはならず、まして包装紙代わりに使うなどはもっての外だったにちがいない。前段の「不敬罪」に通じ、これもまさに時代を感じさせる。

記事は四月に入ると、いきなり「忠犬ハチ公」という活字が目に飛び込んできた。

〔帝都電鉄の（略）／渋谷駅前に忠犬ハチ公の銅像建立／一度飼はれた主人の亡き後まで涙ぐましい思慕の情を見せて二主につかへぬといふ秋田犬の特性をよく現はして銅像までなつた忠犬「ハチ公」が、こんど国定教科書の改正尋常小学修身書巻の二の中に教材として採用されたうへ来年四月から全国学童の前にその姿を現はすことになつた。（読売）〕

こういうほのぼのとする話題もあったんだなと、なにがなしほっとするけれど、これもまた「美談」として教科書に取り入れられ、思想教育の材料に供せられる世知辛い時代だったことを思わないわけにいかない。

五・一五事件や二・二六事件に象徴されるように、時代はまさに軍国主義と右傾化に向かって突き進んでいた頃だ。こういう世相の最中で進行しつつある阿武山古墳発掘の背景を義麿ノートは語る。

すでに一部の新聞には古墳の主が藤原鎌足か、あるいはそれ以前の天皇の御陵である可能性が強いと次のように書いている。

〔これが事實だとすると、妄《みだ》りに發掘調査等に手をつけるのは御陵の冒瀆に繋がるのではないかと、宮内省及び内務省の關係各部署は關心をもつて注視してゐる〕

宮内省や内務省まで動きだしたとなると、文部省も大阪府も學界も難しい對應を迫られるに違ひない。森高先生や山村先生はこの先一體どういふ事になるのだらう。

ノートをさらに読み進めると、義麿少年の懸念どおり、森高、山村両教授の論争の行き着く先には最悪の事態が待っていた。

放課後、校門の前に竹さんが立ってゐるので吃驚した。

「坊ちやん、えらいことや」

と竹さんは泣きさうな顔をしてゐる。

「森高先生に何かあつたんかえ?」

「いや、それどころの騒ぎやない。とにかく阿武山へ行かなあかん」

理由も言はず僕の腕を引張つた。電車に乗つてからも氣が急くのか、竹さんは足踏みして落ち着かない。

暫く見ない内に驛から阿武山へ向かふ坂道は木々の緑がすつかり濃くなつてゐた。鳥も鳴いて長閑《のどか》な散策路だが、普段ならば賑はふ筈の行樂の人々の姿がない。その事を言ふと竹さんは

「向かうへ行けばわかる」

と首を振るばかりだ。

研究所の門の手前に巡査が二名と、それに兵隊が二名立つてゐる。軍装の兵隊の手には着劍した銃があつた。

「あれは憲兵と違ふやろか?」

竹さんに聞くと唇に指を立て、默つて頷いた。立入禁止の看板は更に嚴《いか》めしくなつて、人々を寄せつけない。下手に近づかうものなら銃殺されかねない氣配だ。

僕と竹さんは恐る恐る歩み寄つて、巡査に尋ねた。

「森高先生にお逢ひしたいのですが」

「君等は何者か?」

「僕は鈴木、こちらは竹島さん。地震観測所の建設事務所で働いてゐる者です」

「今は建設事務所は閉鎖されとるが」

「森高先生にお目にかかることは出來ませんか」

「ちよつと待つとれ」

巡査は小走りに事務所へ向かつて、暫くすると巡査の後ろから森高先生が姿を見せ、こつちにおいでおいでをして下さつた。

僕と竹さんは巡査の倍の速度で坂を驅け上がつた。森高先生のいかにも辛さうな窶《やつ》れたお顔を見ると、涙が出て困つた。

「君たち、どないしたんや。えらい息切れしてるやないか」

森高先生は笑はれた。

「竹島君はともかく、鈴木君は蒲柳《ほりゆう》の質のやうやから氣いつけなあかん」

「僕などより、先生のはうこそお疲れの御樣子に見えます」

「ああ、そやな、體は疲れてる。けど精神はこれ迄《まで》になく充實しとるよ」

「今、下の方に憲兵がゐましたが、何かあつたのでせうか?」

「うむ、野次馬が仰山やつて來て、荒らされはせんかいふことで、大阪府が憲兵の出動を要請したみたいやな」

「新聞には古墳に埋葬されてゐる人物のことを書いてありました。それによると、天皇の御陵やないかといふ話です。それで警戒が嚴重になつたんやないかと思ふのですが」

「ああ、まあさういふこつちやな。奈良時代以前の天皇の御陵や言ひ出す者がをつたもんやから、宮内省から厄介なことを言うてきたんや。天皇の御陵となれば憲兵の警備をつけるのも仕方ない。けどそれは違ふいふのが私の考へや。私はこの古墳に葬られてるのは間違ひのう藤原鎌足やと思うてる。しかし私がなんぼさう主張しても聞く耳持たんのや。どうでも御陵にせんと氣が濟まん連中が居つて、私を邪魔者扱ひしよる」

「何故なんでせうか？」

「それは一言でいふたら縄張り根性やな。宮内省いふのはさういふお役所主義が大好きなところなんや。眞つ當な事を言ふ者は全部締め出さうとする。何でもかんでも古墳が出たら御陵やいふ事にして、宮内省の管轄に取り込んでしまふ。早い話が、茨木の太田茶臼山古墳を繼體天皇陵と決めてしまうたのは、あれは完全な間違ひや」

「えつ、さうなんですか？」

僕は吃驚して聞き返した。繼體天皇の御陵には學校から引率されて參拜に行つたことがある。なかば遠足のやうな、あまり眞摯《しんし》なものではなかつたけど、立派な御陵だと信じきつて拜禮《はいれい》させて戴いた。

「先年、地質調査目的で茶臼山周邊を掘つてみたんやが、年代的にいふても繼體天皇の時代とは百年以上の齟齬がある。あれはどない考へても大間違ひや。まあ想像するに、古代豪族の墓やろな」

ノートのこのくだりを読んでいて、浅見は義麿当人が「吃驚」したのと同様かそれ以上にびっくりした。今城塚古代歴史館の但馬館長が話していた二つの継体天皇陵のことは、すでに八十年以上も前の段階で森高教授が見抜いていたというのである。しかもその理由がいかにも地震学者らしく地質調査の結果、年代設定に百年以上の齟齬があったからだというのも、どうやら但馬館長の言っていたことと符合する。

森高教授と義麿の会話はさらに続く。

「さういふことやから」

と森高先生は仰言つた。

「早晩、この一帯は宮内省の管理下に置かれ憲兵隊によつて規制が强化されることになるやろな。君等はもとより、私かて追ひ出されるに違ひないやろ」

「えつ、先生までがですか？」

「さうや」

「そしたら、地震観測所の工事はどうなるんやろ」

竹さんが不安さうに言つた。

「無論、中斷や」

「あのー」と僕は恐る恐るお訊きした。

「資材置場に運び込んであるお棺は、どうなるのでせうか？」

「分からんけど、恐らく元の阿武山の地中に再埋葬され、周圍は嚴重に封鎖されることになると思ふ。もしかすると封鎖の範圍は阿武山周邊のかなり廣範圍に及ぶかもしれへんな」

「坊ちやんの……鈴木さんのお宅の別荘はどうなるんやろ」

竹さんが訊いた。

「さうか、君の家の別荘があるんか」

「はい、ここから三丁ばかり東の方へ下つた所にあります」

「といふたら、住所は奈佐原かいな？」

「はいさうです」

「そやつたら規制の範圍内かもしれへんな。別荘以外にも土地があるんと違ふか？」

「はいあります。少し遠い、今城塚の近邊にも藪のやうな土地がある筈です」

「今城塚までは範圍に入らんやろな。さういふたら、あそこには伏見地震の際に出來た斷層があつて調査したことがあるなあ。關東大震災直後のことやつたか。あの頃は私も若かつた……」

先生は懷かしさうなお顔をしてゐた。

「奈佐原池の邊りはどうでせうか」

僕はお訊きした。もちろんあの晩に目擊したことが頭にある。

「奈佐原池いふたら、古墳の根際やな。あそこ邊はぎりぎり引つ掛からんと思ふけど」

さう仰言つた時、心なしか森高先生の表情に翳《かげ》りが浮かんだやうな氣がした。

「奈佐原池も鈴木君のお宅の別荘地内に入つとるんか」

「はい、多分さうやと思ひますが、子供の頃に祖父から、あの邊りには怨靈がゐてるよつて、池に近づいたらあかんと言はれてて、よう知らんのです」

「さうか。それやつたら、これからも近づかん方がええな。怨靈より恐ろしい憲兵がをるさかいな」

先生は冗談のやうに仰言つたが、顏は笑つてゐない。何か屈託したことがあるやうに見受けられた。

竹さんも先生の御様子に氣が付いてゐたやうで、歸る道すがら
「森高先生は何ぞ隱してるんと違ふやろかなあ」

と言つた。

「何でさう思ふん？」

「そやかて、奈佐原池のことを言ふた時、迷惑さうなお顏をしやつたし」

「ふーん、さうやつたかな」

「やつぱりあの夜、先生が持つて行つたんは、木乃伊の頭と違ふんやろか」

「まさか……」

僕は肯定はしなかつたが、あの時、竹さんと同じことを考へてゐたのは事實だ。

「ほいたら坊ちゃん、あの丸い物は何やつたんやろか」

「さあなあ、暗くてよう見えんかつたけど、木乃伊の首いふことはないやろ。もしさうやつたら、あれから何日も經つとるんやから、山村教授や他の誰も木乃伊の首がないことに氣い付かん筈がないやろう」

「そやな、わしもさう思ふけど、何やら氣になつてかなはんわ」

「ははは、それは竹さんの思ひ過ごしと違ふか。それより僕はそれとは別に、腑に落ちんことがあるんよ」

「それは何な？」

「森高先生が何でこれほどまで考古學にお詳しいのか、不思議でしやあないんや」

本當のところ、僕は木乃伊の事よりもそれが氣にかかる。山村先生は「役にも立たん穴掘り」と自嘲されてゐたが、僕はさうは思はない。先生も仰言つた通り、今は役立たずのやうに思へても、將來はきつと人類の文明の爲に大きな意味を持つものに違ひない。

しかし地震學が考古學より大切でないといふことはないと思ふ。それだけに、森高先生が本來の地震學を等閑視して餘計な方に向いて居られるのは殘念でならない。

「それは多分、山村先生に負けてをれんいふ氣持ちで勉强してるからと違ふんやろか」

竹さんは小學生のやうな、ずいぶん素朴な答へ方をする。

「ははは、そんなあほな」

僕は笑つたが、存外、竹さんの言ふ通りかも知れんと思はないでもなかつた。少なくとも森高先生が負けず嫌ひな性格であることは感じてゐる。

「それはさうと、坊ちやん、わしらの仕事はいつになれば始まるんやろか」

竹さんにとつては、目下のところの最大の關心事はそこにあるに違ひない。

「そやな、あと十日もすれば工事が再開するんと違ふやろか」

さう慰めたが、僕にもどういふことになるのかは分からない。

「坊ちやんはええけど、わしらみたいな貧乏人は十日も仕事が無いと干上がつてしまふで。いや、わしらだけやのうて、いつまでも放つといたら、木乃伊かて腐つてしまはんか心配や」

竹さんに言はれて、僕も愕然とその事に氣付いた。梅雨に入つてから蒸し暑い日が續いてゐる。地下の石室の中に安置されてゐる狀態ならばいいけれど、地上に晒《さら》されては木乃伊の傷みも激しいことになるだらう。

「坊ちやん、その事、先生に訊いてみたらええんと違ふんか?」

「まさか、そんな事、森高先生にお訊きするわけにいかんやろ」

「さうやのうて、山村先生に訊いたらええやろ」

「あ、さうか、さうやね」

思つてもみんことだつた。

確かに竹さんの言ふ通りだ。考古學専門の山村先生ならいい知恵を考へられるに違ひない。しかし森高先生を差し置いて山村先生にお尋ねしてもいいものかどうか。僕は決心がつきさうにない。

その決心がつくまで、それから五日もかかっている。義麿は考え抜いた挙げ句、乾坤《けんこん》一擲《いってき》、京都大学に山村教授を訪ねたのだ。少年としてはずいぶん思い切った行動というべきだろう。憧れの京大キャンパスの印象について、かなり興奮した筆致で書き綴っている。しとしと雨の降り続く日の夕刻近くのことである。

山村先生が果して逢《お》うて下さるかどうか、僕は心配でならなかつた。しかし、僕の顔を見るなり先生は笑顔でお聲をかけられた。

「やあ、鈴木君やないか」

僕は飛び上がる程嬉しかつた。

「突然、何やね？」

と先生に聞かれて

「木乃伊の事が氣になつて、先生にお話ししたはうがええと思うたさかい」

僕は竹さんから聞いた通りに話した。

「さうか、そんなことを君は心配しとつたんか。いや有り難う。私も氣になつとつたとこや。早速、手配にかかる事にするわ」

僕は欣喜雀躍《きんきじやくやく》して大學を後にした。

浅見も手に汗握る思いでノートの先を読み進めた。そうしてその結果は義磨の予想より早いタイミングで実現している。梅雨が明けるのを待って、大阪府と京都大学考古学教室が合同の調査に入ることになつた。新聞を通じて伝えられるその様子を、義磨少年は固唾を呑んで見守っていたに違いない。

しかし、阿武山に向かう調査団の中に森高教授の姿はなかつた。

新聞の記事によると、森高教授は御病氣の爲、調査團には參加されなかつたといふ。僕は先生の窶《やつ》れたお姿を知つてゐるから、心配でならない。調査は八月上旬の三日間を費やして行はれ、その後「遺體」は再び埋葬された。

その際、山村教授は調査に同行した記者團の質問に應じて答へられてゐる。

その写真入りインタビュー記事の切り抜きがノートに貼付してある。粒子の粗い新聞印刷の写真だから、鮮明ではないけれど、山村博士はいかにも野外で発掘を続けてきたと思わせる精悍《せいかん》な顔立ちの紳士だ。

〔明日、再埋葬する事となり、その前に最後の調査をしたが、貴人を冒瀆しない爲、最小限度の調査にとどめたので、殘念ながら棺の中に有つた玉の枕と衣服の布の他は何も見當たらなかつた。尚、古墳の形状は昨年秋、朝鮮平壤付近で發掘調査した折の韓時代の古墳と酷似してをり、一千年以前のものであることは間違ひない。埋葬時に精巧な修飾を施した痕跡があるところから、餘程の貴人と考へられる。」

山村先生の談話にも語られてゐないが、新聞記事にはどこにも森高先生の消息について觸れられた部分がない。僕は大いに氣懸かりでならない。思ひ餘つて竹さんの案内で先生のお宅に伺ふことにした。

森高先生のお宅は東山の泉涌寺《せんにゅうじ》にほど近い、閑静なお屋敷街にあつた。竹さんは荷物を運んだり、何度か出入りすることがあつて、お宅の様子には詳しいのださうだ。

先生はお嬢様に付き添はれて、僕たちを玄關に出迎へられた。しばらく拜見しない間に、ずいぶんとお痩せになつたやうに見える。お嬢様の手に縋《すが》るやうにしてをられるのが、とても痛々しい。

僕と竹さんは中庭に面したお座敷に通されて、奥様から茶菓の御接待を頂戴した。奥様は先生とは對照的にふくよかな優しげな御方に見える。お嬢様は千尋さんと仰言つて、高等女學校の三年生といふから僕より一つ歳下か。すごくお綺麗な方だ。

「今日は何かな？」

先生に問はれる儘、僕は阿武山で起きてゐる事を經過報告した。宮内省と大阪府とそれに京都大學の考古學教室の合同調査が入つた事をお話しすると、森高先生は眉を曇らせて、一層、お辛さうな顔をされた。

「新聞で一通りのことは知つてゐるが、君は棺を運ぶ様子は見てゐたのかね」

「僕は見てゐませんが、竹さんが作業のお手傳ひをしたさうです」

「ほう、無事に決着したのかな」

「いや、あまり無事いふわけではなかつたんやないかと思ふんやけど」

「一隊は山村君が指揮してをつたんではないのか。それなのに無事でなかつたとは、どういふことやね？」

「へえ、それは八瀬《やせ》童子の人夫が手を滑らせて、擔いどつたお棺を穴の中に取り落として仕舞うたんです」

「何と……あほなことを……」

先生は啞然とされた。

僕は知らなかつたのだが、八瀬童子とは、平安時代から延暦寺の實務を擔つてきた職能集團のことださうだ。京都府愛宕《おたぎ》郡八瀬村にあつて、後醍醐天皇以來皇室との關係が生じ、近代以降は天皇が崩御された時に亡骸《なきがら》を納めた柩を擔いで御大葬に出仕してゐるといふ。

そのいはば専門家の集團がさういふ失態を演じるとは、關係者の誰もが信じられないことだつたに違ひない。

「それで、棺はどないな事になつたん？」

「へえ……穴に落ちた時に、お棺の蓋が壊れて仕舞うた」

「壊れた？」

「へえ」

その瞬間、先生が何故かニヤリとされたやうに見えて、僕はギヨッとした。

「亡骸はどうした？」

「そこまで平に運ばれとつたお棺が逆様《さかさま》になつた時に、中身がゴロゴロと……」

「ゴロゴロつて、君は確かにそんな音を聞いたんか？」

「へえ、穴の底から聞こえてきたもんで、わしだけやのうて皆聞いとつた」

「山村君は何しとつた？」

「山村先生は『おおやつてしもたか』言ふて頭を抱へとつた」

「それだけか？」

「へえ」

「もしそんなことやと、木乃伊はバラバラになつて仕舞うたのではないでせうか」

僕は思はずさう言つた。

「鈴木君、時節柄、そのやうな木乃伊などといふ言ひ方をするのは不敬に當たる。以後慎みたまへ」

叱られて、小さくなつて頭を下げた。

「お父様、そんなにお叱りにならんかて、よろしいんと違ひますの」

僕の悄氣方《しよげかた》が氣の毒に思はれたのか、お孃様がさう仰言つて取りなしてくださつた。

「千尋は默つてゐなさい」

「さうかてお父様、あの木乃伊は鎌足はんやから、宮內省は關係ないと仰言つてはつたやありまへんの」

「あほなことを……」

先生は嘆かはしさうに首を振つて

「そんな單純なもんとは違ふんや。鈴木君、それに竹島君もこんな娘の言ふたことを餘所で喋つたらあかんよ」

「はい、喋りません。しかしもし亡骸が鎌足公であつて天皇ではないとすれば、柩を壞してしまうたのも不敬罪に問はれることはないのではありませんか」

「ん？　まあ、それはさうやけど……」

先生は最前と同樣の複雜な笑みを浮かべられた。しかし僕の言葉によつて先生の御機嫌が直られたのは閒違ひないと思つた。

僕は先生のお體《からだ》にさはるのを恐れて早々と辭去するつもりでゐたのだが、先生は「竹島君は暫く殘りなさい」と引き止められた。

「少し賴みたいことがある」

そして、僕には「これから學生たちが來るから、四條で西瓜を買うて來てくれへんか」と仰言つた。すると千尋さんが「わたしも參ります」と仰言つて追ひかけてきた。

思ひがけなく千尋さんと竝んで街を歩く事になつた。女學生とかういふお付き合ひをした事など、生まれて始めてだ。もし級友と出會つたりしたら、どんな顔をすればよいのか心配だつた。

千尋さんは女學校の制服姿である。強い日差しに純白のセーラー服が眩しい。

「鈴木さんは將來、京大に行かはるの？」

「はい、さう思うてるけど、その前に來年三高に受かるかどうかが分からんです」

「そんなん、受かるに決まつてます。うちに見える京大生らかて、そんなに優秀には見えへんわよ。さうや、もしよかつたら後で顔を見て行きはつたらええわ」

千尋さんは勝手にさう決めてどんどん足を速めた。西瓜を買つて、四條大橋の脇から鴨川沿ひの道に下り、五條大橋まで歩いた。川面がキラキラと光つて、白鷺《しらさぎ》が涼しげに佇んでゐる。

「すみまへん、重い物を持たせてしまうて」

千尋さんは僕を氣づかつてくれた。

「重いことないです」

さう答えた。それどころか、僕は西瓜を持つてゐる使命感に救はれてゐるのだつた。

森高先生のお宅には竹さんの姿はなく、代はりに三人の京大生が來てゐた。先生が僕を紹介して、京大生は次々に「時岡」「花井」「吉村」と名乘つた。誰もがひどく大人びて見えて、遠い存在のやうに思へた。

「千尋、西瓜を切つて出してや」

先生が仰言ると、すかさず時岡さんが「僕がやりませう」と氣輕に席を立つた。千尋さんと時岡さんの後ろ姿を見送つて、花井さんと吉村さんが意味有りげな顏を見交はすのに氣づいて、僕は何故かメランコリックな氣分に落ち込んだ。

西瓜を御馳走になると、三人の京大生はそれぞれの鄉里に歸省する話をした。

「さうか君等にとつては、これが最後の夏休みいふことになるんかいな」

「いえ、まだ無事に卒業できるかどうかも分かりません」

吉村さんが冗談を言つたが、先生はにこりともなさらない。

「卒業は心配いらんけど、うかうかしとると兵隊に引つ張られんともかぎらへんよ」

「まさか……」

と千尋さんが眉を顰めた。

「學生の兵役は二十六歳まで猶豫《ゆうよ》されてゐるんちやうの？」

「ああ、いまはさうやけど、この先の事は分からへん。支那でも何やらキナ臭いことになつてきさうやし」

「いやわそんな縁起でもない」

「僕はさうなる前に志願するつもりです」

吉村さんが正座に座り直して言つた。

「海軍省に父の友人が居ります。早めに志願して上級將校を目指します」

「あほなことを言ふな！」

先生が聲を荒らげて叱つた。

「君等に學んでもろたんは、戰爭に行かせる爲やないで。日本の將來を託すに足る有能な人材を育てるのが目的や。今後、絶對にそんなことを言はんで貰ひたい。少なくとも私の目の黒いうちはな」

先生がさう仰言ると、三人の京大生はしゅんとして俯《うつむ》いた。「私の目の黒いうち」といふ言葉が胸の奥まで響いた。

「何ですの、そんな大きな聲を上げて」

奥樣が出ておいでになつて、明るい聲で仰言つたので、その場の雰圍氣はやうやく和らいだ。

「鈴木さんは來年、三高を受けはるさうよ」

と千尋さんが暴露して、京大生らは一齊に「おうつ」と喜んだ。

「けど、自信はありません」

僕が小さくなつて言ふと、先生は千尋さんと同様に「そんなことはない」と仰言つて下さつた。

「こんな出來損なひの連中でさへ、立派に卒業してしまふのやから」

「あ、先生、それはいささか酷いんと違ひますか」

花井さんがほとんど眞劍に抗議して、皆が笑つた。和氣あいあいの中から、時岡さんがいきなり三高寮歌を歌ひ出した。

紅萠《も》ゆる丘の花
早緑《さみどり》匂ふ岸の色
都の花に嘯《うそぶ》けば
月こそかかれ吉田山
綠の夏の芝露に
殘れる星を仰ぐ時
希望は高く溢れつつ
我等が胸に湧き返る

三人の京大生ばかりでなく、森高先生も千尋さんも、それに奥様までが聲を和して歌はれた。僕もつられて、うろ覺えの調子外れで仲間に加はつた。美しい歌詞と美しい旋律がそれこそ胸の奥底から沸き返つてくる。

ふと氣が付くと、先生の目に涙が光つてゐるやうに見えた。僕は慌てて視線を逸《そ》らせたが、時岡さんもそれに氣付いて、顔を引きつらせ、歌を止めた。花井さんも吉村さんも口を閉ざした。奥様はハンカチーフでそつと目頭をお拭きになつた。千尋さんだけは天井を仰ぐやうにして歌ひ續けてゐる。僕もやうやうの思ひで聲を發した。千尋さん一人を殘してはいけないと思つた。

先生の涙の理由が何なのかは分からない。「最後の夏」といふ言葉が先生の心を搖らしたのかもしれぬ。愛弟子たちとの決別をお考へなのだらうか。支那での小競り合ひが本當に激しくなりつつある事を憂ひてをられるのかもしれぬ。いや、それ以前に先生御自身のお體についての懸念もあるのだらう。奥様のお氣持ちもお察し出來る。

樂しいやうな悲しいやうな時間がどんどん流れて行く。十六歳の今日といふ日が、夏の京都のこの場所で過ぎた事を、僕は多分、一生忘れはしないだらうと漠然と思つた。

ここまで読んで、浅見は義麿ノートを閉じた。これ以上読み進めると、得体の知れぬ秘密の世界に踏み迷いそうな気がしてきた。義麿の記述は阿武山古墳や藤原鎌足の謎に迫っている状態の時は、単なる好奇心や知識欲に駆られて、たんたんと付き合えたが、生の感情が吐露され、青春の一こまに触れそうな場面に出くわすと、途端に浅見は動揺した。こういうのは大いに困る。たとえ「素人」と冠がつこうと、いやしくも「探偵」

を標榜するからには余計な感情移入は禁物で、常に冷静であるべきだと思っている。この長い「ノート」には一連の事件への手掛かりが隠されていると思うからこそ、ページの隅々まで注力しているのだが、それとはかけ離れた、単なる義麿の懐旧談に過ぎないのであれば、無駄な寄り道でしかない。

とはいえ、浅見はノートのその先に関心が薄れたわけではなかった。八十年前の世界の人々の多彩な人生が、鈴木義麿という人物を通して現在にまで投影されていることを思うと、ほんの断片かもしれないような出来事のどこかに、いま起きている事件を探る手掛かりが潜んでいる可能性を棄てきれない。

浅見はいったん閉じたノートのページを元に戻して、改めて坐り直した。しかし、そういう浅見の真摯な思いをあざ笑うようにケータイが無粋な着信音を響かせた。鳥羽からだ。

「どうした、直会にはありつけたのか？」

「ええ、ちゃんと食いましたが、先輩は飯、どうしました？」

「まだ食ってないよ。これから街へ出て、ラーメンでも食おうかと思っている」

「すいません、僕だけいい思いをして。もしラーメンだったら、キッチンにマルちゃんの醤油ラーメンがあります」

「おい、おれにインスタントラーメンを食わせる気かよ」

「いや、インスタントでもマルちゃんはいけますよ。しかし、そうだ、電話したのはそんなことじゃなくてですね。ちょっと厄介な事態が起こりそうなんです」

「何だい、厄介な事態とは？　松江氏が現れないままなのか？」

「えーっ、そのとおりですけど、先輩は知ってたんですか？」

　鳥羽はいまにも引っ繰り返りそうな声を出した。

「まさか、そんなことをおれが知るわけがないだろう。そうじゃなくて、おまえさんが電話してくる用件は、大体そんなところじゃないかと思っただけだ。それじゃ、本当に松江氏はあれっきり消えたままなのか」

「そうなんですよ。それだけならいいんだけど、鈴木さんのお宅に空き巣が入ったらしくて、ちょっとした騒ぎになってます」

「空き巣？　そうか、ずっと留守だったのだから、空き巣が狙っても不思議はないな。それで、何を盗まれたんだい？」

「まだ分かりません。いましがた鈴木さんのお宅に戻ったばかりですからね」

「それはともかくとして、松江氏のほうはどうなっているんだ。事故とか事件とか、何か情報は入っていないのか」

「いまのところは……って、いやだな先輩、事故だ事件だなんて、縁起でもないことを言わないでくださいよ」

「しかし、この時間まで居場所も分からないってことはただごとじゃないだろう。どこへ行っちまったのか、奥さんにも心当たりはないのかねえ」

「ないみたいです。朝八時頃、鈴木さんのところへ行くと言って家を出たきりですから、その時点では多分、お葬式に出席するつもりだったと思われるのだけど、奥さんはそれ以外の予定は何も聞いていないそうです。とにかく先輩、そういうことなんで、なるべく急いでこっちに来てくださいよ。鈴木さんだけじゃなく宮司さんも待ってます」

「しようがねえなあ。おれの方も取り込み中なんだけどねえ」

「取り込みって、何か用事でも出来たんですか？」

「そうじゃなくて、例の義麿さんのノートに読み耽っているところだ」

「なあんだ、そんなもの放っておいて、とりあえず、こっちの面倒を見てやってくれませんか」

「そんなものとか放っておけとかは聞き捨てならないな。いや、冗談じゃなく、このノートはただものじゃないぞ。くだらないミステリー小説を読むよりよっぽど面白い。何だったら、おまえさんのとこの新聞に連載させて貰ったらどうなんだ」

「そんなこと出来るわけないでしょう」

鳥羽は悲鳴のような声を発した。

「ははは、鳥羽はまったくジョークの通じない男だな」

「笑い事ではなく、マジでお願いしますよ。義麿さんのノートはこっちの騒動が一段落してから、ゆっくり取り組んでもいいんじゃありませんか」

「分かった分かった。とにかくそっちへ向かうことにする。鈴木さんと大谷宮司にもそう伝えてくれ。ただしおれが行ったからって、松江氏の居場所が分かるとは思えないぞ」

「それでも何でも、先輩の顔を見れば、とりあえず安心すると思いますよ」

馬鹿馬鹿しいとは思うが、松江の行方不明も気にはなる。浅見はすきっ腹を抱えたまま鳥羽の部屋を出た。

田辺から藤白神社まで阪和自動車道を使って、きっかり一時間かかった。走行中に二度ケータイが鳴ったが無視して突っ走った。どうせ鳥羽からの催促に決まっている。無視はしたものの、時間が経つうちに次第に気掛かりになってきた。松江の行方不明はもちろんだが、鈴木家に空き巣が入ったことがむしろ気になる。賊の目的が何だったのか、金品を狙ったものならまだしも、狙ったのが義麿ノートの可能性はないのだろうか。

そんなあり得ないような疑惑が浅見の胸の内に生じている。

藤白神社の駐車場に車を止めると、タイミングよく鳥羽が現れた。べつに浅見を迎えに出たわけではないことがすぐに分かった。浅見のソアラを追いかけるようにパトカーが二台やって来た。

「いま、警察に連絡したばかりです」

鳥羽は得意そうに浅見に告げたが、事件発覚から一時間もかかっている。

「ずいぶん遅いじゃないか。通報が遅れたのか?」

「そうなんですよ。僕はすぐに連絡しろって言ったんだけど、鈴木さんも宮司も慎重でしてね。なるべくなら警察沙汰にしたくないなんて言って。のんびり構えていたんです。それに、盗まれるような物はないし、荒らされた気配もなかったものだから」

「しかし盗みが入ったのは間違いないんだろう?」

「それは間違いないみたいです。三千恵ちゃんが異変に気づきましてね」

鳥羽はまた得意そうな顔を見せた。

ここまでお読みくださった方々へ

（小春日和に／談）

『孤道』は毎日新聞の連載小説でしたが、中途のまま休載を余儀なくされた作品です。心苦しくも休載に踏み切らざるを得なかったのは、僕の病気のためでした。

二〇一五年夏、僕は脳梗塞に倒れて、左半身にマヒが残りました。以降リハビリに励みましたが思うようにはいかず、現在のところ小説を書き続けることが難しくなりました。

本書を手にとってくださった方々には、深くお詫び申し上げます。

でも、僕は、小説をあきらめたわけではありません。いずれは……と、強い思いは勿論残っております。『孤道』を発表したい、しかし今の僕にこの続きは……と思いつつたのが、未だ世に出られずにいる才能ある方に完結させてもらうということでした。

思えば僕が作家デビューしたのも、思いがけないきっかけでした。一九八〇年、当時の仕事の営業用に自費出版した『死者の木霊』が、ひょんなことで評論家の目に止まったのでした。そういうこともあり、世に眠っている才能の後押しができれば……と。

うれしいことに毎日新聞出版、毎日新聞社、講談社、内田康夫財団が〈『孤道』完結プロジェクト〉を立ち上げてくれました。

このあと『孤道』に対する思いを記しておきます。

僕が休筆すると聞いて、浅見光彦は「これで軽井沢のセンセに、あることないこと書かれなくてすむ」と思うことでしょう。でも、どなたかが僕の代わりに浅見を事件の終息へと導いてください。


そして、小説の筆を休ませはしますが、短歌という凝縮した世界でならまた創作ができるのではないかと思い至りました。

もともと短歌は好きで、『歌枕かるいざわ——軽井沢百首百景』（二〇〇二年）という拙著もあります。カミさんにも助けてもらいながら、しばらくは短歌を詠むことで、復活を目指します。〝リハビリ短歌〟とでもいうのでしょうか。

まずは療養のつれづれに詠んだものの中から二首……。


思えども思い通りにいかぬ腕　なぜこのやまいなぜこのやまい

ぼくはまだ生きているのに心電図《死んでんず》　折れ線グラフの今は谷底

講談社文庫のサイトに、「夫婦短歌」という特設ページ（http://www.fufutanka.jp）を設けています。そちらもご覧くださるとうれしいです。

さて、では僕が『孤道』で何を考えていたかです。

いくつかの謎や事件を思いのままに書き、最後に全体を見通して解決を図る——というのが僕の執筆スタイルです。ここで起きた事件は結局何だったんだろう、と考えて答えを出す時間がなんとも楽しいのです。

この作品の発想のきっかけになったのは、牛馬童子頭部盗難事件です。牛馬童子は和歌山県田辺市にある熊野古道の観光名所の一つ。二〇〇八年六月に起きたこの事件を毎日新聞社の担当記者から提案されました。頭部は事件から二年後、同市のバス停でみつかっています。僕にはすでに舞台を同じくする『熊野古道殺人事件』（一九九一年）がありますが、なぜ頭部は持ち去られ、また戻って来たのか。これはいけると思い、再度舞台にすることにしたのです。

牛馬童子の頭部盗難事件から物語の幕は開きます。八軒家殺人事件、八紘昭建の松江の失踪、鈴木家に入った空き巣……と事件は次々起こっています。一方で、義麿ノートが登場し、その中で阿武山古墳から何かが持ち去られます。一つの軸として、ノートを通してひとりの若者の成長過程を描きたいという思いがありました。こうした現代の事件とノートの絡みに道筋をつけるのが光彦であったわけです。謎をこれからどう収束させようかという前段で中断となったのは、いかにも残念です。難しいのはこれからで、まだ僕にも見通しがついていませんでした。

それでもちらほらと頭に去来するものはありました。

例えば、阿武山古墳は藤原鎌足の墓で、そこには鎌足の出自を示す、考古学的にも歴史的にも決定的な証拠があったということ。そしてそれが正倉院御物にもなろうかというようなお宝だということです。鎌足は謎多き人物で日本書紀に突然現れ、かねてより出自についてはさまざまな説が唱えられています。証拠をめぐって戦前戦後にわたる長い暗闘があり、そこを義麿ノートに綴ろうかとも考えていました。いずれにしても牛馬童子の首と殺人事件と、鎌足の謎が絡んだ大作になる見通しはありました。ぼくの作家生活最大の傑作になるのではないかとも考えていただけに残念です。つくづく完結させたかったです。

なりゆきまかせの執筆スタイルとはいえ、小さなことはいろいろ考えていました。松江は殺される。義麿と千尋は結婚させよう。序幕に有間皇子を出したので、終幕にも登場させるという構成を取るか。最大の難物はそもそもの発端だ――。

読者諸氏は続きを想像するに、これに則《のっと》るも、外れるも自由。完結編を書こうという方も同様、自由に発想していただきたい。いつの日か、『孤道』が完結して世に送り出されんことを夢見ながら、ご挨拶といたします。

内田　康夫

主要参考文献

『熊野詣　三山信仰と文化』（五来重著　講談社学術文庫）
『邪馬台国と安満宮山古墳』（水野正好　森田克行　原口正三　都出比呂志　福永伸哉　門脇禎二　石野博信　酒井龍一著　高槻市教育委員会編　吉川弘文館）
『よみがえる大王墓　今城塚古墳（シリーズ「遺跡を学ぶ」077）』（森田克行著　新泉社）
『わかりやすい地震学』（嶋悦三著　鹿島出版会）
『ふぢしろ初山踏』（吉田昌生著　藤白神社）
『世界遺産高野山・熊野古道ベストコース完全ガイド　紀州和歌山県公式版』（扶桑社）
『新・紀州語り部の旅　参・熊野古道中辺路』（和歌山県観光交流課・（社）和歌山県観光連盟編）
『藤原鎌足と阿武山古墳』（高槻市教育委員会編　吉川弘文館）
『天皇陵古墳を考える』（今尾文昭　森田克行　高橋照彦著　白石太一郎編　学生社）
『今城塚と三島古墳群――摂津・淀川北岸の真の継体陵（日本の遺跡7）』（森田克行著　同成社）
『蘇った古代の木乃伊《ミイラ》――藤原鎌足――』（小野山節　池田次郎　猪熊兼勝　坂田俊文　直木孝次郎　松本包夫　牟田口章人著　小学館）

『継体天皇　二つの陵墓、四つの王宮』（西川寿勝　森田克行　鹿野塁著　新泉社）
「高槻市立今城塚古代歴史館　開館1周年記念特別展　阿武山古墳と牽牛子塚──飛鳥を生きた貴人たち──」（高槻市立今城塚古代歴史館編）
「高槻市立今城塚古代歴史館　常設展示図録（改訂版）」（高槻市教育委員会　高槻市立今城塚古代歴史館編）
「平成25年度夏季企画展　ハニワールドへようこそ　今城塚の大円筒埴輪展」（高槻市立今城塚古代歴史館編）
「中臣（藤原）鎌足と阿武山古墳（高槻市制施行70周年・中核市移行10周年記念歴史シンポジウム資料集）」（高槻市教育委員会 文化財課　今城塚古代歴史館編）
「今城塚古代歴史館開館記念特別展 三島と古代淀川水運Ⅰ──初期ヤマト王権から継体大王の登場まで──」（高槻市立今城塚古代歴史館編）
「第５次高槻市総合計画　高槻市総合戦略プラン」（高槻市市長公室 政策企画室編）
「海南市勢要覧２０１３改訂版」（海南市役所企画財政課編）

引用
『死者の書　口ぶえ』（折口信夫作　岩波文庫）

この作品は二〇一七年五月、毎日新聞出版より単行本として刊行されました。

この作品はフィクションです。
実在する人物、団体とはいっさい関係ありません。

|著者| 内田康夫　1934年東京都生まれ。ＣＭ製作会社の経営をへて、『死者の木霊《こだま》』でデビュー。名探偵・浅見光彦、信濃のコロンボ・竹村岩男ら大人気キャラクターを生み、ベストセラー作家に。作詞・水彩画・書など多才ぶりを発揮。2008年第11回日本ミステリー文学大賞受賞。2016年４月、軽井沢に「浅見光彦記念館」がオープン。病気療養のため、未完のまま刊行された本作は、完結編を一般公募して話題となる。最優秀作は、'19年、『孤道　完結編　金色の眠り』と題し、本作と合わせ文庫化された。
ホームページ　http://www.asami-mitsuhiko.or.jp

孤道《こどう》
内田康夫《うちだやすお》

2019年３月15日第１刷発行
2021年６月16日第８刷発行

発行者――鈴木章一
発行所――株式会社　講談社
東京都文京区音羽2-12-21　〒112-8001
電話　出版（03）5395-3510
　　　販売（03）5395-5817
　　　業務（03）5395-3615

Printed in Japan

講談社文庫
定価はカバーに
表示してあります

KODANSHA

デザイン―菊地信義
本文データ制作―講談社デジタル製作
印刷―――豊国印刷株式会社
製本―――株式会社国宝社

ISBN978-4-06-514996-6

講談社文庫刊行の辞

二十一世紀の到来を目睫に望みながら、われわれはいま、人類史上かつて例を見ない巨大な転換期をむかえようとしている。

世界も、日本も、激動の予兆に対する期待とおののきを内に蔵して、未知の時代に歩み入ろうとしている。このときにあたり、創業の人野間清治の「ナショナル・エデュケイター」への志を現代に甦らせようと意図して、われわれはここに古今の文芸作品はいうまでもなく、ひろく人文・社会・自然の諸科学から東西の名著を網羅する、新しい綜合文庫の発刊を決意した。

激動の転換期はまた断絶の時代である。われわれは戦後二十五年間の出版文化のありかたへの深い反省をこめて、この断絶の時代にあえて人間的な持続を求めようとする。いたずらに浮薄な商業主義のあだ花を追い求めることなく、長期にわたって良書に生命をあたえようとつとめるところにしか、今後の出版文化の真の繁栄はあり得ないと信じるからである。

同時にわれわれはこの綜合文庫の刊行を通じて、人文・社会・自然の諸科学が、結局人間の学にほかならないことを立証しようと願っている。かつて知識とは、「汝自身を知る」ことにつきていた。現代社会の瑣末な情報の氾濫のなかから、力強い知識の源泉を掘り起し、技術文明のただなかに、生きた人間の姿を復活させること。それこそわれわれの切なる希求である。

われわれは権威に盲従せず、俗流に媚びることなく、渾然一体となって日本の「草の根」をかたちづくる若く新しい世代の人々に、心をこめてこの新しい綜合文庫をおくり届けたい。それは知識の泉であるとともに感受性のふるさとであり、もっとも有機的に組織され、社会に開かれた万人のための大学をめざしている。大方の支援と協力を衷心より切望してやまない。

一九七一年七月

野間省一

井川香四郎　飯盛り侍
伊坂幸太郎　チルドレン
伊坂幸太郎　魔王
伊坂幸太郎　モダンタイムス(上)(下)
伊坂幸太郎　P K
伊坂幸太郎　サブマリン
絲山秋子　袋小路の男
石黒 耀　死都日本
石黒 耀　震災列島
石黒 耀　忠臣蔵異聞〈家老 大野九郎兵衛の長い仇討ち〉
犬飼六岐　筋違い半介
犬飼六岐　吉岡清三郎貸腕帳
石川大我　ボクの彼氏はどこにいる？
石松宏章　マジでガチなボランティア
伊東 潤　国を蹴った男
伊東 潤　峠越え
伊東 潤　黎明に起《た》つ
伊東 潤　池田屋乱刃
石飛幸三　「平穏死」のすすめ〈口から食べられなくなったらどうしますか〉
伊藤理佐　女のはしょり道
伊藤理佐　また！ 女のはしょり道
石黒正数　外《げ》天《てん》楼《ろう》
伊与原 新　ルカの方《はこ》舟《ぶね》
伊与原 新　コンタミ 科学汚染
稲葉圭《よし》昭《あき》　恥さらし〈北海道警 悪徳刑事の告白〉
稲葉博《ひろ》一《いち》　忍者烈伝
稲葉博一　忍者烈伝ノ続
稲葉博一　忍者烈伝ノ乱〈天之巻〉〈地之巻〉
伊岡 瞬　桜の花が散る前に
石川智健　エウレカの確率〈経済学捜査員 伏見真守〉
石川智健　エウレカの確率〈よくわかる殺人経済学入門〉
石川智健　エウレカの確率〈経済学捜査と殺人の効用〉
石川智健　60《ロクジュウ》〈誤判対策室〉
石川智健　第三者隠蔽機関
井上真《ま》偽《ぎ》　その可能性はすでに考えた
井上真偽　聖女の毒杯〈その可能性はすでに考えた〉
井上真偽　恋と禁忌の述語論理《プレディケット》
泉 ゆたか　お師匠さま、整いました！
伊兼源太郎　地検のS
伊兼源太郎　巨悪
内田康夫　シーラカンス殺人事件
内田康夫　パソコン探偵の名推理
内田康夫　「横山大観」殺人事件
内田康夫　江田島殺人事件
内田康夫　琵琶湖周航殺人歌
内田康夫　夏泊殺人岬
内田康夫　「信濃の国」殺人事件
内田康夫　風葬の城
内田康夫　透明な遺書
内田康夫　鞆《とも》の浦《うら》殺人事件
内田康夫　終幕《フィナーレ》のない殺人
内田康夫　御堂筋殺人事件
内田康夫　記憶の中の殺人
内田康夫　北国街道殺人事件
内田康夫　「紅藍《くれない》の女《ひと》」殺人事件
内田康夫　「紫《むらさき》の女《ひと》」殺人事件
内田康夫　藍色回廊殺人事件

内田康夫 明日香の皇子
内田康夫 華の下にて
内田康夫 博多殺人事件
内田康夫 黄金の石橋
内田康夫 金沢殺人事件
内田康夫 朝日殺人事件
内田康夫 湯布院殺人事件
内田康夫 釧路湿原殺人事件
内田康夫 貴賓室の怪人〈「飛鳥」編〉
内田康夫 イタリア幻想曲 貴賓室の怪人2
内田康夫 靖国への帰還
内田康夫 若狭殺人事件
内田康夫 化生の海
内田康夫 不等辺三角形
内田康夫 ぼくが探偵だった夏
内田康夫 怪談の道
内田康夫 逃げろ光彦〈内田康夫と5人の女たち〉
内田康夫 皇女の霊柩
内田康夫 悪魔の種子

内田康夫 戸隠伝説殺人事件
内田康夫 歌わない笛
内田康夫 新装版 死者の木霊
内田康夫 新装版 漂泊の楽人
内田康夫 新装版 平城山《ならやま》を越えた女
内田康夫 秋田殺人事件
内田康夫 孤道
和久井清水 孤道 完結編〈金色の眠り〉
歌野晶午 死体を買う男
歌野晶午 安達ヶ原の鬼密室
歌野晶午 新装版 長い家の殺人
歌野晶午 新装版 白い家の殺人
歌野晶午 新装版 動く家の殺人
歌野晶午 密室殺人ゲーム王手飛車取り
歌野晶午 新装版 ROMMY 越境者の夢
歌野晶午 増補版 放浪探偵と七つの殺人
歌野晶午 新装版 正月十一日、鏡殺し
歌野晶午 密室殺人ゲーム2.0
歌野晶午 密室殺人ゲーム・マニアックス

歌野晶午 魔王城殺人事件
内館牧子 終わった人
内田洋子 皿の中に、イタリア
宇江佐真理 泣きの銀次
宇江佐真理 晩鐘〈続・泣きの銀次〉
宇江佐真理 虚ろ舟〈泣きの銀次参之章〉
宇江佐真理 室の梅〈おろく医者覚え帖〉
宇江佐真理 涙堂〈琴女《ことじょ》癸酉《きゆう》日記《にっき》〉
宇江佐真理 あやめ横丁の人々
宇江佐真理 卵のふわふわ 八丁堀喰い物草紙・江戸前でもなし
宇江佐真理 日本橋本石町やさぐれ長屋
浦賀和宏 眠りの牢獄
浦賀和宏 時の鳥籠(上)(下)
浦賀和宏 頭蓋骨の中の楽園(上)(下)
上野哲也 五五五文字の巡礼〈魏志倭人伝トーク 地理篇〉
魚住昭 渡邉恒雄 メディアと権力
魚住昭 野中広務 差別と権力
魚住直子 非・バランス
魚住直子 未・フレンズ

講談社文庫　目録

魚住直子　ピンクの神様
上田秀人　密封〈奥右筆秘帳〉
上田秀人　国禁〈奥右筆秘帳〉
上田秀人　侵蝕〈奥右筆秘帳〉
上田秀人　継承〈奥右筆秘帳〉
上田秀人　簒《さん》奪《だつ》〈奥右筆秘帳〉
上田秀人　秘闘〈奥右筆秘帳〉
上田秀人　隠密〈奥右筆秘帳〉
上田秀人　刃傷〈奥右筆秘帳〉
上田秀人　召《めし》抱《かかえ》〈奥右筆秘帳〉
上田秀人　墨《ぼっ》痕《こん》〈奥右筆秘帳〉
上田秀人　天下〈奥右筆秘帳〉
上田秀人　決戦〈奥右筆秘帳〉
上田秀人　前夜〈奥右筆外伝〉
上田秀人　軍師の挑戦〈上田秀人初期作品集〉
上田秀人　天主信長〈表〉〈我こそ天下なり〉
上田秀人　天主信長〈裏〉〈天を望むなかれ〉
上田秀人　波乱〈百万石の留守居役(一)〉
上田秀人　思惑〈百万石の留守居役(二)〉
上田秀人　新参〈百万石の留守居役(三)〉
上田秀人　遺臣〈百万石の留守居役(四)〉
上田秀人　密約〈百万石の留守居役(五)〉
上田秀人　使者〈百万石の留守居役(六)〉
上田秀人　貸借〈百万石の留守居役(七)〉
上田秀人　参勤〈百万石の留守居役(八)〉
上田秀人　因果〈百万石の留守居役(九)〉
上田秀人　忖《そん》度《たく》〈百万石の留守居役(十)〉
上田秀人　騒動〈百万石の留守居役(十一)〉
上田秀人　分断〈百万石の留守居役(十二)〉
上田秀人　舌戦〈百万石の留守居役(十三)〉
上田秀人　愚劣〈百万石の留守居役(十四)〉
上田秀人　布石〈百万石の留守居役(十五)〉
上田秀人　乱麻〈百万石の留守居役(十六)〉
上田秀人　梟《ふくろう》の系譜〈宇喜多四代〉
上田秀人　竜は動かず 奥羽越列藩同盟顛末 (上)万里波濤編 (下)帰郷奔走編
内田樹　下流志向〈学ばない子どもたち 働かない若者たち〉
内田樹・釈徹宗　現代霊性論
上橋菜穂子　獣の奏者〈Ⅰ闘蛇編〉
上橋菜穂子　獣の奏者〈Ⅱ王獣編〉
上橋菜穂子　獣の奏者〈Ⅲ探求編〉
上橋菜穂子　獣の奏者〈Ⅳ完結編〉
上橋菜穂子　獣の奏者〈外伝 刹那〉
上橋菜穂子　物語ること、生きること
上橋菜穂子　明日は、いずこの空の下
海猫沢めろん　愛についての感じ
海猫沢めろん　キッズファイヤー・ドットコム
冲方丁　戦の国
上田岳弘　ニムロッド
遠藤周作　ぐうたら人間学
遠藤周作　聖書のなかの女性たち
遠藤周作　さらば、夏の光よ
遠藤周作　最後の殉教者
遠藤周作　反逆(上)(下)
遠藤周作　ひとりを愛し続ける本
遠藤周作　深《ディープ》い河《リバー》
遠藤周作　周作塾〈読んでもタメにならないエッセイ〉
遠藤周作　新装版 海と毒薬

遠藤周作　新装版わたしが・棄てた・女
江波戸哲夫　新装版銀行支店長
江波戸哲夫　集団左遷
江波戸哲夫　新装版ジャパン・プライド
江波戸哲夫　起業の星
江波戸哲夫　ビジネスウォーズ〈カリスマと戦犯〉
江波戸哲夫　リストラ事変〈ビジネスウォーズ2〉
江上剛　頭取無惨
江上剛　企業戦士
江上剛　リベンジ・ホテル
江上剛　起死回生
江上剛　瓦礫の中のレストラン
江上剛　非情銀行
江上剛　東京タワーが見えますか。
江上剛　慟哭の家
江上剛　家電の神様
江上剛　ラストチャンス　再生請負人
江上剛　ラストチャンス　参謀のホテル
江上剛　一緒にお墓に入ろう

江國香織　真昼なのに昏《くら》い部屋
江國香織他　100万分の1回のねこ
江國香織・文　松尾たいこ・絵　ふりむく
円城塔　道化師の蝶
江原啓之　スピリチュアルな人生に目覚めるために〈心に「人生の地図」を持つ〉
江原啓之　トラウマ　あなたが生まれてきた理由
大江健三郎　新しい人よ眼ざめよ
大江健三郎　取り替え子《チェンジリング》
大江健三郎　憂い顔の童子
大江健三郎　晩年様式集《イン・レイト・スタイル》
小田実　何でも見てやろう
沖守弘　マザー・テレサ〈あふれる愛〉
岡嶋二人　解決まではあと6人〈5W1H殺人事件〉
岡嶋二人　99％の誘拐
岡嶋二人　クラインの壺
岡嶋二人　ダブル・プロット
岡嶋二人　新装版焦茶色のパステル
岡嶋二人　チョコレートゲーム　新装版
岡嶋二人　そして扉が閉ざされた〈新装版〉

太田蘭三　殺《さつ》・風《ぷう》景《けい》〈警視庁北多摩署特捜本部〉
大前研一　企業参謀　正・続
大前研一　やりたいことは全部やれ！
大前研一　考える技術
大沢在昌　野獣駆けろ
大沢在昌　相続人TOMOKO
大沢在昌　ウォームハート　コールドボディ
大沢在昌　アルバイト探偵《アイ》
大沢在昌　調毒師を捜せ《アルバイト探偵》
大沢在昌　女王陛下のアルバイト探偵《アイ》
大沢在昌　不思議の国のアルバイト探偵《アイ》
大沢在昌　拷問遊園地《アルバイト探偵》
大沢在昌　帰ってきたアルバイト探偵《アイ》
大沢在昌　雪蛍
大沢在昌　ザ・ジョーカー
大沢在昌　亡命者〈ザ・ジョーカー〉
大沢在昌　夢の島
大沢在昌　新装版氷の森
大沢在昌　暗黒旅人

講談社文庫　目録

大沢在昌　新装版 走らなあかん、夜明けまで
大沢在昌　新装版 涙はふくな、凍るまで
大沢在昌　語りつづけろ、届くまで
大沢在昌　罪深き海辺(上)(下)
大沢在昌　やぶへび
大沢在昌　海と月の迷路(上)(下)
大沢在昌　鏡の顔〈傑作ハードボイルド小説集〉
大沢在昌/藤田宜永/堂場瞬一/井上夢人/今野敏/月村了衛/東山彰良　激動 東京五輪1964
逢坂剛　十字路に立つ女
逢坂剛　重《じゅう》蔵《ぞう》始《し》末《まつ》
逢坂剛　じぶくり伝兵衛〈重蔵始末(二)〉
逢坂剛　猿曳遁兵衛〈重蔵始末(三)〉
逢坂剛　嫁盗み〈重蔵始末(四)長崎篇〉
逢坂剛　陰の声〈重蔵始末(五)長崎篇〉
逢坂剛　北門の狼〈重蔵始末(六)蝦夷篇〉
逢坂剛　逆浪《げきろう》果つるところ〈重蔵始末(七)蝦夷篇〉
逢坂剛　奔流恐るるにたらず〈重蔵始末(八)完結篇〉
逢坂剛　新装版 カディスの赤い星(上)(下)
逢坂剛　さらばスペインの日日(上)(下)
オノ・ヨーコ/飯村隆彦編　ただの私《あたし》
オノ・ヨーコ/南風椎訳　グレープフルーツ・ジュース
折原一　倒錯の死角〈201号室の女〉
折原一　倒錯の帰結
折原一　倒錯のロンド〈完成版〉
小川洋子　ブラフマンの埋葬
小川洋子　最果てアーケード
小川洋子　琥珀のまたたき
小川洋子　密やかな結晶〈新装版〉
乙川優三郎　霧の橋
乙川優三郎　喜知次
乙川優三郎　蔓の端々
乙川優三郎　夜の小紋
恩田陸　三月は深き紅の淵を
恩田陸　麦の海に沈む果実
恩田陸　黒と茶の幻想(上)(下)
恩田陸　黄昏の百合の骨
恩田陸　『恐怖の報酬』日記〈酩酊混乱紀行〉
恩田陸　きのうの世界(上)(下)
恩田陸　七月に流れる花/八月は冷たい城
奥田英朗　新装版 ウランバーナの森
奥田英朗　最悪
奥田英朗　マドンナ
奥田英朗　ガール
奥田英朗　サウスバウンド
奥田英朗　オリンピックの身代金(上)(下)
奥田英朗　ヴァラエティ
奥田英朗　邪魔(上)(下)〈新装版〉
乙武洋匡　五体不満足〈完全版〉
大崎善生　聖《さとし》の青春
大崎善生　将棋の子
小川恭一　江戸の旗本事典〈歴史・時代小説ファン必携〉
奥泉光　プラトン学園
奥泉光　シューマンの指
奥泉光　ビビビ・ビ・バップ
折原みと　制服のころ、君に恋した。
折原みと　時《とき》の輝き
折原みと　幸福のパズル

2021年3月12日現在